「一族、滅びる。おれ、一人になる。とても怖い。
だから、子ども、欲しい」
改めて風景を眺める。美しいと感じた風景が今は薄ら寒く感じる。
ここには未来がない。きっと、それが理由だ。
クロの戦記8
異世界転移した僕が最強なのは
ベッドの上だけのようです

族長
ルー族をまとめ上げる族長。
一族の未来について考えた結果、
クロノに『死の試練』を迫る。
「私は迷っている。ゆえにお前に未来を託そうと思う」
「……お前、馬鹿」
スー
クロノを捕虜とした少女。
一族の未来を案じており、
クロノに賭けると決めた。

「どんなに無様でも、どんなに汚くても生き延びてやる！」
クロノ
ルー族の捕虜となったことで、内部からの交渉を狙う。

「どうしてもコスプレして欲しいというのならするけど……」
「じゃあ、セーラー服とか、女教師とか、チャイナドレスもOKですか!?」

クロの戦記８

異世界転移した僕が最強なのは ベッドの上だけのようです

サイトウアユム

HJ文庫
976

口絵・本文イラスト　むつみまさと

Record of Kurono's War
isekaiteni sita boku ga saikyou nanoha
bed no uedake no youdesu

序章　『太陽』

「斜面《しやめん》へ！」

ルー族の女戦士――リリが滑空《かつくう》を始めると、クロノが切羽詰《せつぱつ》まった様子で叫《さけ》んだ。普段《ふだん》ならば命令に従ったことだろう。だが、レイラは躊躇《ためら》った。斜面は急勾配《きゆうこうばい》だ。崖《がけ》と評してもいい。転倒《てんとう》すれば斜面下の岩場まで真っ逆さまだ。命に関《かか》わる。一方、リリとはまだ距離《きより》がある。これならば迎撃《げいげき》した方が安全なはずだ。

再考を促《うなが》そうと口を開く。だが、その時にはクロノは斜面に飛び出していた。レイラが慌《あわ》てて後を追うと、フェイ、タイガ、スノウが続いた。直後、衝撃波《しようげきは》が押《お》し寄せ、体が浮《う》かび上がる。突然《とつぜん》の出来事だったが、日々の訓練の賜物《たまもの》か着地に成功する。

「痛ッ！」

甲高《かんだか》い音が鼓膜《こまく》を貫《つらぬ》き、レイラは耳を押さえた。幸い、音はすぐに止《や》んだ。そうでなければダメージを負っていただろう。安堵《あんど》する間もなく後悔《こうかい》の念が押し寄せてくる。クロノはこうなることを見越《みこ》して斜面に逃《に》げるよう命じたのだ。にもかかわらず躊躇《ちゆうちよ》してしまった。副官失格だ。ミノならば、いや、今は後悔している時ではない。

レイラは視線を巡《めぐ》らせ、目を見開いた。クロノが斜面を転がり落ちていたのだ。先程《さきほど》の衝撃波で転倒したに違《ちが》いない。助けなければ。そう思うが、どうすればいいのか分からない。助ける方法を考えている間もクロノは斜面を転がり落ちている。せめて、重傷は免《まぬが》れて欲《ほ》しい。祈《いの》るような気持ちでクロノが落ちていく方向を見つめ、大きく目を見開く。岩が迫《せ》り出していたのだ。

「クロノ様！」

レイラが叫んだ次の瞬間《しゅんかん》、クロノは空中に投げ出された。そのまま藪《やぶ》に突《つ》っ込《こ》む。レイラは斜面を下りるとクロノのもとに向かった。正確にはクロノがいると思《おぼ》しき場所だ。藪を掻《か》き分けて進みながらある言葉を思い出す。先日、クロノに言った言葉だ。心の支えがあると、人間は信じられないくらい強くなれる。本当のことだ。クロノに愛されていると思うだけで力が湧《わ》いてくる。だが、この言葉には続きがある。愛は人間を弱くもする。太陽と植物の関係に似ている。太陽を失えば植物は枯《か》れるしかない。

レイラは足を止めた。声が聞こえたような気がしたのだ。耳を澄《す》ませる。やはり、聞こえる。蛮族《ばんぞく》の声だ。言い争っているようだが、何かあったのだろうか。いや、今考えるべきはクロノの安否だ。クロノがいるはずの方向に向かって歩き出す。蛮族の声が大きくなっていく。もしや、クロノは蛮族に囚《とら》われているのだろうか。心臓が早鐘《はやがね》を打ち、駆《か》け出したい衝動《しょうどう》に襲《おそ》われる。だが、ぐっと堪《こら》える。クロノの命が懸《か》かっているのだ。冷静に、と自分に言い聞かせながら藪を進み、クロノを発見する。クロノは蛮族の少女に担《かつ》がれていた。頭の中が真っ白になり、気が付くと矢を放っていた。矢は一直線に蛮族の少女に向かう。そのまま蛮族の少女を貫くと思われたが——。

「危ない！」

声が響《ひび》き、風が吹《ふ》き荒《あ》れた。刻印術《こくいんじゅつ》によるものだろう。矢の軌道《きどう》が掻き乱され、地面に突き刺《さ》さる。レイラは唇《くちびる》を噛《か》み締《し》め、藪から飛び出した。

「クロノ様を放しなさい！」

声を張り上げ、矢を番《つが》える。すると、蛮族——ララ、リリ、スーがこちらを見た。

「その男、処遇《しょぐう》、族長、裁可、必要」

「だが！」

リリが溜息《ためいき》を吐《つ》くように言い、ララが声を荒《あら》らげる。訛《なま》りがきついので聞き取りにくいが、クロノの処遇で揉《も》めているようだ。

「敵、来る。風、放つ、合わせる」

「……理解した」

リリが矢継《やつ》ぎ早《ばや》に言い、ララが渋々《しぶしぶ》という感じで頷《うなず》いた。怒《いか》りが込み上げる。矢を向けられているというのに三人は意に介《かい》さない。舐《な》められているのだろうか。

「クロノ様を――」

「今！」

レイラが口を開いた次の瞬間、リリが叫んだ。刻印が輝《かがや》き、強烈《きょうれつ》な風が落ち葉や砂埃《すなぼこり》を巻き上げる。風だけでも厄介《やっかい》なのに視界まで遮《さえぎ》られる。これでは狙《ねら》いを付けられない。もちろん、三人はその隙《すき》を逃《のが》さない。膝《ひざ》を屈《かが》めて跳《と》び、木を蹴《け》って天高く舞《ま》い上がる。さらに空中を浮遊《ふゆう》して遠ざかっていく。

だが、まだ射程内だ。レイラは三人に矢を向け、動きを止めた。蛮族を射貫けてもあの高さから落下したらクロノが死んでしまう。そのことに気付いたからだ。となれば蛮族を追跡《ついせき》し、隙を見て助け出すしかない。蛮族を追跡するべく弓を下ろして足を踏《ふ》み出す。すると、藪からタイガが飛び出してきた。

「レイラ殿《どの》！　無事でござるかッ？」

「クロノ様が攫《さら》われました！　すぐに追跡しますッ！」

「待つでござる」

早口で状況《じょうきょう》を説明して再び足を踏み出すが、タイガが回り込んできた。

「レイラ殿は副官でござる。副官として義務を果たさなければいけないでござる」

「くッ……」

タイガの言葉にレイラは呻《うめ》いた。だが、彼《かれ》の言う通りだ。気分を落ち着けるために深呼吸を繰《く》り返す。わずかながら冷静さを取り戻《もど》せた。その時――。

「二人とも無事でありますか？」

「お母さん、大丈夫《だいじょうぶ》？」

フェイとスノウが藪から出てきた。最後にもう一度だけ深呼吸して口を開く。

「クロノ様が攫われました」

「大変であります！」

フェイは駆け出し、膝から崩《くず》れ落ちた。スノウが駆け寄って傍《かたわ》らに跪《ひざまず》く。

「顔が真っ青だよ？」

「ちょっと頭痛がするだけであります」

スノウが心配そうに声を掛《か》けるが、フェイは大丈夫と言うように手の平を向けた。

「スノウはフェイを連れて下山して下さい」

「分かっ――」

「まだ戦えるであります！」

フェイはスノウの言葉を遮って言った。気持ちは分かるし、彼女《かのじょ》の意思を尊重したい。

「今は体調を整えることに専念して下さい」

「承服しかねるであります。今こそ忠誠を示す時であります」

「気持ちは分かりますが、フェイが死んだらクロノ様はどう思うでしょう」

「ぐッ……」

レイラの言葉にフェイは呻いた。

「フェイとスノウは下山して下さい。私とタイガでクロノ様を追います」

「どうやって、追うつもりでありますか？」

「タイガがクロノ様の臭《にお》いを覚えています」

フェイの問いかけにレイラは淡々《たんたん》と答えた。内心ハッとする。タイガがクロノの臭いを覚えている。こんなことに思い至れないほど取り乱していたのだ。

「クロノ様を取り戻します！」

「「はッ！」」

レイラが叫ぶと、フェイ、タイガ、スノウの三人は背筋を伸《の》ばして応《こた》えた。

第一章 『懐柔』

パチパチという音が聞こえる。何の音だろう、とクロノは目を開けた。頭を打ったのだろうか。視界がぼやけている。ぼやけた視界の中でオレンジ色の光がゆらゆらと揺《ゆ》れている。少しずつ輪郭《りんかく》が鮮明《せんめい》になり、しっかりと像を結ぶ。それは火だった。石を囲って作った炉《ろ》で薪《まき》が燃えている。

「ここは……。痛ッ！」

クロノは体を起こそうとして顔を顰《しか》めた。体のあちこちが痛い。しかも、後ろ手に手首を縛《しば》られている。地面に横たわったまま視線を巡らせる。そこは円錐形《えんすいけい》の空間だった。中央には炉があり、その四方には柱が立っている。柱の間には梁《はり》が渡《わた》され、草や干物《ひもの》が吊《つ》されている。ちなみに地面は剥《む》き出しだ。初めて見る光景だ。にもかかわらず、何故《なぜ》か強い既視感《きしかん》を覚えた。一体、何処《どこ》で見たのだろう。クロノは首を傾《かし》げ——。

「って、竪穴式住居《たてあなしきじゅうきょ》!?」

思わず叫んだ。もちろん、本物を見た訳ではない。だが、ここは歴史資料集に載《の》っていた竪穴式住居の復元にそっくりなのだ。記憶《きおく》を漁《あさ》る。最後に見たのはノーパ、もとい、スーだ。どうやらクロノは攫われたようだ。

「えっと、武装は……」

体を捻《ひね》って武装を確認《かくにん》するが、長剣《ちょうけん》も鉈《なた》もなくなっていた。当然か。クロノだって敵を捕《と》らえたら武装解除くらいする。

「でも、僕《ぼく》には魔術《まじゅつ》がある。魔術で縄《なわ》くらい……」

言いかけて口を噤《つぐ》む。天枢神楽《てんすうかぐら》なら縄くらい簡単に切断できる。だが、照準は目視で行わなければならない。果たして、後ろ手に縛られている状態で縄だけを切断できるだろうか。無理だ。下手をしたら致命傷《ちめいしょう》——縄だけではなく体まで抉《えぐ》ってしまう。流石《さすが》にそんな賭《か》けに出る訳にはいかない。幸い、タイガが臭いを覚えている。今は信じて助けを待つべきだ。そう結論づけた時、扉《とびら》が開いた。誰《だれ》かが入ってくる。

慌てて目を閉じる。扉を閉めたのだろう。視界が暗くなり、誰かが動く気配が伝わってくる。しばらくしてゴリゴリという音が聞こえてきた。何をしているのだろう。不安が湧き上がる。だが、クロノの不安をよそにゴリゴリという音は続く。とうとう堪えきれなくなって薄《うす》く目を開けると、スーが炉の向こうに座《すわ》っていた。内心胸を撫《な》で下ろす。何の音かと思えば石を使って草を磨《す》り潰《つぶ》す音だったのだ。

「目、開ける。起きてる、分かる」

「あ、そうですか」

スーが不機嫌《ふきげん》そうに言い、クロノはしっかりと目を開いた。訛りはキツいが、言葉は通じる。スーが俄然《がぜん》やる気になる。コミュニケーションを取ってルー族を懐柔するのだ。となればまずは挨拶《あいさつ》だ。名前を知っているので今更《いまさら》という気はするが――。

「初めまして、僕はクロノ・クロフォードと申します。貴方《あなた》の名前は？」

「……」

自己紹介《しょうかい》をして名前を尋《たず》ねる。だが、スーは無言だ。無言で草を磨り潰している。無視を決《き》め込むつもりだろうか。仕方がない。答えてくれるまで繰り返そう。

「初めまして、僕は――」

「おれ、スー。ルー族の呪医《じゅい》」

スーはクロノの言葉を遮って言った。とりあえず自己紹介は終わった。ふとララのことを思い出す。斜面から転がり落ちていったが、無事だろうか。

「そういえば、ラ、じゃなくて僕達《ぼくたち》と戦った人は無事ですか？」

「ララ、リリ、無事」

「そう、よかった。ところで、どうして僕を攫ったんですか？」

「やらせること、ある」

スーは草を磨り潰すのを止め、手を差し出してきた。

「子種、出せ」

「出せと言われても……」

「お前、子種、出せない？」

「いや、出せますよ。お望みとあらばいくらでも」

「そうか。子種、出せるか」

クロノがちょっとだけ見栄《みえ》を張って言うと、スーは嬉《うれ》しそうに口元を綻《ほころ》ばせた。

「なら出せ、すぐ出せ」

「出せと言われても……。縛られてる状態じゃ無理だよ」

「お前、嘘《うそ》吐き。いくらでも出せる、言った」

「出すには条件があるというか、そうビュルビュル出せるもんじゃないんだよ。いや、まあ、この状態でも出せる人はいると思うけど、僕には無理だよ」

「むぅ、残念」

スーは不満そうに下唇《したくちびる》を突き出した。再び草を磨り潰し始める。

「どうして、子種——男が必要なの？」

「……」

理由を尋ねるが、スーは答えない。無言で草を磨り潰している。どうすれば話してもらえるのか思案を巡らせていると、扉が開いた。扉を開けたのはララだった。怪我《けが》はしていないようだ。ホッと息を吐くが、ララはクロノを見て、不愉快《ふゆかい》そうに顔を顰めた。

「スー、族長、呼んでる」

「分かった」

スーは草を磨り潰すのを止め、立ち上がった。その時――。

「そいつ、連れてこい、仰《おっしゃ》ってる」

「……分かった」

ララが唸《うな》るように言い、スーは間を置いて答えた。壁《かべ》に立て掛けられた槍《やり》を手に取って穂先《ほさき》をクロノに向ける。石で作られた穂先だ。刺されたら鉄よりも痛そうだ。

「立て」

「分かったよ」

むぅ、とスーは唸り、チクチクと槍で突いてきた。

「分かりました」

「出る」

クロノが言い直すと、スーは顎《あご》をしゃくった。外に出ると、陽が大きく傾《かたむ》いていた。どれくらい気絶していたのだろう。振《ふ》り返ろうとすると――。

「進む」

「分かりました」

チクッと槍で刺され、前に進む。ララはいい気味だと言わんばかりの表情を浮かべている。滑落《かつらく》させられたことを根に持っているのだろう。

「右、行く」

「はい、分かりました」

チクチクと背中を刺されながら視線を巡らせる。縦穴式住居の数は五十に満たない。さらにクロノはあることに気付く。ルー族の集落には女しかいないのだ。スーより年下の娘《むすめ》もいない。不思議に思っていると、スーにまたしても槍で背中を突かれた。

「無駄《むだ》。ここ、逃げる、ない」

「はい、分かります」

クロノは頷いた。というのもルー族の集落は斜面から迫り出した岩盤《がんばん》の上に作られているのだ。ロッククライミングの経験か、縄があれば話は別だが、どちらもないクロノが逃げ出すのはほぼ不可能だ。

「止まる。ここ、族長、いる」

「ここに……」

クロノは足を止めて呟《つぶや》いた。集落の中心には円錐形のテントが張られていた。テントは革製《かわせい》で、周囲にある竪穴式住居よりも大きい。ララがテントに歩み寄る。

「族長、スー、連れてきた」

「入れ」

テントの中から声が響く。流暢《りゅうちょう》な発音の、女の声だ。ララが扉を開け、スーがチクチクとクロノの背中を槍で突く。テントに入ると、髪《かみ》の長い女がイスに座っていた。髪は上半身に絡《から》みつくほどあり、前髪《まえがみ》の間から覗《のぞ》く双眸《そうぼう》はギラギラと輝いている。毛皮で豊かな胸を締め付け、下半身を覆《おお》っている。女——族長は肘掛《ひじか》けを支えに頬杖《ほおづえ》を突いた。機嫌《きげん》が悪いのだろう。眉間《みけん》に皺《しわ》が寄っている。

「何故、その男を連れて来た？」

「……」

族長が問いかけるが、スーは無言だ。どうやらクロノを攫って来たのはスーの独断だったようだ。族長は溜息を吐き、再び口を開いた。

「答えよ。何故、その男を連れて来た」

「ルー族のため。おれ達《たち》、新しい血、必要」

「我《わ》が一族に穢《けが》れた血を混ぜると？」

「おれ達の血、力、失った。もう五十人いない。新しい血、必要。ルー族、滅《ほろ》ぶ」

二人は無言で睨《にら》み合った。きっと、何度も同じやり取りをしてきたのだろう。話は平行線を辿《たど》り、スーが強硬《きょうこう》手段に出たという感じか。それにしても人口が五十人を切っているとは、何があったのだろう。余計な情報を知られたと考えたのか、族長は一瞬だけクロノに視線を向け、溜息を吐いた。

「もうよい。下がれ」

「おれ、間違《まちが》ってない」

スーが槍で背中を突く。テントを出ろということだろう。交渉《こうしょう》をと思ったが、今は無理そうだ。黙《だま》って外に出ると、ララが舌打ちした。

「チッ、生きてた」

「お陰《かげ》さ——」

「進む」

皮肉を返そうと口を開くが、スーに槍で突かれたので断念する。

「俺《おれ》、家、戻る。何か、ある、言え」

「大丈夫、おれ、大人」

ララがクロノを睨みながら言う。何かあれば殺すという意思が伝わってくる。そんなララの気持ちを知ってか知らでかスーは慎《つつ》ましい胸を張って言った。ふん、とララは鼻を鳴らすとクロノに背中を向けて歩き出した。

「おれ達、家、戻る」

「何処だっけ？」

「おれの家、里の端《はし》」

スーが槍の穂先で家のある方向を指し示し、クロノは歩き出した。もちろん、スーはクロノの後ろ——いつでも刺し殺せるポジションだ。チクチクと背中を突かれながらクロノはスーの家に戻った。扉を潜《くぐ》り、転がされていた場所に座る。ぐぅ、とお腹《なか》が鳴った。

「お腹が空いた」

クロノが空腹を訴《うった》えると、スーは溜息を吐いた。槍を壁に立て掛け、壺《つぼ》を二つ抱《かか》えて炉の反対側に座る。一方の壺から粉を取り出して平らな石の上に置き、もう一方の壺から水を掬《すく》って捏《こ》ね始める。できあがった生地《きじ》を千《ち》切《ぎ》り、平べったくすると炉に投《な》げ込んだ。

パチパチと薪が爆《は》ぜ、風が吹き込んできた。スーがムッとしたような表情を浮かべて振り返る。すると、女達がこちらを覗き込んでいた。その中にはリリもいる。スーは立ち上がり、外に出た。女達の声が聞こえてくる。よく聞き取れないが、クロノに興味があるようだ。女しかいない環境《かんきょう》なのだから無理もないが、帝国《ていこく》とルー族の因縁《いんねん》を考えるとそれでいいのかな～という気もする。

芳《こう》ばしい匂《にお》いが漂《ただよ》い始めた頃《ころ》、再び風が吹き込んできた。スーが戻ってきたのだ。何故かぐったりしている。スーは炉の前に座ると焼き上がった生地を取り出してクロノに投げた。縛られているのでキャッチできない。胸に当たって地面に落ちる。

「食え」

「その前に縄を解いてもらえませんか？」

スーはムッとしたような表情を浮かべた。失敗したかなと思ったが、無言で立ち上がるとクロノの背後に回り込んだ。腕《うで》が軽くなる。縄を解いてくれたのだ。スーは元の場所に戻り、どっかりと腰《こし》を下ろした。

「抵抗《ていこう》、無駄。おれ、呪《まじな》い、使える」

スーが眉間に皺を寄せて呟く。すると、黒い光が彼女の体を彩《いろど》った。刻印術《こくいんじゅつ》――彼女達《かのじょたち》が信仰《しんこう》する六色の精霊《せいれい》と同化する呪法だ。

「分かってます」

「なら、いい」

ふん、とスーが鼻を鳴らす。すると、刻印が消えた。

「食え」

「いただきます」

クロノは手を合わせ、地面に落ちた生地を手に取った。パンではなくビスケットのようだ。そういえば縄文《じようもん》時代の人はどんぐりなどをビスケット状にして食べていたという話を聞いたことがある。生地、いや、縄文ビスケットを齧《かじ》る。パサパサで味も素っ気もない。

スーが四《よ》つん這《ば》いになって壁際《かべぎわ》の壺に手を伸ばす。壺を引き寄せ、棒状の何かを取り出した。干し肉だろうか。内心首を傾げていると、また投げてきた。両手が自由なので今度はキャッチできた。しげしげと棒状の何かを見つめる。やはり、干し肉のようだ。スーは自分の干し肉を手に取ると先程と同じ位置に座り直した。

「食え」

「いただきます」

干し肉に囓り付くと、塩気が口の中に広がった。かなり塩《しよ》っぱい。ついでに硬《かた》い。何度も噛んで柔《やわ》らかくして食いちぎり、ビスケットに齧りつく。塩っぱさが和《やわ》らいだような気がした。なるほど、干し肉とセットだといける。

「このビスケットはどうやって作るの?」

「木の実、砕《くだ》く。水、浸《つ》ける。渋《しぶ》み、なくなる。もっと、砕く」

タメ口で話《はな》し掛けると、スーはムッとしたような表情を浮かべた。だが、質問には答えてくれた。もう少し踏み込んだ質問をしても大丈夫だろうか。

「血が力を失ったって、どういう意味？　それに、人口が五十人を切ってるって……」

「……」

スーは無言だ。炉から縄文ビスケットを取り出して口に運ぶ。

「答えたくないならいいけど、理由を話してくれたら協力できるかも知れないよ？」

「お前、おしゃべり。少し黙る」

「分かった」

踏み込みすぎたようだ。クロノは黙って縄文ビスケットを食べる。食べ終えると、スーが縄文ビスケットと干し肉を投げてきた。

「食え」

「ありがとう」

「お前、おれのもの。世話する、当然」

スーは得意げに小鼻を膨《ふく》らませて言った。

「そういえば呪医って何なの？」

「呪医、薬、作る。占《うらな》い、する。呪い、する」

「呪いって？」

むぅ、とスーは下唇を突き出した。四つん這いになって壺に手を伸ばす。元の位置に戻ると、クロノに手を差し出してきた。手の平には素焼《すや》きの球があった。大きさは小指の爪《つめ》と同じくらいだ。

「光れ」

スーがぼそっと呟くと、素焼きの球がぼんやりと光を放った。だが、三十秒ほど経過すると砕けてしまった。マジックアイテムだ。なるほど、呪医とは医師であり、占い師《し》であり、マジックアイテムの製造者でもあるということか。

「これ、おれの仕事」

「刻印は誰が彫《ほ》ってるの？」

「族長、彫る」

へ～、とクロノは声を上げた。すると、スーはムッとしたような表情を浮かべた。また気に障《さわ》ることを口にしてしまっただろうか。

「おれ、刻印、彫れる」

「でも、族長が彫るって」

「刻印、彫る、族長、呪医の仕事」

「スーはすごいんだね」

「当然、おれ、すごい」

　クロノが感心して言うと、スーは得意げに胸を張った。彼女の年齢《ねんれい》でそれだけの技術や知識を持っているのは本当にすごいことだ。だが、疑問もある。権力を維持《いじ》するためには技術や知識を独占《どくせん》した方がいい。

　それなのに、どうして技術や知識を分散するような真似《まね》をするのだろう。族長の専横を防ぐためとも考えられるが、しっくりこない。スーと族長は対等という感じがしないのだ。確認したいが、もう少し仲よくなってからにした方がいいだろう。縄文ビスケットと干し肉を食べ終わり――。

「ごちそうさまでした」

　クロノが手を合わせて言うと、スーは無言で立ち上がった。住居の隅《すみ》にあった毛皮を手に取り、クロノに放って寄越《よこ》す。

「使う」

「ありがとう」

　クロノは毛皮を地面に敷《し》いて横になった。スーが梁に吊るしてあった草を手に取り、自分の毛皮の上に座る。ゴリゴリと草を磨り潰す。

「何を作ってるの？」

「薬」

「誰が使うの？」

「お前、うるさい。さっさと寝《ね》る」

「寝ろと言われても」

クロノは扉を見た。光は見えないが、まだ日が沈《しず》んだばかりのはずだ。

「逃げる、死ぬ」

「いや、逃げないよ」

こんな夜も早い時間に眠《ねむ》れるかどうか心配していたのだが、スーはそう考えなかったようだ。仕方がない、とクロノは体を起こし、マントを羽織った。

「おやすみ」

「おや、すみ？」

意味が分からなかったのだろうか。スーは不思議そうに首を傾げた。クロノは目を閉じた。草を磨り潰すゴリゴリという音が響く。単調な音が眠気《ねむけ》を誘《さそ》ったのか。程《ほど》なくクロノの意識は闇《やみ》に呑《の》まれた。

※

軽い衝撃《しょうげき》でクロノは目を覚ました。目の前には足がある。小さな足だ。視線を上に向けると、スーがムッとしたような表情を浮かべてクロノを見下ろしていた。彼女はノーパンだ。パンツを穿《は》いてない。ルー族の文明開化は遠い。再び目を閉じる。

「起きる」

「あと五ふ、いえ、起きます」

クロノは慌てて体を起こした。ザクッという音が響く。肩越《かたご》しに背後を見ると、槍がクロノの頭があった場所に突き刺さっていた。危なかった。危《あや》うく永眠《えいみん》する所だった。

「出る」

「はいはい、分かりました」

マントを手に取って外に出ると、夜が白々と明けていた。風が吹き、ぶるりと身を震《ふる》わせる。高地のせいか、驚《おどろ》くほど寒い。マントを羽織って振り返ると、スーが竪穴式住居から出てくる所だった。リュックを背負っているが、それよりも——。

「何故、見る?」

「いや、寒そうだなって」

スーは薄着《うすぎ》だ。それにノーパンだ。

「お前、軟弱《なんじゃく》。おれ、大人、寒さ、平気」

スーは胸を張ったが、クロノはマントを脱《ぬ》いで差し出した。

「着なよ」

「不要、おれ、大人」

「いいから」

むぅ、とスーは不満そうに唇を突き出し、槍を地面に突き刺した。クロノからマントを掻っ攫って羽織り、具合を確かめるように体を捻る。

「あとで返してね」

「お前、ケチ」

「父さんからもらったものなんだよ」

「分かった」

スーは槍を手に取り——。

「来い」

そう言って歩き出した。慌てて後を追う。

「何処に行くの？」

「薬草、採る」

「こんな朝っぱらから？　朝ご飯もまだなのに？」

「この時間、採る、意味、ある」

スーはムッとしたように言った。時間帯によって薬効が変わるということか。そういえば野菜の味は収穫《しゅうかく》する時間によって変わると聞いたことがある。それを思えば不思議ではないような気がする。

「おれ、先、歩く。逃げる、許す、ない」

「分かってるよ」

どれだけ信用されていないんだろう、とうんざりした気分で答える。スーに先導されて岩盤の端に辿り着く。斜面に視線を向けると、縄が垂れ下がっていた。樹皮を編んで作られた縄だ。斜面を見上げるが、霧《きり》のせいで何処まで伸びているのか分からない。何十メートルあるのだろう。スーが顎をしゃくって縄を指し示す。

「登る」

「……分かったよ」

クロノは溜息を吐き、縄を掴《つか》んだ。引っ張ると、ギィという音がした。だが、登らないという選択肢《せんたくし》はない。意を決して斜面を登る。縄を手繰《たぐ》るたびにギィという音が響き、そのたびに嫌《いや》な汗《あせ》が滲《にじ》む。恐怖《きょうふ》を堪えて斜面を登るが、程なく背中が痛み始めた。それだけではない。腕と脚《あし》が鉛《なまり》のように重い。息が苦しい。霧で先が見通せない。頭がぐらぐらする。進んでいるのか進んでいないのか分からなくなる。吐きそうだ。何処まで、いや、考えるな。頭を空っぽにして登ることだけに集中するのだ。そうすればやがてゴールに辿り着く。無心で斜面を登る、登る、登る、登り続けて——頂上に辿り着いた。

「……やっと着いた」

クロノは地面に座り込んだ。相変わらず、視界は霧で閉ざされている。休めるかと思ったが、スーはすぐにやって来た。斜面を登りきり、呆《あき》れたような視線を向けてくる。

「お前、へなちょこ」

「言葉もないよ」

「立つ、来る」

スーはマントを翻《ひるがえ》して歩き出した。立ち上がって後を追う。ここも尾根《おね》筋なのか。細い道が続く。細いだけではなく石がごろごろと転がっている。やがて開けた場所に出る。大きな岩がいくつも転がり、草や苔《こけ》が生えている。

「お前……」

スーは振り返り、むぅと下唇を突き出す。

「お前、休む、おれ、薬草、採る」

「ありがとう」

「感謝、不要。役立たず、思った」

スーはぷいっと顔を背《そむ》けて歩き出した。目的の薬草はここにないのだろう。やがて、霧に紛《まぎ》れて姿が見えなくなる。いや、その寸前で立ち止まった。何かあったのだろうか。訝《いぶか》しんでいると、振り返ってこちらを見た。

「逃《に》げる、無駄」

「分かってるよ」

クロノはうんざりした気分で返した。ここが何処かも分かっていないのだ。逃げ出しても碌《ろく》なことにならないのは目に見えている。ふん、とスーは鼻を鳴らして歩き出した。今度こそ、霧に紛れて姿が見えなくなる。

「そんなに心配なら手足を縛ればいいのに……」

クロノはぼやいて大きな岩に歩み寄った。腰を下ろして寄り掛かる。その時――。

「……クロノ様」

「――ッ！」

背後からレイラの声が響き、びくっとしてしまった。振り返ろうとして思い直す。いつスーが戻って来るか分からない。不審《ふしん》に思われないようにしなければ。

「どうして、レイラが……。そうか、タイガが臭いを追ってきてくれたのか」

「その通りでござる。蛮族《ばんぞく》の拠点《きょてん》も把握《はあく》済みでござるよ」

クロノの呟きにタイガが誇《ほこ》らしげに応じる。

「ところで、ここが何処か分かる？」

「アレオス山地の山頂付近です」

「そんな所まで……」

「クロノ様、拷問《ごうもん》などはされていませんか？」

「ああ、それは大丈夫。僕を攫った目的は子種を採取することだから」

「子種を……。まさか!?」

「いや、まだ採取されてないから安心して」

「ですが、時間の問題なのでは……」

レイラは呻くように言った。何だか深刻そうだ。

「そういえばフェイとスノウは？」

「二人とも無事です。ただ、フェイは連日の戦闘《せんとう》で消耗《しょうもう》しているので、スノウと一緒《いっしょ》に山を下りてもらいました。すでにサッブ達と合流していると思います」

　よかった、とクロノは胸を撫で下ろした。

「しかし、何故クロノ様の子種を？」

「ルー族は滅びの危機にあるらしいんだ。人口も五十人を切ってるって。問題はどれくらい信用できるかだけど、族長の態度や女しかいないことから考えて嘘《うそ》ではないと思う」

「その程度ならば討伐《とうばつ》可能でござるな」

「確かに、千人も兵士がいれば討伐できると思う。でも、彼女達には地の利がある。五十人足らずの戦力でもかなりの損害を覚悟《かくご》しないと……」

「懐柔は可能でしょうか？」

「可能性はある」

　レイラの問いかけにクロノは頷いた。もちろん、その逆の可能性もある。その時は内部分裂《ぶんれつ》を引き起こす方向に舵《かじ》を切るつもりだ。幸いにもというべきか、族長とスーの意見は対立している。火種として申し分ない。だが、これは最後の手段にしたい。

「だから、ギリギリまで粘《ねば》ってみる」

「承知しました。ところで、内部の状況は？」

「族長は女で――」

「戻ってきたでござる」

タイガがクロノの言葉を遮って言った。マズい。まだ内部の状況を伝えていない。スーが戻るまでの十数秒でどう伝えればいいのか。その時、ふと閃《ひらめ》くものがあった。

「文明レベルは縄文時代だよ」

「――ッ！　それでは、どうかご無事で」

「無事を祈《いの》ってるでござる」

直後、ザザーッという音が響《ひび》く。斜面《しゃめん》を駆《か》け下りたのだろう。しばらくしてスーが戻ってきた。クロノの隣《となり》で立ち止まり、きょろきょろと周囲を見回す。レイラとタイガの気配に気付いたのだろうか。意識を逸《そ》らさなければ。

「薬草は採れた？」

「……当然、おれ、大人、お前と違《ちが》う」

スーはやや間を置いて答えると踵《きびす》を返した。地面に槍を突《つ》き立てる。まだここに用があるのだろうか。訝しんでいると、風が吹《ふ》いた。マントがはためくほどの風だ。霧が押《お》し流《なが》されていく。クロノは目を見開いた。眼下に雲海と大地、彼方《かなた》に海が広がっていた。遅《おそ》きながら自分達が雲の中にいたと気付く。美しい光景だった。胸を打つとはこのことだろう。知らず知らずの内にクロノは首飾《くびかざ》りを握《にぎ》り締《し》めていた。

「血が力を失ったって、どういう意味？」

「………昔、男達、いた」

クロノが尋ねると、スーはかなり間を置いて答えた。

「けど、生まれる子、少ない。男ない。女だけ。ある年、悪い風、吹いた。男、死んだ。おれ、一族、最後の子」

「どうして、そんなことに……」

「分からない。族長、おれ達の血、活力なくした、言った。おれ、怖《こわ》い。一族、滅びる。おれ、一人になる。とても怖い。だから、子ども、欲《ほ》しい」

「族長は何て？」

「穢れた血、混ぜる訳いかない、言ってた」

そう、とクロノは呟いた。

「他の部族は？」

「他の部族、ない。ここ、豊か。でも、とても、違う。だから、戦った、聞いた」

「族長から？」

スーは小さく頷《うなず》いた。半ば予想できたことだが、アレオス山地に放逐《ほうちく》された蛮族は食《しょく》糧《りょう》を求めて殺し合ったのだ。その結果、遺伝的多様性が失われ、出生数の低下や男女比の著《いちじる》しい偏《かたよ》りを引き起こしたのだろう。改めて風景を眺《なが》める。美しいと感じた風景が今は薄ら寒《さむ》く感じる。ここには未来がない。きっと、それが理由だ。

「……だから、子種、出す」

「そういうことなら協力したいけど——」

「いつ出す？　すぐ出すか？　おれ、覚悟できてる」

「ちょっと待って。僕だけじゃ滅びを先延ばしにするだけだよ」

「おれ、それでいい。今、大事」

「自分の子どもに同じ恐怖を味わわせてもいいの？」

「………………よくない」

スーはかなり間を置いて答えた。自分のことよりもまだ見ぬ我が子を心配する。いい子だと思う。そんな子を利用しなければならない。正直、胸が痛む。だが、仕方がない。そうしなければ大勢が死ぬのだ。そう自分に言い聞かせる。

「問題を解決する方法はあるんだ」

「どうする⁉」

クロノが切り出すと、スーは身を乗り出して言った。深呼吸をして口を開く。

「帝国と仲直りすればいいんだよ」

「――ッ！」

スーは槍を手に取り、一閃《いっせん》させた。死んだかなと思ったが、槍はクロノの眼前で止まっていた。スーは大きく息を吐《は》き、槍を地面に突き立てた。

「おれ、知っている。お前達、おれ達から土地、奪《うば》った」

「でも、帝国と仲直りしないとルー族は滅ぶよ」

「おれ達、勝ってる、ずっと、ずっと」

スーが利《き》かん坊《ぼう》のように言い、クロノは内心首を傾《かし》げた。確かにスー達はガウルを追い返し、クロノを攫《さら》った。だが、それをずっととは言わない。何を以《もっ》てずっと勝っていると言うのか。思い当たる節は――あった。

「もしかして、家畜《かちく》を盗《ぬす》んだこと？」

「家畜？」

「牛とか、馬とか、鶏《にわとり》とか」

「そう、けど、盗んだ、違う、奪った」

スーは誇らしげに胸を張った。確かに損害は与《あた》えているが――。

「申し訳ないんだけど、それは勝った内に入らないよ」

「お前、嘘言ってる」

「嘘じゃない。本当のことなんだ。家畜を奪われたことなんて僕達にとって大した損害じゃない。それくらい大きな力の差があるんだ。だから、帝国と仲直りしないとルー族は本当に滅びちゃうんだ」

「……お前、無理言ってる」

「そうだね」

スーが呻《うめ》くように言い、クロノは頷いた。謁見《えっけん》の間での出来事を思い出す。あの時、タウルが止めてくれればなければアルフォートに襲《おそ》い掛《か》かっていた。それほど怒り狂《いかくる》ったくせに怒りを抑《おさ》えろと言っているのだ。あまりに自分本位な言い草にうんざりする。とんだ恥《はじ》知《し》らずだ。反吐《へど》が出る。だが、救える命を救わないこともまた恥知らずに違いない。恥知らずになろう、と決意する。

クロノの変化を感じ取ったのか、スーがおずおずと口を開く。

「族長、無理、言う。皆《みんな》、同じ」

「そうだね。でも、やるしかない」

「…………何、する？」

一人でもやる。そんな決意を込《こ》めて呟く。気持ちが伝わったのだろうか。長い沈黙《ちんもく》の後でスーが問いかけてきた。

「まずは話すことから始めたいと思う」

「分かった」

スーが頷き、クロノは立ち上がった。

※

「ふぅ、ようやく戻《もど》って来られた」

クロノはスーの家に入り、深々と息を吐いた。スーは呆れたような視線を向け、槍を壁に立て掛けた。壺を覗き込んで持ち上げる。

「どうしたの？」

「水、汲《く》む」

「……僕《ぼく》が行ってくるよ」

少し迷った末に口を開く。

「水場、皆、いる」

「だからだよ」

スーが心配そうにこちらを見る。だが、話すことから始めようと言ったばかりだ。それに、この先どれだけチャンスがあるか分からない。チャンスを確実にものにすべきだ。

「分かった」

「じゃ、行ってくるよ」

クロノはスーから壺を受け取って外に出た。そこで、水場の場所を教わっていないことに気付いた。戻って聞くべきだろうか。そんなことを考えながら視線を巡《めぐ》らせると、里の反対側で女性が列を成していた。あそこが水場だろうか。壺を抱えて列の方に向かう。

クロノが珍《めずら》しいのだろう。壺を抱えて歩いているだけなのに視線が集中する。立ち止まって手を振ってみると、女性達は体を竦《すく》ませた。中には槍を構える者もいた。だが、しばらく続けていると、くすくす笑いながら手を振り返してきた。好奇心《こうきしん》からか目が輝《かがや》いている。どうやら心配していたほど恨《うら》まれていないようだ。これなら懐柔《かいじゅう》できるのではないかという気がしてくる。

壺を抱え直して歩き出す。列まで十メートルという所まで近づくと、水が地面を流れていた。よかった。予想通り水場だった。さらに近づく。すると、女達がぎょっと振り返った。目を合わせないようにしてその場を立ち去ってしまう。かなりショックだ。ルー族を懐柔できないんじゃないかという気さえしてくる。いや、これからだ。これから仲よくすればいいのだ。そう自分に言い聞かせて斜面に歩み寄る。斜面には大きな亀裂《きれつ》が走り、そこから水が流れていた。壺を置いて水が溜《た》まるのを待っていると――。

「お前、何している？」

背後から不機嫌《ふきげん》そうな声が響いた。振り返ると、ララが腕を組んで立っていた。足元には壺がある。どうやら彼女《かのじょ》も水を汲みに来たようだ。リリもいる。ララの陰に隠《かく》れてこちらを見ている。興味津々《きょうみしんしん》という感じだ。

「何、してる？」

「水を汲んでるんだよ」

「お前、死ぬか？」

挑発《ちょうはつ》されたと考えたのだろう。ララは凄《すご》んできた。

「馬鹿《ばか》にした訳でも、挑発している訳でもないよ。本当に水を汲んでるんだ」

「水、溜まった、去れ」

ララが不愉快《ふゆかい》そうに言い、振り返ると水が壺から溢《あふ》れそうになっていた。慌《あわ》てて壺を退《ど》かし、場所を譲《ゆず》る。ララは鼻を鳴らし、足元にあった壺を手に取った。水場に歩み寄って壺を置く。リリはララの後ろに立ってチラチラとこちらを見ている。

「僕はクロノ・クロフォード。君達の名前は？」

「弱い男、興味ない」

「私、リリ。こっち、ララ」

リリが目を輝かせて言い、ララは顔を顰《しか》めた。やはり、リリはクロノと話したかったようだ。まあ、それが分かっていたから名前を尋《たず》ねたのだが——。

「ララ、リリ、よろしくね」

「勝手、するな」

ララが手を突き出すが、リリは軽《かろ》やかに躱《かわ》した。それが面白《おもしろ》くなかったのだろう。ララはムキになったように手を突き出す。だが、ことごとく躱されて手を止めた。

「そんなに邪険《じゃけん》に扱《あつか》わなくてもいいじゃない。ねぇ？」

「ねぇ？」

クロノが呼びかけると、リリは微笑《ほほえ》みながら応じた。ノリがよくて結構なことだ。それがまた面白くなかったのだろう。ララは顔を顰め、嘲《あざけ》るような笑《え》みを浮《う》かべた。

「俺、弱い男、興味ない。お前、スーに攫われた。スー、半人前。お前、半人前以下」

「そりゃ、僕は弱いよ」

「お前、恥知らず！」

クロノが素直《すなお》に認めると、ララは声を荒《あら》らげた。もしかして否定して欲しかったのだろうか。だが、否定したら否定したで証明してみろと戦う流れになっていた気がする。どうすればよかったのだろう。そんなことを考えていると、リリが口を開いた。

「でも、お前、命令していた。不思議」

「ああ、それは僕が貴族で、軍学校出身の――」

「貴族？　軍学校？」

リリが不思議そうに首を傾げた。そこから説明しなければいけないのかと思ったが、異文化コミュニケーションとはそういうものだ。

「貴族っていうのは族長みたいなものかな？　族長と違って人数が多いし、もっと偉《えら》い皇《こう》帝《てい》って人がいるんだけど……」

リリはきょとんとしている。説明が悪かったようだ。どうすればと考え、すぐに絵を描《か》いて説明することを思い付く。しゃがんで地面に絵を描く。

「これが僕で、こっちが僕と同じ貴族。で、もっと偉いのが皇帝。分かる？」

「分かる」

リリは絵を見下ろし、こくこくと頷いた。視線を感じて顔を上げる。すると、ララと目が合った。次の瞬間《しゅんかん》、彼女はぷいっと顔を背けた。興味を持ってくれたようだ。

「軍学校？」

「分かった。そっちも教えるね。軍学校っていうのは戦い方を教えてくれる場所だね。貴族の子どもは年頃《としごろ》になるとそこに通って戦いの知識を学ぶんだ」

「戦い、戦士、鍛《きた》える。お前達、意味ないこと、してる」

「意味はあるよ」

ララが小馬鹿《こばか》にするように言い、クロノは反論した。

「何だと？」

「戦いが戦士を鍛える――そのことを否定するつもりはないんだ。僕も実戦を経験してるからね。でも、だからこそ、知識の重要さがよく分かる。知識の有無《うむ》で結果は大きく変わるんだ。ララだってそう思うでしょ？」

問いかけるが、ララは答えない。リリが絵を指差し、可愛《かわい》らしく小首を傾げる。

「族長、戦うだけない。お前、何してる？」

「領地の管理かな」

「領地の管理？」

リリが鸚鵡《おうむ》返《がえ》しに呟《つぶや》く。

「領地は土地のこと。領地は子どもに引き継《つ》ぐことになるから森を切り開いて畑を作ったり、商売をしやすい環境を作ったりするんだ」

「畑？　商売？」

「畑は食べられる植物を育てる場所で、商売は物々交換《ぶつぶつこうかん》の発展版みたいな感じかな」

リリが鸚鵡返しに呟き、クロノは分かりやすい言葉に置き換《か》えて説明した。

「育てる？」

「うん、育てるんだ。色々な条件が絡《から》むからいつも同じように収穫できるとは限らないけど、比較的《ひかくてき》安定して食べられるようになる」

「物々交換の発て――」

ドンッ！　という音がリリの言葉を遮《さえぎ》る。ララが地面を踏《ふ》み鳴らしたのだ。ただ、踏み鳴らしたのではない。彼女の体には刻印が浮かんでいる。刻印術で身体能力を強化して地面を踏み鳴らしたのだ。

「……お前、精霊、否定している」

「別に否定している訳じゃないよ」

「お前達、強欲《ごうよく》。それ、俺達《おれたち》から、全《すべ》て奪った」

クロノが反論すると、ララは低く押し殺したような声で言い返してきた。

「そうだね。君達から見ればそうなんだろうね。でも、それが人間だと思う。今よりもマシに、よりよい人生を……。今までそうしてきたからって、これからもそうしなきゃいけないなんて道理はないはずだ」

「黙《だま》れ！」

「止める！」

ララが叫《さけ》び、足を踏み出す。すると、リリがクロノを庇《かば》うように立ち塞《ふさ》がった。本気で止めようとしているのだろう。刻印が浮かび上がっている。

「退く。お前、死、欲《ほっ》するか？」

「この男、スーの。勝手に殺す、許されない」

ララが拳《こぶし》を構えると、リリも構えた。手の平を相手に向けた、何処《どこ》となく合気道を彷彿《ほうふつ》とさせる構えだ。ララがわずかに膝《ひざ》を屈《かが》めた次の瞬間――。

「止《や》めよ」

声が響いた。静かだが、圧力を秘《ひ》めた声だった。ララとリリが構えを解く。声のした方を見ると、族長が腕《うで》を組んで立っていた。

「何をしている」

「この男、精霊《せいれい》、否定した。殺す許可、欲しい」

「ならん」

「――ッ！」

族長の言葉にララは鼻白んだ。意外だった。てっきり族長はクロノを殺したがっていると思ったのだが――。

「ならば――」

「ならんと言った。その男はスーの獲物《えもの》だ。死した獲物は皆で共有し、生きた獲物は捕《と》らえた者が所有する。それが掟《おきて》だ。掟を破るのならば……。分かっているな？」

「ぐッ……、分かった」

ララは口惜《くや》しげに呻き、刻印を消した。リリもそれに倣《なら》う。どうやら最悪の事態は回避《かいひ》できたようだ。ホッと息を吐く。すると、族長がこちらに視線を向けた。

「生きた獲物は捕らえた者が所有する。それが掟だ。だが、これは我らに害を及《およ》ぼさない場合に限る。スーにそう伝えておけ」

「分かりました」

「だといいが……」

ふん、と族長は鼻を鳴らしてその場を立ち去った。今のは目に余るようなら殺すという警告だろう。クロノはララとリリに視線を向けた。二人とも俯《うつむ》いている。これでは話を続けるのは無理か。仕方がない。仕切り直そう。

「じゃ、またね」

「「……」」

クロノは水の入った壺《つぼ》を手に取って歩き出した。元来た道を戻り、スーの家に戻る。扉《とびら》を開けて中に入ると、スーが石で草を磨《す》り潰《つぶ》していた。

「水を汲んできたよ」

「そこ、置く」

スーは背を向けたまま自分の隣を指差した。言われた通りに壺を地面に置く。

「それ、取る」

やはり背を向けたまま壁際《かべぎわ》に置かれた壺を指差した。歩み寄って中を覗《のぞ》き込む。中に入っていたのは粉だ。粉の入った壺を水の入った壺の隣に移動させる。すると、彼女は草を磨り潰すのを止め、生地《きじ》を捏《こ》ね始めた。怒《おこ》らせるようなことをしただろうか。クロノは訝しみながらスーの対面に座《すわ》る。スーは生地をいくつもの塊《かたまり》に分け、平たくすると炉《ろ》の中に投《な》げ込んだ。しばらくして、ぼそっと呟く。

「何、してた？」

「水を汲みに」

「何故《なぜ》、遅い？」

「ララとリリと話してた」

何故だろう。浮気《うわき》について詰問《きつもん》されているような居心地《いごこち》の悪さだ。

「そしたら喧嘩《けんか》になって――」

「どっち？」

「ララと。リリは庇ってくれたよ」

むぅ、とスーは不満そうに下唇《したくちびる》を突き出した。そこでようやく理解する。彼女はクロノが自分以外の女と仲よくするのが面白くないのだ。なかなか可愛い所がある。だが、これが原因でルー族の懐柔に失敗したら困る。釘《くぎ》を刺《さ》しておくべきだろう。

「その後、ルー族に害を及ぼすなら殺すって族長に言われた。スーにも伝えておけって」

「――ッ！」

スーは息を呑んだ。動揺《どうよう》しているのだろう。目が忙《せわ》しく動く。

「僕は覚悟をしているつもりだよ」

「おれ、覚悟ある」

スーは即答《そくとう》したが、やはり迷いがあるのだろう。目が泳いでいる。

「僕は帝国《ていこく》とルー族の利益のために行動してる。だから、他の女の子と仲よくしても感情的にならないで欲しいんだ」

「……分かった」

スーはやや間を置いて答えた。碌でもない台詞《せりふ》を口にしたような気がするが、失敗する訳にはいかない。ルー族を懐柔するために僕は悪い男になると拳を握り締めたその時、ぐぅという音が響いた。お腹《なか》の鳴る音だ。スーが炉から縄文《じょうもん》ビスケットを取り出してクロノに差し出す。

「ありがとう」

「早く、食え」

縄文ビスケットを受け取って齧る。相変わらず味も素っ気もない。スーがハッとしたような表情を浮かべ、四《よ》つん這《ば》いになって壁際の壺に手を伸《の》ばした。キュッとしまったお尻が可愛らしい。いやいや、そんなことを考えてはいけない。スーはまだ子どもなのだ。そう自分に言い聞かせていつの間にか傾《かたむ》いていた姿勢を立て直す。スーは干し肉を手に取って元の位置に戻る。

「食え」

「ありがとう」

礼を言って干し肉を受け取って齧る。かなり塩っぱい。だが、縄文ビスケットと一緒に食べると丁度いい塩加減になる。そういえば——。

「この干し肉って塩っぱいけど、どうやって作ってるの？」

「お前、無知。塩、使うに決まってる」

「へ～、塩があるんだ」

クロノは平静を装いつつ頷いた。これはいいことを聞いた。岩塩の鉱床《こうしょう》があるのなら南辺境は高い金を出して塩を買わなくて済むようになる。当然、ルー族の利益にもなる。まあ、鉱床の規模が大きければだが――。

「今日の予定は？」

「狩《か》り、行く。お前、来る」

「僕も一緒に行くの？」

「当然、獲物、狩る」

思わず問い返すと、スーは少しだけムッとしたように言った。

「狩りなんてしたことがないから役に立てないと思うよ」

「お前、赤ちゃん」

「返す言葉もないよ。待ってた方がいい？」

「一人、危険。お前、来る。おれ、獲物、狩る」

ドン、とスーが胸を叩《たた》く。他の女性と仲よくするのが嫌なのかなと思ったが、さっき族長に警告されたばかりだ。ララに襲われる可能性もゼロではない。一緒に狩りに行った方が安全か。

「分かった。一緒に行くよ」

「そうか」

スーは嬉《うれ》しそうに言って、炉から縄文ビスケットを取り出した。

※

朝食を終えると、スーは狩りの準備を始めた。といっても持っていくものはそれほど多くない。数十メートル分の縄《なわ》と毛皮、石のナイフ、槍《やり》くらいなものだ。縄と毛皮をリュックに詰《つ》め込み、スーは膨《ふく》れ上がったそれを指差した。

「お前、持つ」

「……分かった」

僕が持つのかと思ったが、狩りの役には立てないのだから仕方がない。リュックを背負い、思わず呻く。思っていたよりも重い。当然か。何しろ、数十メートル分の縄を背負っているのだ。重くならない方がおかしい。

「平気？」

「平気だよ。駄目《だめ》だと思ったら助けを求めるかも知れないけど……」

「それ、平気、違う」

スーは呆れたように言って槍を背負った。それから腰《こし》に石のナイフを差す。これで準備が整ったのだろう。家を出て、岩盤の端《はし》——縄の所に向かう。当然、クロノも一緒だ。ルー族の女性が視線を向けてくるが、近づいてくる者はいない。

「お前、先、行く」

「……分かった」

クロノはやや間を置いて答えた。この状態で登れるのか不安になる。だが、大丈夫《だいじょうぶ》だと言い聞かせる。一度できたことだ。二度目もできるはずだ。リュックのことを考えないようにしてロープを掴み、斜面に足を掛ける。

よし、と気合いを入れて登り始める。ずしっとリュックが肩《かた》に食《く》い込む。半分も登らない内にリュックのことを考えるべきだったのではないかと弱気の虫が騒《さわ》ぎ出す。だが、手《て》遅《おく》れだ。もう登る以外に選択肢はないのだ。人間は自分の命が懸《か》かっていることでも軽んじてしまうのだなと今更《いまさら》のように思う。

途中《とちゅう》、何度かヒヤッとする場面があったが、何とか斜面を登りきる。すぐにスーが登ってきた。呆れたような顔をしているが、付いてくるように言って歩き出す。尾根筋を下る、下る、下り続け、さらに谷へ下りていく。かなりの距離《きょり》を歩いたが、目印——幹の傷や白い布は見当たらなかった。まだそこまで下りていないのか、意図的に異なるルートを選んだのかは分からない。スーが大木の下で立ち止まり、槍を下ろす。

「ここ、狩りする。お前、待ってる」

「分かった」

クロノがリュックを下ろすと、スーは一本の槍を地面に突き刺した。

「熊《くま》、猪《いのしし》、出た、使う」

「熊が出るの⁉」

「出る」

思わず尋ねると、スーは神妙《しんみよう》な面持《おもも》ちで頷いた。もう一本の槍を手に取る。

「熊が出たらどうすれば？」

「頑張《がんば》る。おれ、行く」

そう言い残してスーは槍を持って駆け出した。行かないで、と口走りそうになるが、ぐっと堪《こら》える。狩りの邪魔《じやま》をする訳にはいかない。クロノは槍を手に取った。柄《え》は太く、穂《ほ》先《さき》は石製だ。頼《たよ》りない。猪ならまだしもこんなもので熊と戦うだなんて正気の沙汰《さた》とは思えない。銃《じゆう》がない時代の人類はすごいとつくづく思う。

槍を握り締め、空を見上げる。木々の枝が視界を遮っている。だが、空——太陽が見えなくなるほどではない。太陽はまだまだ中天に達していない。ガサッという音が響く。熊か、と槍を握る手に力を込め、周囲を見回す。だが、熊らしきものは見えない。ホッと息を吐き、大木に背中を預ける。

「……レイラとタイガは無事に山を下りられたかな」

二人なら大丈夫だと思うし、今のクロノの方がよほど危険だ。それでも、心配なものは心配なのだ。それに、攫われたと知ったガウルがどう出るか心配でならない。

「ふぁぁぁ、眠《ねむ》い」

クロノは欠伸《あくび》をした。夜が白んできた頃《ころ》に起こされたのだ。眠くても、いや、ここは熊がいる山だ。眠ったら襲われてしまう。楽しいことを考えるのだ。楽しいことを。たとえば海水浴だ。夏が近い。海に接した領地も手に入れた。だが――。

「帝国に海水浴の習慣ってないんだよな」

ぼそっと呟く。海水浴の習慣がないということは水着も存在しないということだ。まずは水着を、いや、水に濡《ぬ》れても透《す》けない布を開発しなければならない。なかなか骨の折れる作業になりそうだ。といっても骨を折るのはゴルディだが――。

ふとレイラに貸した歴史資料集のことを思い出す。すっかり忘れていたが、あれには古今東西の発明も載《の》っている。ゴルディに見せれば再現できそうなものが見つかるのではないだろうか。流石《さすが》に火薬を作ることはできないだろうが——。

　そういえば港はどうなっているだろう。現状はシルバに任せるしかないが、問題は起きていないだろうか。そうそう、問題といえば塩田だ。塩田を作って欲しいと依頼《いらい》してきた村は出てきただろうか。焦《あせ》ってはいないが、不安はある。

　そんな考えが浮かんでは消え、消えては浮かび——衝撃《しょうげき》が体を貫《つらぬ》く。ハッとして周囲を見回す。すると、先程《さきほど》より視界が低くなっていた。どうやら眠って尻餅《しりもち》をついてしまったようだ。空を見上げると、太陽が中天に差し掛かろうとしていた。少しうとうとしたくらいの感覚だったのだが、がっつり眠っていたようだ。

　槍を支えに立ち上がると、背後からガサッという音が聞こえた。スーが戻ってきたのだろう。木の陰《かげ》から出て、音のした方を見る。すると、猪がいた。

「あ～、ごめんなさい」

　クロノは槍を握り締め、上擦《うわず》った声で謝罪した。眠る前、猪ならまだしも熊と戦うだなんて正気の沙汰とは思えないと考えた。とんだ思い上がりだった。無理だ。猪と戦うのだって無理だ。目の前にいる猪はやたらとデカい。牙《きば》もするどい。鼻息もすごい。それをこんな木の棒の先に石をくくりつけたもので倒《たお》すとかどうかしている。しかも、前脚《まえあし》で地面を蹴《け》ってすこぶるやる気だ。何なの？　発情期？　と突っ込みたい。

ぶ、ぎぃぃぃッ！　と猪が雄叫《おたけ》びを上げて突っ込んできた。咄嗟《とっさ》に木の陰に隠れる。一秒か、二秒か、それくらいの時間を置いて猪が真横を通り過ぎる。ホッと息を吐く。野生動物は臆病《おくびょう》だと聞いた覚えがある。このまま逃《に》げるに違いない。そう考えたのだが、意外にも猪は反転した。戦うつもりなのだ。また前脚で地面を蹴っている。流石にムカッとした。こっちは戦う気がないのに戦おうとしていやがるのだ。

ぶ、ぎぃぃぃッ！　と猪が吠《ほ》え——。

「ぶぎぃぃぃぃぃッ！」

クロノも負けじと吠え返した。次の瞬間、槍が猪の背中に突き刺さった。クロノの槍ではない。スーの槍だ。近くまで来ているのだ。だが、それがいけなかった。猪が弾《はじ》けるように突進《とっしん》する。ぶぎぃぃぃッ！　と猪が吠え——。

「ぶぎゅぁぁぁぁッ！」

クロノは吠え返し、槍を振《ふ》り上げた。しかし、猪は構わずに突っ込んでくる。横に跳《と》んで躱すと、猪は大木に頭から突っ込んだ。チャンスだ。すかさず槍を突き出す。狙《ねら》いは首だ。穂先が突き刺さる。ぎぃぃぃッ！　と猪が口から血を吐きながら声を上げた。先程までの声とは違う。悲鳴だ。悲鳴を上げているのだ。クロノは槍を握る手に力を込め、傷口をこじった。血が噴《ふ》き出す。恐《おそ》らく、致命傷《ちめいしょう》。だというのに暴れる。死《し》にもの狂《ぐる》いという表現がぴったりの暴れっぷりだ。わずかでも油断すれば猪はクロノを殺すだろう。

「ぴぎゃぁぁぁ！　ぴぎゃ、ぴぎゃぁぁッ！」

クロノは叫び声《ごえ》を上げ、必死に槍を握り締めた。これは戦いだ。弱気になった方が負ける。そういう類《たぐ》いの戦い。だから、叫び声を上げる。相手を威圧《いあつ》するのだ。不意に槍が軽くなり、猪がドッと倒れる。前脚を動かしている。虚《むな》しく宙を掻《か》くばかりだが、油断はしない。相手が死ぬまでが勝負だ。やがて、猪が完全に動きを止める。ゆっくりと槍を引き抜《ぬ》き、クロノは拳を握り締めた。勝利だ。

ガサガサという音が響く。今度こそスーだろう。音のした方を見ると、スーが近づいてくる所だった。何も持っていない。やはり、先程の槍は彼女のものだったようだ。彼女は猪が倒れていることに気付くと驚《おどろ》いたように目を見開いた。

「お前、倒した？」

「うん、僕が倒した」

「すごい！　お前、一人前！」

スーの賛辞を受け、クロノは胸を張った。一人前の男と認められて悪い気はしない。スーは大木に駆け寄り、根元にあったリュックから縄を取り出した。ナイフで一メートルほどの長さに切り、猪の後《うし》ろ脚《あし》に巻き付けて引っ張る。不意に動きを止め、不満そうに唇《くちびる》を尖《とが》らせる。

「荷、背負う、手伝う」

「分かった」

クロノはリュックを背負い、スーに駆《か》け寄った。縄を掴《つか》んで引っ張る。かなり重い。二人で協力して縄を引き、猪を引き摺《ず》っていく。突然《とつぜん》、地面が消失する。マズいと思ったのも束《つか》の間《ま》、足が地面を捉《とら》える。冷たい感触《かんしょく》もだ。足下《あしもと》を見ると、水が流れていた。幅《はば》は一メートルくらいか。これが何本も集まって麓《ふもと》を流れる川になるのだろう。

「猪、川、入れる」

了解《りょうかい》、と答えて猪を川に引き摺り込む。スーは槍を引き抜いて岸に放《ほう》ると猪を踏み付けた。一度や二度ではない。何度もだ。首筋から血が溢れ、川が真っ赤に染まる。二分ほど同じ作業を繰《く》り返すと、血が止まった。

「水、掛ける」

はいはい、とクロノは返事をしてスーと一緒《いっしょ》に猪に水を掛けた。赤く染まっていた水が今度は黄土色《おうど》っぽくなる。なるほど、泥《どろ》を落としていたのか。あらかた泥を落とし終えると、スーは猪を仰向《あおむ》けに寝《ね》かせた。ナイフを抜き、臍《へそ》の辺りから腹を裂《さ》いていく。ぷりっとした内臓が露《あら》わになる。スーは猪の後ろ脚に巻き付けた縄を解き、解して紐《ひも》にした。適度な長さに切り、両手を内臓に突《つ》っ込む。両手を引き抜き、再びナイフを手にする。ナイフで骨を折り砕《くだ》きながら喉元《のどもと》までを裂き、また両手を内臓に突っ込んだ。何やら動かしている。見ているだけでは何をしているのかさっぱり分からない。しばらくして内臓を引き摺り出す。

内臓って一塊《ひとかたまり》に引っ張り出せるものなんだ、と感心していると、スーは内臓を水に浸《つ》けた。そして、猪を踏み付ける。まだ血が残っていたのだろう。川が血で染まる。不意にスーが動きを止め、周囲を見回した。

「……内臓、諦《あきら》める」

スーは川から上がり――。

「毛皮！」

鋭《するど》く叫んだ。クロノがリュックを下ろすと、スーは中から毛皮を取りだした。二本の槍を使って担架《たんか》を作る。協力して猪を担架に乗せ――。

「お前、引く」

「分かった」

クロノはリュックを背負い直して担架を持ち上げた。重い。だが、動かせないほどではない。気合いを入れて歩き出す。ばんえい競馬の馬になったような気分だ。

「ところで、どうして内臓を諦めたの？」

「熊、来る」

「逆に危ないんじゃない？」

自分が近づけば人間は獲物を置いて逃げる、と熊が学習したら狩りができなくなる。

「今日、猪、狩った。狩り過ぎ、よくない」

「なるほど……」

考えてみればルー族は刻印術が使えるのだ。熊を恐れる必要などない。アレオス山地の生態系の頂点は紛《まぎ》れもなく彼女達《かのじょたち》だ。

※

夕方——。

「やっと戻って来られた」

「戻る、ない」

クロノが盛大に息を吐くと、すかさずスーが訂正《ていせい》した。確かにまだ里には辿《たど》り着いていない。だが、里のある斜面《しゃめん》まで来ているのだ。気も緩《ゆる》むというものだ。

「猪、下ろす」

「分かったよ」

そっと担架を地面に下ろし、リュックを下ろす。すると、スーはリュックから縄を取り出して猪の後ろ脚を縛《しば》った。さらに縄を杭《くい》に掛ける。どうして、こんな所に杭が？　と不思議に思ったが、獲物を下ろすために杭くらい打ち込むだろうという結論に達する。

「お前、縄、持つ」

「分かった」

スーが担架を斜面の間際《まぎわ》まで運び、持ち上げる。ずる、ずると猪が担架の上を滑《すべ》り、一気に落下する。だが、杭のお陰で何とか支えることができた。少しずつ少しずつ縄を送り出していく。不意に縄が軽くなる。地面に着いたのだろう。

「縄、放す」

スーの指示に従って縄を放す。下から引っ張っているのか、するすると落ちていく。スーは担架を解体し、リュックに毛皮を詰め、槍を背負った。

「持つ」

了解、と返してすっかり軽くなったリュックを背負う。スーが歩き出し、クロノはその後を追った。彼女に先導されて辿り着いたのは里に続く縄のある場所だ。スーが縄を下り始め、クロノも疲《つか》れた体に鞭《むち》を打って縄を下りる。二度目だからか、それとも疲れていて余計なことを考える余裕《よゆう》がないからか、簡単に斜面を下りることができた。

「来る！」

突然、スーがクロノの手を掴んで歩き出した。連れて行かれたのは水場だ。そこにはルー族の女性が何人も集まっていた。クロノ達が使った縄を束ね、四人がかりで丸太をくり抜いて作った水槽《すいそう》に猪を沈《しず》めている。女性達がぎょっとしたようにクロノを見つめ、スーは足を踏み出した。

「こいつ、一人、猪、倒した」

スーが我《わ》がことのように誇《ほこ》らしげに言うと、ルー族の女性がハッとしたような表情を浮かべる。何故かは分からないが、スーに視線を向けている。

「行く」

「解体しなくていいの？」

「一晩、水、浸ける」

スーが踵《きびす》を返して歩き出す。手を掴まれているので従うしかない。軽く目を見開く。ララとリリがこちらにやって来たのだ。今日の獲物だろう。ララは野ウサギを、リリは魚を持っている。二人が立ち止まる。

「半人前、獲物、狩れたか？」

「猪、狩った」

ララが挑発的《ちょうはつてき》な視線を向けると、スーは誇らしげに胸を張って言った。ララは驚いたように目を見開き、優《やさ》しげな笑みを浮かべる。

「スー、ようやく、一人前」

「こいつ、猪、倒した」

スーがクロノに視線を向けて言うと、ララは顔を顰めた。誉《ほ》めるんじゃなかったと言わんばかりの表情だ。リリはといえば感心したような表情を浮かべている。行く、とスーは再びクロノの手を掴んで歩き出した。自分の家に入り、ようやく手を放した。

「ララ、驚いた」

スーは嬉しそうに言いながら壁際に移動して槍を下ろした。クロノは腕を回して凝《こ》りを解し、炉を挟《はさ》んだ反対側に座る。スーは三つの壺を炉に近づけ、対面に座った。やはり嬉しそうに縄文ビスケットの生地を作り始める。

「ララ、驚いた」

「嬉しいのは分かるけど、二度も言わなくても……。もしかして、仲が悪いの？」

「仲、悪くない。けど、半人前、よく言われる」

スーは拗《す》ねたように唇を尖らせて言った。そういえば彼女は自分を大人とは言っていたが、一人前とは言っていなかった。

「一人前と大人の違《ちが》いって？」

「一人前、呪《まじな》い、使わない、獲物、狩る。大人、子ども、産める」

ふ～ん、とクロノは相槌《あいづち》を打った。刻印術などを使わずに獲物を狩ると一人前で、子どもが産めるようになると大人か。やはり、使い分けがされていたようだ。

「スーは大人なんだね」

「そう、族長、刻印、彫《ほ》った」

スーは嬉しそうに頷《うなず》いた。おや？　とクロノは思った。スーと族長は仲がよさそうに見えない。にもかかわらず嬉しそうに頷いたのだ。訝《いぶか》しんでいると、スーが口を開いた。

「刻印、彫る、とても痛い。それに、時間、掛《か》かる」

「入れ墨《ずみ》だもんね。それで、どれくらい掛けて彫るの？」

「……とても長い」

彫った時のことを思い出しているのだろうか。スーは間を置いて答えた。痛い上に時間も掛かるとなれば大人の証《あかし》とされるのも当然という気がする。

刻印術一つ取ってもルー族と和解するメリットはあるよな～、とクロノは手を突き、天井を見上げた。スーのように未来を欲している子どももいる。何とかしなければという気になるが、どれくらいの猶予《ゆうよ》が残されているのだろうか。

※

「——以上で報告を終わります」

「……なるほど」

レイラの報告を聞き終え、ガウルは静かに頷いた。正直にいえば混乱している。二日前にクロノと話したばかりだ。被害《ひがい》を最小限に止《とど》める努力をするということになった。そのことに後悔《こうかい》はない。レイラがもたらした情報を考慮《こうりょ》すれば自分達は正しい選択《せんたく》をしたのだという気がしてくる。いくら強いといっても女だ。それも五十人足らずしかいないときている。それを追い回して殺すなどガウルのプライドが許さない。だが——。

「すぐに討伐隊《とうばつたい》を編制してエラキス侯爵《こうしゃく》を奪還《だっかん》すべきですわ」

席に着いて話を聞いていたセシリーが立ち上がって言った。

「現在、クロノ殿《どの》が内部工作を仕掛《しか》けている」

「関係ありませんわ。新貴族とはいえ、エラキス侯爵は歴《れっき》とした帝国の貴族。帝国の貴族が蛮族に攫《さら》われたというのに手をこまねいていては我がハマル家はもちろんのこと、エルナト家、ひいては帝国の威信《いしん》が地に落ちますわ」

セシリーは強い口調で言った。あれだけクロノに無礼を働きながら攫われたら奪還すべきだと主張する。お前は何なんだ、と突っ込《こ》みたくなる。だが、彼女《かのじょ》の中でこの二つは矛《む》盾《じゅん》なく成立しているのだろう。話し合いがクロノの望みとは異なる方向に進んでいると理解したのか、レイラが口を開く。

「クロノ様はギリギリまで粘《ねば》ってみると仰《おっしゃ》っていました」

「お黙りなさい、ハーフエルフ！」

セシリーはぴしゃりと言った。

「これは面子《メンツ》の問題ですわ！」

「いいえ、これは軍の作戦です」

セシリーがヒステリックに叫ぶが、レイラは低く押《お》し殺したような声音で言い返す。譲《ゆず》るつもりはないと言わんばかりに睨《にら》み合い、不意にセシリーが嗤《わら》う。

「軍の作戦と仰いましたわね？　分かりましたわ。軍の作戦ということでしたらガウル隊長が判断すべきですわね」

「――ッ！」

セシリーが嫌《いや》みったらしく言うと、レイラは口惜しそうに唇を噛《か》み締《し》めた。まったく、こういう時ばかり知恵《ちえ》が働く。ごほん、とガウルは咳払《せきばら》いした。

「クロノ殿を救出するために部隊を編制する。この件については賛成だ」

「クロノ様はルー族を懐柔《かいじゅう》して戻《もど》ってきます」

「俺《おれ》もそう思いたい」

「では！」

レイラが喜色を滲《にじ》ませるが、ガウルは彼女を手で制した。

「俺は駐屯《ちゅうとん》軍の指揮官だ。クロノ殿の安全についても配慮《はいりょ》しなければならない立場だと考えている。信じて死なれたなど受け容《い》れがたい」

「そういうことですわ」

ふん、とセシリーが嘲《あざけ》るように鼻を鳴らす。だが、とガウルは続けた。

「性急にことを運んでクロノ殿を救えないという事態も避《さ》けねばなるまい」

「ガウル隊長、貴方《あなた》はどちらの味方ですの⁉」

「俺は駐屯軍の指揮官だ。どちらの味方でもない」

「わたくし達の面子はどうなりますの？」

「クロノ殿に死なれては面子も糞《くそ》もない」

ぐッ、とセシリーは呻《うめ》いた。

「クロノ殿は無事に助け出さねばならない。そのためにまず交渉人《こうしょうにん》を派遣《はけん》する」

「交渉人ですって⁉」

ガウルの言葉にセシリーがぎょっと目を剥《む》いた。

「そうだ。クロノ殿を解放するように交渉する」

「あり得ませんわ！　交渉は対等な関係でのみ成立するもの！　それを蛮族如《ごと》きに――」

「話は最後まで聞け」

「ぐッ、分かりましたわ」

ガウルが言葉を遮って言うと、セシリーは渋々《しぶしぶ》という感じで引いた。

「まず交渉人を派遣し、それと同時に軍務局に書簡を送る」

「何ですって⁉」

「軍務局に書簡を送ると言った。南辺境に駐屯する全軍を動員できれば救出の成功率はもちろん、ルー族が交渉に応じる可能性も高まる」

声を荒《あら》らげるセシリーにガウルは自分の考えを語った。

「これはわたくし達で解決する問題ですわ！」

「俺はそうは思わん」

「新貴族のために無能の誹《そし》りを受けろと仰いますの⁉」

「クロノ殿を奪還すべきと言ったのは貴様だ」

「それはわたくし達《たち》の手でやるべきという意味ですわ！　エラキス侯爵をわたくし達の手で奪還する！　それでこそ、蛮族にしてやられた恥《はじ》を雪《すす》げるというものですわッ！」

「貴様の言いたいことは分かった。だが、これは決定事項《じこう》だ。黙って従え」

「――ッ！」

ガウルの言葉にセシリーは鼻白んだ。

「貴様には軍務局に書簡を届けてもらう」

「……」

セシリーは答えない。唇を噛み締めてガウルを睨んでいる。新貴族――クロノのために評価を下げられたくないといった所か。

「責任は俺が取る」

「ええ、そう願ってますわ」

セシリーは吐《は》き捨てるように言って歩き出した。向かう先は扉だ。

「何処に行くつもりだ？」

「明日に備えて休みますわ。お退きなさい、ハーフエルフ！」

セシリーが声を荒らげ、レイラが道を譲る。ふん、とセシリーは鼻を鳴らして出て行った。けたたましい音と共に扉が閉じる。ガウルは息を吐き、イスの背もたれに寄り掛かった。まったく、厄介《やっかい》なことになったものだ。

「ガウル隊長、ありがとうございます」

「礼には及ばん。これは俺が負うべき責任だ」

ガウルは軽く手を振った。上手《うま》くいかないものだ、とつくづく思う。だが、嘆《なげ》いてばかりはいられない。最善を尽《つ》くさねばならない。

「レイラ、貴様はクロノ殿と連絡《れんらく》を取り合え」

「はッ！　承知いたしましたッ！」

「それからクロフォード男爵《だんしゃく》に書簡を届けてもらいたい。すぐに書くから待ってろ」

「はッ！」

ガウルは机の引き出しから羊皮紙と羽根ペン、インク壺を取り出した。

第二章 『死の試練』

一日目早朝——クロノが目を覚ますと、スーが隣《となり》で眠っていた。昨夜は離《はな》れて眠ったのだが、寒かったのだろうか。いや、猪を狩ったことで男として見てもらえるようになったのだろう。もう一眠《ひとねむ》りしたい所だが、目が冴《さ》えている。

水を汲《く》んでおこう、とクロノは体を起こした。スーにマントを掛け、壺を手に取って外に出る。ルー族の女性が視線を向けてくる。だが、近づいてこない。これからこれから、と自分に言い聞かせて水場に向かう。

水場に着くと、昨日と同じようにルー族の女性が順番待ちの列を成していた。クロノに気付いたのだろう。女性達が振り返る。しばらく黙《だま》ってクロノを見ていたが、一人がクロノに向かって足を踏《ふ》み出すと、他の女性も動き始めた。次の瞬間《しゅんかん》、ドンッという音が響《ひび》いた。ルー族の女性が驚いたような表情を浮《う》かべてクロノを見る。いや、彼女達の視線はクロノの背後に向けられている。

振り返ると、十メートルほど離れた所にララとリリが立っていた。ララは刻印を浮かび上がらせている。他の女性とコミュニケーションを取るにはララを何とかしなければならないようだ。だが、具体的にどうすればいいのだろう。

ふとあるアイディアが脳裏《のうり》を過《よぎ》る。それはナンパ——古来より女性と仲よくなるために使われてきた手段だ。だが、可能だろうか。考えてみれば今まで女性を口説いたことがない。いや、と頭を振る。できなければルー族を懐柔できない。ならばやるしかない。とんでもない思《おも》い違いをしているような気がしたが、この流れに従って突っ走るしかない。

クロノは壺《つぼ》を地面に置き、ララに歩み寄った。やあ、と手を上げる。すると、警戒《けいかい》しているのだろう。ララは跳び退《すさ》って拳《こぶし》を構えた。

「何だ⁉」

「いや、ちょっとお話ししたいなと思って」

「俺、話、ない！」

「まあ、そう言わずに」

クロノが距離を詰めると、ララはまた跳び退った。それが面白《おもしろ》かったのだろう。リリがくすくすと笑う。当然のことながらララにはそれが面白くない。ムッとしたような表情を浮かべる。さらに距離を詰める。だが、今度は跳び退ろうとしなかった。

「綺麗《きれい》な刻印だね」

「き、綺麗？」

「うん、綺麗だ」

「俺、綺麗？」

うん、とクロノは頷いた。すると、ララは嬉しそうに笑った。こんなに簡単でいいのかと思ったが、彼女の笑顔《えがお》を見ているとこれでいいんじゃないかという気がしてくる。リリはといえば興味津々《きょうみしんしん》という感じで見ている。

「触《さわ》っていい？」

「な、何？」

「刻印を」

ララは恥《は》ずかしそうに頬《ほお》を朱《しゅ》に染め、おずおずと腕《うで》を差し出してきた。刻印に触《ふ》れようと手を伸ばす。熱は感じない。あと少しで触れられるという所で――。

「痛ッ‼」

クロノは濁《にご》った悲鳴を上げた。何かが背中に刺《さ》さったのだ。慌《あわ》てて振り返ると、スーが槍を持って立っていた。

「何、してる？」

「ララと話してたんだよ。ねえ？」

「こいつ、俺、綺麗、言った」

話を合わせてくれることを願って呼びかける。だが、願いは叶《かな》わなかった。ララは本当のことを言って、自慢《じまん》げに鼻を鳴らした。スーがまなじりを吊《つ》り上げて叫《さけ》んだ。

「お前、帝国《ていこく》、ルー族、仲直りする、言った！」

「いや、そのために頑張ってるんだよ」

「嘘吐《うそつ》き！　お前、ララ、見る目……卑猥《ひわい》ッ！」

「そんな目で見てないって。僕《ぼく》は帝国とルー族の未来を考えて――」

「嘘吐き！　お前、発情してる！」

「だって、ルー族の人達と仲よくしたいのにララが邪魔するんだもの！　だから、口説き落とせば他の娘《こ》とも仲よくなれると思ったんだよ！」

ムッとして言い返した次の瞬間、背後から熱気が襲《おそ》ってきた。恐る恐る背後を見ると、ララの刻印が眩《まばゆ》い輝《かがや》きを放っていた。

「お前、最低！　クズッ！」

しまった。感情的になってついつい本当のことを言ってしまった。助けを求めてスーに視線を向ける。だが、彼女も怖《こわ》い顔でクロノを見ている。万事休《ばんじきゅう》すだ。その時、柔《やわ》らかな感触が二《に》の腕に触れた。リリの胸だった。素晴《すば》らしい柔らかさだ。

「スー、ララ、要《い》らない。なら、私の」

「「待つ！」」

スーとララが同時に叫んだ。リリは立ち止まり、クロノを振り回すように二人に向き直った。可愛《かわい》らしく小首を傾《かし》げる。

「私、ずっと、話したかった。興味、ある」

「――ッ！」

「そいつ、敵！　敵、興味、持つ！　リリ、敵、なる！」

スーが息を呑《の》み、ララが声を荒らげる。すると、リリは拗ねたように唇を尖らせた。

「そんな掟《おきて》、ない」

「敵、仲よくする、裏切り」

ララが反論すると、リリはクロノから離れた。小さく溜息《ためいき》を吐く。

「私達、勝った。財、奪《うば》った。でも、敵、強くなってる」

「……そんなこと、ない」

リリの言葉にララは弱々しく反論した。ああ、そういうことか。彼女達は戦い――家畜《かちく》泥棒《どろぼう》を通じて帝国の強大さを実感していたのだ。

「私達、弱い。このまま――」

「何をしている」

静かな声がリリの言葉を遮《さえぎ》った。族長の声だ。声のした方を見ると、族長が腕を組んで立っていた。クロノを見て、溜息を吐く。

「またお前か」

「どうも」

軽く頭を下げる。だが、族長は無視して視線を巡《めぐ》らせた。ルー族の女性達が退散していく。その中にはララとリリもいる。やはり、族長の権力は侮《あなど》りがたいものがある。

「警告したはずだ」

「まだ害を及《およ》ぼしていません」

言い返した次の瞬間、手が柔らかな感触に包まれた。視線を落とすと、スーがクロノの手を握《にぎ》っていた。族長が怖いのだろうか。ぶるぶると震《ふる》えている。

「族長、共に歩む道はないのですか?」

「……共に歩むか」

族長は笑《え》みを浮かべた。弱々しい笑みだ。

「我らは戦う力を失い、子を産む力さえ失った。そんな我らがどうして共に歩める?」

「ですが――」

「お前達と歩んだその先にあるのは隷属《れいぞく》だ。我らは多くのものを奪われた。だが、戦ったからこそルー族としてここにある」

クロノの言葉を族長は遮って言った。もう話すことはないと言わんばかりに踵を返して歩き出す。そして、テントの中に消えた。

「……族長」

「とりあえず、朝食を作ろうか」

スーが心細そうに呟《つぶや》き、クロノは優しく声を掛けた。彼女は怒《おこ》っているような、呆《あき》れているような表情を浮かべてこちらを見る。しばらくして彼女は小さく頷いた。

※

朝食が終わり――。

「ごちそうさまでした」

「ごち、そう……でした」

クロノが手を合わせて言うと、スーも辿々《たどたど》しいながらそれに倣《なら》った。ちなみの朝食はクロノが作った。加減が分からず水っぽくなってしまったが、粉の量を増やすことでリカバーできた。食材を余計に使ったのでスーは顔を顰《しか》めていたが、初めて作ったにしては上手くいったのではないだろうか。

「今日は何をするの？　また、狩《か》り？」

「獲物《えもの》、十分。今日は――」

スーはハッとしたように立ち上がり、壁際《かべぎわ》の壺に歩み寄った。壺を覗《のぞ》き込み、顔を顰める。どうかしたのだろうか。疑問に思っていると、スーはリュックを背負った。

「どうしたの？」

「塩、ない。取り、行く」

「近所の人に分けてもらえないの？」

「おれ、大人。分ける、ない」

スーは首を横に振った。こんな環境《かんきょう》だ。人に頼《たよ》るのは悪いことではない。だが、彼女は人に頼ったら大人ではないと考えているようだ。

「なら僕も一緒に行くよ」

「……分かった」

スーが頷き、クロノは立ち上がった。一人だけごろごろしているのは気が咎《とが》めるし、身の安全も考えなければならない。それに、気分転換《てんかん》したいという思いもあった。

「リュックを貸して」

「お前、槍《やり》、持つ」

スーは縄《なわ》と毛皮で二本の槍を纏《まと》めて差し出してきた。いいのだろうかと思ったが、槍を受け取って背負う。外に出ると、ルー族の女性が視線を向けてきた。遠巻きに見ているだけで近づいてこない。くいくいと服の袖《そで》を引かれる。

「行く」

「そうだね。行こうか」

クロノはスーに手を引かれて岩盤《がんばん》の端《はし》に向かった。岩盤の端に辿り着くと、スーは手を放して縄に歩み寄った。縄に手を掛け——。

「待った！」

「——ッ！」

あることを思い出して声を張り上げる。スーがびくっと震え、クロノに視線を向ける。

「僕が先に登るから」

「何故《なぜ》？」

「いや、だって、ノーパンだから」

スーは訳が分からないというように首を傾げている。ノーパンの意味を理解できなかったようだが、縄から手を放す。

「お前、先、行く」

「ありがとう」

「礼、いらない」

クロノは縄を掴み、斜面を登り始めて。流石《さすが》に三度目なのであまり怖くない。だが、それだけですいすい登れるようにはならない。斜面を登るには体力が必要だ。汗《あせ》だくになりながら斜面を登りきると、スーもすぐにやって来た。彼女はけろっとしている。

「こっち、来る」

そう言って、スーは尾根《おね》筋を下り始めた。狩り場《ば》と同じ方向だ。ひたすら尾根筋を下っていく。野生動物はもちろん、ルー族の女性とも出くわさない。

「次、こっち」

立ち止まり、手招きして谷へ下りていく。今度は狩り場の反対側だ。しばらく進むと段差があった。一メートルほどの段差だ。スーはぴょんと跳んで地面に降り立ったが、クロノはそうもいかない。段差の縁《ふち》に尻《しり》をついてから下りる。

「こっち」

はいはい、とクロノはスーを追う。段差を飛び降りなくてよかったと思う。上からでは分からなかったが、あちこちに窪《くぼ》みがあったのだ。石も多い。その気になって飛び降りていたら怪我《けが》をしていただろう。さらに谷を下りていき、再び段差を下りる。今度も一メートルほどの高さだ。不意にスーが足を止める。

「着いた」

「ここに塩があるんだ」

クロノは周囲を見回した。そこは崖《がけ》の根元だった。岩盤が砕けて崖になったのだろう。あちこちに岩が転がっている。

「おれ、塩、取る。お前、ここ、待つ」

「僕も――」

行くよ、と言いかけて口を噤《つぐ》む。岩盤の根元に横穴があった。四《よ》つん這《ば》いになって通れるかどうかという穴だ。体が触れて崩落《ほうらく》なんて事態は避けたい。

「待ってます」

スーはこくりと頷くと四つん這いになって横穴に入っていった。クロノは槍を下ろして近くの岩に移動する。胡座《あぐら》を組んで座《すわ》り、太股《ふともも》を支えに頬杖《ほおづえ》を突く。

「……歩んだその先にあるのは隷属か」

族長の言葉は正しい。今のルー族は弱体化しすぎている。友好を切り出しても碌《ろく》なことにはならないだろう。だが、このままではルー族が滅《ほろ》ぶ。仮に従属に近い立場を強《し》いられるとしても滅んでしまうよりマシだと思う。もっとも、そんな風に考えられるのはクロノが体制側の人間だからだろう。

「……迷ってるようにも見えるんだけどな」

誇りと共に滅ぶ覚悟《かくご》があるのならばとうの昔に総攻撃《そうこうげき》を仕掛けていたはずだ。だというのにアレオス山地に立て籠《こ》もり、クロノを殺そうとしなかった。気になることは他にもある。もしかして——。

「クロノ様」

背後から声が響く。レイラの声だ。肩越《かたご》しに背後を見ると、レイラとタイガがいた。どうやら臭《にお》いを頼りに追ってきてくれたようだ。

「状況《じょうきょう》は？」

「はい、現在——」

クロノが尋《たず》ねると、レイラが状況を説明してくれた。

「マズいね」

「はい、状況は芳《かんば》しくありません」

レイラが沈んだ声で応じた。クロノ達は帝都《ていと》から南辺境まで二週間掛けて移動した。これは落伍者《らくごしゃ》を出さないようにかなり余裕を以《もっ》て進んだからだ。馬なら一週間で帝都に辿り着けるはずだ。だとすると――。

「猶予は二週間くらいかな？」

「そんなに早く⁉」

「いや、実際はもう少し猶予があると思う」

レイラが驚《おどろ》いたように声を張り上げ、クロノは発言を訂正した。報告が届いてすぐに軍を動かせる訳がない。軍を動かすのはそれだけ大仕事なのだ。だが、アルコル宰相《さいしょう》ならばこの事態を想定して準備を整えていてもおかしくない。それに、セシリーだ。彼女に馬を使い潰《つぶ》す覚悟があれば一週間と言わず、もっと早く帝都に辿り着ける。クロノは思わず溜息を吐いた。味方を警戒しなければいけないなんて、なんて嫌な職場だろう。

「内部工作の進捗《しんちょく》は如何《いかが》ですか？」

「全然、進んでないよ」

「でしたら――」

「そこまで！　侵略者《しんりゃくしゃ》ッ！」

声が響く。ララの声だ。声のした方を見ると、ララとリリが斜面を駆《か》け下りてくる所だった。ララとリリだけではない。族長もいる。戦うつもりなのか、ララとリリは刻印を浮かび上がらせている。しまった。最悪だ。これでは言い訳できない。

「タイガ⁉」

「申し訳ないでござる。風下から近づかれて気付けなかったでござる」

レイラが鋭《するど》く叫び、タイガが呻くように言った。どうすればと思考を巡らせるが、この場を切り抜《ぬ》けるアイディアなんて出てこない。

「クロノ様、撤退《てったい》しましょう」

「……無理だ」

クロノは立ち上がり、岩から飛び降りた

「僕が足止めをする」

「クロノ様⁉」

「それならば拙者《せっしゃ》が！」

レイラが悲鳴じみた声を上げ、タイガが殿《しんがり》に名乗り出る。

「僕を連れてララとリリから逃《に》げるなんて無理だよ。でも、二人が無事にアレオス山地を脱出《だっしゅつ》できれば僕も助かるかも知れない」

「殺されてしまいます！」

「そこは……」

クロノは族長を見つめた。何を考えているか分からない。だが、迷いがあることは分かった。だとすれば助かる可能性はある。

「そこは賭《か》けだよ。合図をしたら走って。これは命令だ」

「承知でござる」

「…………分かりました」

レイラはかなり間を置いて答えた。絞《しぼ》り出すような声だった。彼女を悲しませてばかりで本当に駄目《だめ》な男だ、と思う。

「帰ったら――」

「またクロノ様の世界について教えて下さい」

「約束する」

クロノの言葉をレイラが遮って言った。そっちか、と少しだけ落胆《らくたん》する。だが、これで憂《うれ》いはない。改めてララとリリに向き直る。

「開陽《かいよう》――」

「散るッ！」

魔術《まじゅつ》を使おうと手を伸《の》ばす。だが、発動させるよりも速くララが叫んだ。弾《はじ》けるようにその場から跳《と》び退り、二手に分かれる。一度使っただけなのに開陽回廊《かいようかいろう》の弱点――動く相手には使えないことを見抜《みぬ》いている。仕方がない。

「……天枢神楽《てんすうかぐら》」

クロノは小さく呟く。魔術式が目の前を滝《たき》のように流れ、漆黒《しっこく》の球体が生まれる。代償《だいしょう》は頭痛だ。初めて目にする魔術だからだろう。ララが目配せし、リリが頷く。一方が攻撃《こうげき》を受けている間にもう一方が距離《きょり》を詰《つ》める。そんなことを考えているのだろう。正しい判断だ。ただし、普通《ふつう》の攻撃ならば。

天枢神楽は転移魔術だ。漆黒の球体内の空間を転移させる。防御《ぼうぎょ》は不可能、手加減もできない。二人はそれを知らない。だから、天枢神楽を過小評価しているのだ。くそッ、と心の中で悪態を吐き——。

「天枢神楽、天枢神楽、天枢——」

クロノは繰《く》り返し呟く。視界が魔術式で埋《う》め尽くされ、激しい頭痛に襲われる。限界以上の演算を求められた脳が悲鳴を上げているのだ。思考が削《けず》られ、鼻血が零《こぼ》れる。視線を巡らせる。周囲には漆黒の球体が十個くらい浮かんでいる。これで十分ではないか。これ以上は命が危ない。ララとリリを見る。先程《さきほど》に比べれば警戒しているようだが、十分警戒しているとは言い難《がた》い。さらに魔術を使う。

突然《とつぜん》、目の前が真っ暗になる。幸いというべきか、意識はある。平衡《へいこう》感覚もだ。転倒《てんとう》しないように地面を踏み締めると、視界が元に戻った。かはッ、と鉄臭い息を吐く。視線を巡らせると、二十を超《こ》える漆黒の球体が浮かんでいた。改めてララとリリを見る。ぴりぴりとした雰囲気《ふんいき》を纏っている。ようやく天枢神楽を警戒してくれたようだ。

念のために、とクロノは漆黒の球体の一つを操作した。風に吹《ふ》かれるように漂《ただよ》い、木に接触《せっしょく》する。拳を握り締める。光も、音もなく木の幹が半球状に抉《えぐ》れる。

「天枢神楽――漆黒の球体に触れた部分は消滅《しょうめつ》する」

「「――ッ！」」

クロノが天枢神楽の効果を説明すると、ララとリリは息を呑んだ。その時、スーが穴から這《は》い出してきた。すぐに異常に気付いたのだろう。ハッとしたように顔を上げる。

「何してる⁉」

「今だ！」

スーが叫び、クロノは声を張り上げた。背後からガサガサッという音が響く。草が擦《す》れ合う音だ。レイラとタイガが斜面《しゃめん》を駆け下りているのだろう。

「私、追う！」

「……任す！」

リリの言葉にララはやや間を置いて応《こた》えた。恐《おそ》らく、ララはリリがわざと逃がすのではないかと疑っていたのだ。だから、即答《そくとう》できなかった。刻印が強く輝き、リリが浮かび上がる。ふわふわと漂っていたが、推進力を得るためか、動きが止まる。次の瞬間、リリは解き放たれた矢のように加速し——。

「——ッ！」

息を呑んだ。自身の進行方向に二十を超える漆黒の球体——天枢神楽があったのだ。もちろん、クロノがやったことだ。天枢神楽のスピードは決して速くない。だが、二人は時間を浪費《ろうひ》してしまった。リリは慌てて止まろうとするが、わずかにスピードが鈍《にぶ》っただけだ。覚悟を決めたような表情を浮かべ、改めて加速する。漆黒の球体の中に突《つ》っ込み、戦《せん》闘機《とうき》のようにローリングしながら躱《かわ》そうとする。

駄目か、とクロノは唇《くちびる》を噛み締める。リリは帝国に興味を持っていた。だから、合わせてくれると思ったのだが、流石に甘《あま》い考えだったようだ。カナンとロバートの時もそうだったが、好意的な相手の方が行動を読みにくいというのは何とも皮肉な話だ。

避けてよ、と祈《いの》るような気持ちで拳を握り締める。漆黒の球体が一斉《いっせい》に消滅した。幸いというべきか掠《かす》ってもいない。にもかかわらずリリは真横に吹っ飛び、木の幹に叩《たた》き付けられた。駆け寄ろうとして踏《ふ》み止《と》まる。今は戦闘中《せんとう》だ。駆け寄れば無防備な姿を曝《さら》すことになる。その代わりにリリを見つめる。呼吸はあるし、出血もないようだ。安堵《あんど》すると同時にどうして吹っ飛んだのかと疑問が湧《わ》き上がる。だが、考えている余裕《よゆう》はなかった。

「よくも、リリを！」

ララが叫び、腕を一閃《いっせん》させたのだ。赤い光が空間に軌跡《きせき》を描《えが》く。クロノは反射的に横に跳んだ。赤い光が強く輝き、炎《ほのお》が押し寄せる。炎が通り過ぎ、視線を巡らせる。

だが、ララの姿はない。何処《どこ》に行ったのか。疑問を抱《いだ》いた次の瞬間、視界が翳《かげ》った。ララに違《ちが》いない。ここにいたらマズい。直感を信じて前方に跳ぶ。半瞬遅《おく》れて、ズンッと重々しい音が響いた。どっと汗が噴《ふ》き出す。今の攻撃を受けていたら死んでいた。ひとまず賭けに勝ったようだ。

ホッと息を吐き、振《ふ》り返る。予想通り、ララがいた。槍を地面に突き立てた状態で動きを止めている。槍を引き抜き、クロノに向き直る。ララがすっと目を細める。攻撃を外したことで冷静さを取り戻したようだ。我知らず腰《こし》に手を伸ばす。当然のことながらそこには何もない。徒手空拳《としゅくうけん》で相手をしなければならない。だが、万が一の可能性で勝利を拾ったとしてもそこから先はどうする。ララを殺せばルー族の懐柔はできなくなるだろう。勝つにせよ、負けるにせよ詰んでいる。いや、ここで死ねば全《すべ》ての可能性がなくなる。ここはプライドを投げ打ってでも生きるべきだ。

どうすればと考えたその時、あるアイディアが脳裏を過《よぎ》った。土下座だ。機先を制して土下座するのだ。惨《みじ》めったらしく土下座して殺す価値もないと判断してもらうのだ。今のクロノには足を舐《な》めてでも許しを請《こ》う覚悟がある。すると、ララは後退《あとずさ》った。さらに表情を引き締め、槍を構える。

クロノは小さく息を吐き、体から力を抜く。ララがわずかに身を屈《かが》める。緊張《きんちょう》感が高まる。そのせいか、体が熱い。まるで火で炙《あぶ》られているようだ。その時——。

「止《や》めよ」

族長が溜息を吐くように言った。

「こいつ、敵！　リリ、傷、負わせたッ！」

「周りを見よ」

ララが声を荒らげて叫ぶが、族長は冷静そのものだ。溜息を吐くように言い、視線を巡らせる。クロノとララもつられて視線を巡らせる。周囲の木々が燃えていた。なるほど先程から感じていた熱はこのせいだったようだ。

「お前の炎が木々を焼いている。それは我々の糧《かて》を焼くと同義だ。捨て置けん」

「スー！　あいつら、追えッ！」

ララが叫ぶが、スーは従わない。族長に視線を向ける。

「追う必要はない」

「何故！　あいつら、逃げた！　攻《せ》めてくるッ！」

　族長の言葉にララは反論した。彼女《かのじょ》の意見は正しい。里の場所が知られていないという前提ならば。だから——。

「帝国軍は里の場所を把握《はあく》しています」

　クロノは族長に向き直って告げた。

「今は守りを固める時だ」

「ぐッ……」

　族長が溜息を吐くように言い、ララは口惜《くや》しげに呻いた。そして、腕を一閃させる。族長の命令に逆らうつもりか、とクロノは顔を庇《かば》うように両腕《りょううで》を交差させる。だが、熱はやって来なかった。恐る恐る腕を下ろし、周囲を見回す。火が消えていた。これも刻印術《こくいんじゅつ》の力か。感心していると、ぐいっと肩《かた》を引かれた。視界の片隅《かたすみ》で何かを捉《とら》える。それがララの拳だと気付いた頃《ころ》にはもう遅《おそ》かった。拳が顔面を捉え、もんどり打って倒《たお》れる。ララはそれでは足りないとばかりに馬乗りになって殴《なぐ》りつけてきた。

　衝撃《しょうげき》がクロノを襲い、鉄臭い味が口の中に広がる。視線を彷徨《さまよ》わせるが、スーはリリを介抱《かいほう》し、族長はそっぽを向いている。ララはなおも拳を振り下ろしてくる。刻印術は使っていないが、このままでは殺されてしまう。

「死ねぇぇぇッ！」

「――ッ！」

ララが拳を振り下ろし、クロノは咄嗟《とっさ》に首を傾《かたむ》けた。拳が空を切り、ララが前のめりになる。チャンスだ。クロノはブリッジの要領で腰を浮かせた。さらにララが前のめりになる。クロノは胸を鷲掴《わしつか》みして体を反転させる。

「――ッ！」

ララが驚いたように目を見開く。マウントポジションを取っていたはずが、わずか数秒で立場が逆転したのだ。ニヤリと笑うと、ララはびくっと体を震わせた。

「ど、退けッ！」

「……よくも」

クロノはララの言葉を無視して呟いた。怒《いか》りが沸々《ふつふつ》と込《こ》み上げる。

「よくも好き放題殴ってくれたな！　こっちが友好的に接したいと言っているのにあの態度は何ですか!?　こ、ここ、このおっぱいめぇぇぇッ！」

「きゃぁぁぁぁッ！」

クロノがおっぱいに顔を埋めると、ララは悲鳴を上げた。

「か、可愛い悲鳴を上げるんじゃない！　こ、この、野性味溢《あふ》れるおっぱいめッ！」

ぐりぐりと頭を擦り付けて体を起こす。その時、衝撃がクロノを襲った。クロノが倒れ込むと、ララは四つん這いになって逃げ出した。視線のみを動かして上を見ると、族長がこちらを見下ろしていた。程《ほど》なくクロノの意識は闇《やみ》に呑まれた。

※

夕方――ガウルはイスの背もたれに寄り掛《か》かり、深々と溜息を吐いた。セシリーを帝都に送り出し、他の駐屯地《ちゅうとんち》の指揮官にも書簡を送った。ようやく一息――いや、交渉《こうしょう》人の選定がまだだった。誰《だれ》にするべきか悩《なや》んでいると声が聞こえた。窓の方を見ると、見知った人物が通り過ぎた。クロノの副官――レイラだ。居住まいを正すと、扉《とびら》が開いた。

「ガウル隊長、失礼いたします」

「急ぎの用件ならば挨拶《あいさつ》は不要だ。すぐに報告を」

「はッ！」

レイラはガウルの机に歩み寄り、背筋を伸ばした。そして、アレオス山地で起きた出来事を語った。報告を聞き終えた時、ガウルは頭を抱《かか》えたい気分だった。一息つけると思った矢先に状況が悪化したのだから。

「お許し頂けるならば――」

「貴様らだけでクロノ殿《どの》の奪還《だっかん》作戦を遂行《すいこう》するというのならば許さん」

ガウルが言葉を遮ると、レイラは気色ばんだ。やはりか、と溜息を吐《つ》く。

「命令違反《いはん》は重罪だ。見過ごすことはできん。それに、クロノ殿もそれを望まんはずだ」

レイラは無言だ。無言で唇を噛《か》み締《し》めている。これも忠誠心の高さ故《ゆえ》だろう。だが、いつまでも耐《た》えられるものではない。期限を区切る必要がある。

「……一週間だ」

「クロノ様が殺されてしまいます」

「むろん、予定を早められるのならばそうする」

ガウルは書類を引き出しにしまい、立ち上がった。

「どちらに行かれるつもりですか？」

「クロフォード男爵の所だ。クロノ殿を助けるために色々と無理をせねばならん。だが、俺《おれ》にはその伝手《つて》がない。ならばある所から借りるしかなかろうよ」

ガウルはレイラに答えると外に出た。陽が大きく傾いている。クロフォード男爵の屋敷《やしき》に着くのは夜になるだろう。だが、クロノの命が懸《か》かっているのだ。行くしかない。

※

夜——音が聞こえる。女の悲鳴のように甲高《かんだか》い音だ。クロノは目を開け、視線を巡らせた。そこはドーム状の空間だった。洞窟《どうくつ》だろうか。岩が剥《む》き出しになり、亀裂《きれつ》がいくつも走っている。正面にある亀裂は人が通れるほどの大きさがある。顔を上げると、岩の割れ目から月が見えた。やはり、洞窟に監禁《かんきん》されているようだ。それも膝立《ひざだ》ちかつ両腕を広げた状態で。どういう訳か上半身は裸《はだか》だ。

痛ッ、とクロノは顔を顰めながら自分の手首を見る。縄が手首に絡《から》んでいた。腕に力を込めるが、縄はびくともしない。縄を追って視線を動かすと、そこには石柱があった。こんなに大きな岩と繋《つな》がっているのだ。クロノ程度の力で動く訳がない。がっくりと頭を垂れると、胸元《むなもと》でリザドの牙《きば》で作った首飾《くびかざ》りが揺《ゆ》れた。

「……目を覚ましたか」

声が響き、亀裂の間から族長が姿を現した。族長はゆっくりとクロノに歩み寄り、二メートルほど離れた所で立ち止まった。豊かな胸を強調するように腕を組む。

「リリを倒したばかりか、ララに悲鳴を上げさせるとは思わなかったぞ」

「あれは……」

クロノは口籠《くちご》もり、軽く頭を振った。何だろう。頭がボーッとする。ララに殴られたせいだろうか。それとも眠《ねむ》っている間に一服盛られたのだろうか。紡《つむ》いだ傍《そば》から思考が解けていくような感覚だ。

「お前は何を考えている？」

「……和解を。それができないのなら、せめて犠牲《ぎせい》を最小限に止めたい」

族長の問いかけにクロノはやや間を置いて答えた。

「ルー族は詰んでる。でも、今なら有利な条件で和解できる」

「その先にあるのは隷属だと言ったはずだ。それに、元はといえばお前達《たち》が土地を奪ったことが原因だ。お前達は我らの土地を奪い、禽獣《きんじゅう》のような生活を強いた。そんなお前達とどうして共に歩むことができる？」

「一族を存続させるために……」

「それは畜生《ちくしょう》の生き方だ。畜生として生きるくらいならば潔《いさぎよ》く――」

「嘘《うそ》だ。貴方《あなた》は迷ってる」

「何だと？」

クロノが言葉を遮って言うと、族長は訝《いぶか》しげな表情を浮《う》かべた。

「貴方はスーに生きて欲《ほ》しいと願っている」

「何を言うかと思えば……。私は族長だ。スーだけではない。皆《みな》が生きることを望んでいる。だが、誇《ほこ》りを捨ててまで生きようとは思わん」

「迷っているから僕を殺さなかったんだ。僕を殺せばスーが助かる可能性がなくなってしまうから。何故ならスーは——」

「もうよい！　止めよッ！」

「スーは——」

「止めよと言ったッ！」

族長は荒々《あらあら》しい足取りで歩み寄るとクロノの頬を張った。

「貴方の子どもだからだ」

「……何故、分かった？」

クロノが静かに告げると、族長は低く押《お》し殺したような声音《こわね》で問い返してきた。

「初めて会った時、貴方はスーの提案を拒絶《きょぜつ》した」

「当たり前だ。穢《けが》れた血を混ぜることなど——」

「帝国人を屈服《くっぷく》させたことにすればいい」

「何、だと？」

「スーも、ララも、リリも家畜《かちく》を盗《ぬす》んだことを勝利と認識《にんしき》していた。だから、穢れた血を混ぜるのではなく、帝国人を屈服させたことにしてしまえばいい」

「そんなことできる訳がなかろう」

「そう、貴方にはできないんだ。貴方は男がいた時代を知っている人間だ。だから、スーが一族を存続させるためだけに帝国人の子どもを産むことに堪《た》えられなかった」

「……」

族長は反論しなかった。一族の存続を望むのならそれが最も合理的な選択《せんたく》だ。だが、彼女には選べなかった。女として、母親としての心がそれを拒《こば》んだ。そして、族長としての心が我《わ》が子を特別扱《あつか》いすることを許さなかった。

「族長、貴方が皆を説得してくれれば全て丸く収まる。皆を説得して下さい」

「それはできん」

「どうして？　刻印術があっても戦力の差を覆《くつがえ》すことはできない。滅亡《めつぼう》が待っているだけだ！　一族の誇りとはここにいる女性達と引き替《か》えにしなければならないほど重いものなのかッ！　貴方は娘の未来を闇に閉ざすつもりか⁉」

「黙《だま》れ！」

衝撃が視界を揺らす。族長に殴られたのだ。

「今なら何とかできるのに、どうして……」

「我らは食物を巡って争った。同族同士でもだ。それだけではない。皆のためと赤子を殺させた。そんな惨めさに耐えられたのは誇りと憎悪《ぞうお》があればこそだ。族長である私がこの二つを捨てよと口にすることはできぬ」

族長は静かに言葉を紡いだ。先程まで激昂《げきこう》していた人物とは思えない態度だ。冷静に考えた末に誇りに殉《じゅん》ずることを選んだのだ。体から力が抜け、クロノは頭を垂れた。

「だが、認めよう。私は迷っている。故にお前に未来を託《たく》そうと思う」

「どうすれば？」

「死の試練を受けてもらう」

「死の試練？」

クロノは鸚鵡《おうむ》返《がえ》しに呟いた。不吉《ふきつ》な予感しかしない。

「一晩で刻印を施《ほどこ》す」

「刻印は時間を掛けて彫《ほ》るもんなんじゃ？」

「刻印を施した直後から急激な侵食《しんしょく》が始まり、激痛が七日七晩続く」

族長はクロノを無視して説明を続けた。

「生存率は？」

「九割方死ぬ。生き延びたとしても心が壊《こわ》れる可能性が高い」

「事実上の死刑《しけい》じゃないか」

「そうだ。だが、死の試練を乗り越《こ》えたならば皆を説得することができる」

「断ったら？」

「警告したにもかかわらず、お前は我らに害を及ぼした。すぐにでも殺さねばならん」

「どうせ死ぬなら賭けろってことか」

「……お前が娘《むすめ》を攫《さら》って逃げてくれたのならばこんなことをしなくて済んだ」

族長は責めるような声音で言った。

「どうする？」

「………やるよ」

かなり悩んだ末にクロノは答えた。断れば殺される。選択の余地はない。それでも、死地に踏《ふ》み込むのは恐ろしかった。

「言い遺《のこ》すことはないか？」

「生き残ったら……指の痕《あと》が付くくらいおっぱいを揉《も》んでやる！」

族長はきょとんとした顔をした。呆れているのだろう。突然、ぷッと噴き出す。

「死《し》に際《ぎわ》の言葉は選べ。だが、頼《たの》もしいぞ。スー、来い」

族長が呼ぶと、スーが亀裂の間から出てきた。筒状《つつじょう》に丸めた革《かわ》を抱いている。彼女は族長の隣《となり》に立ち、こちらを見ていた。

「スー、お前からも何かを言ってやれ」

「……お前、馬鹿《ばか》」

スーが拗《す》ねたように言い、族長は溜息《ためいき》を吐いた。

「これより死の試練を始める。スー、準備せよ」

「分かった」

スーは跪《ひざまず》くと革を広げた。骨や石で作られた道具が露《あら》わになる。これらの道具で刻印を施される——皮膚《ひふ》を傷付けられると思うと目眩《めまい》がした。吐き気《け》もする。

「……スー」

族長が手を伸ばすと、スーが道具を渡《わた》した。石で作られた道具だ。デザインナイフのような形状をしている。族長が祈るように持ち、何事かを呟く。すると、道具が淡《あわ》い光に包まれた。六色——白、黒、赤、青、黄、緑の光が瞬《またた》いている。マジックアイテムだ。歩み寄り、先端《せんたん》をクロノの胸元に添《そ》える。体が震《ふる》える。

「準備はいいか？」

「駄目って言ったら止めてくれる？」

「いや、それはできん」

クロノが問い返すと、族長は溜息交じりに答えた。

「刻印は精神に刻まれる。死んでくれるなよ？」

「それって、どう――ッ！」

問い返すよりも速く先端が皮膚に食《く》い込んだ。ほんの少し。紙で指を切った時の方がまだしも深いだろう。にもかかわらず焼けた火箸《ひばし》を神経に突っ込まれているかのような激痛が脳を直撃《ちょくげき》した。激痛のあまり息が詰まる。視界がチカチカする。息ができない。

無理だ。心が折れた。耐えられない。死刑でいいから止めて下さい。何でもします。何と引き替えにしてもいいからこの痛みを止めて欲しい。ああ、それなのに懇願《こんがん》の言葉が出てこない。懇願できないならば、せめて叫《さけ》び声《ごえ》を上げたかった。舌がひくひくと痙攣《けいれん》している。もつれる。喉《のど》の奥《おく》に詰まって吐きそうになる。叫び声さえ上げられない。

「続けるぞ」

「――ッ！」

道具がさらに深く食い込み、クロノは失禁した。激痛が七日七晩続く。果たして、それまで正気を保つことができるだろうか。

※

深夜――クロードがベッドでうとうとしていると、扉を叩く音が響《ひび》いた。嫌《いや》な予感がしてベッドから下りる。扉に歩み寄り、ドアノブに手を伸ばす。だが、ドアノブに触《ふ》れるよりも速く扉が開いた。マイラが扉を開けたのだ。

「……旦那様《だんなさま》」

「すぐ行く。このままでいいな？」

「はい、応接間でお待ち頂いております」

マイラが小さく頷《うなず》き、クロードは部屋を出た。廊下《ろうか》を通り抜け、階段を下り、応接間のある一階に向かう。応接間の扉を開けて中に入ると、ガウルとレイラがソファーに座っていた。二人とも深刻そうな顔をしている。それで嫌な予感が当たったと思った。だが、無様な姿を曝す訳にはいかない。上に立つ者はどっしりと構えなければならないのだ。クロードは深呼吸をすると対面のソファーに腰を下ろした。

「で、こんな夜更《よふ》けに何の用だ？」

「ご子息――クロノ殿が蛮族《ばんぞく》に攫われました」

「……」

ガウルが切り出し、クロードは『マジかよ？』と問い返しそうになった。だが、すんでの所で言葉を呑《の》み込む。クロノが屋敷を発《た》ったのは一昨日のことだ。まさか、そんなことになっているとは——。

「旦那様、香茶をお持ちいたしました」

いつの間にやって来たのか、マイラがテーブルに香茶の入ったカップを置いた。クロードはカップを手に取り、ぐいっと香茶を飲み干した。プハッと息を吐く。ミントか何かだろうか。吐き出した吐息《といき》で目が痛い。だが、落ち着くことはできた。視線を向けると、マイラは小さく鼻を鳴らした。仕方のない人ですねと言わんばかりの態度だ。そして、ソファーの後ろに移動する。

「それで、俺は何をすりゃいい？」

「クロノ殿を救出するために部隊を編制したいと思います」

「自警団員なら五十人かそこらは集められると思うけどよ」

そう言って、クロードはガウルの隣——レイラに視線を向けた。思《おも》い詰めたような顔をしている。一人でもクロノを救出に向かいそうな顔だ。溜息を吐く。仕方がない。駆け引きはなしだ。そんなことを考えて顔を顰《しか》める。昔の自分ならば駆け引きをしようなんて思わなかったはずだ。貴族が板に付いてきたものだ。嫌になる。

「ＯＫ、駆け引きはなしだ。俺はお前以外の駐屯《ちゆうとん》軍指揮官の弱みを握《にぎ》ってる。バレたら連中は破滅《はめつ》だ。総動員って訳にゃいかねぇと思うが、各基地から最低でも五百人は兵士を引っ張れるはずだ。あとはさっきも言ったが、自警団員だ」

「周辺領地から自警団員を集めることは？」

「もちろん、声は掛けるさ。できるかどうかは分からねぇけどな。で、そっちは？」

「明日にでも交渉人をアレオス山地に送り、帝都に書簡を送りますが……」

「帝都の方は期待できねぇってか？」

「……はい」

　ガウルがやや間を置いて頷き、クロードは深々と溜息を吐いた。帝国《ていこく》は網《あみ》の目のように軍を配置している。一カ所で敵軍を押し止めている間に包囲殲滅《せんめつ》するという戦略に基づいてのことだ。この戦略により帝国は高い防衛力を手に入れたが、帝国軍は即応性《そくおうせい》を失うという欠点を抱えることになった。緊急《きんきゅう》事態であっても各地に配置された大隊から将兵を引き抜くというプロセスが必要になる。そのことを知っていたので期待していないつもりだったが、改めて言われるとがっくりくる。

「仕方がねぇ。俺からもアルコルに書簡を送る」

「宰相閣下にですか？」

「ああ、一応、今も付き合いがあるからな。速攻《そっこう》で書簡をゴミ箱に捨てたりはしねぇと思う。つってもあいつも立場があるからよ。何処まで期待できるか分からねぇけどな」

「それでも、ありがたいです」

「おう、もっとありがたがれ」

クロードはソファーに寄り掛かり、肩越しにマイラに視線を向けた。

「悪ぃが、羊皮紙を持って来てくれ」

「承知いたしました」

マイラは恭《うやうや》しく一礼すると応接室を出て行った。さてと、とクロードはガウルに向き直った。身を乗り出して手を組む。チラリとレイラを見る。先程は気付かなかったが、顔色が悪い。クロノが攫われた精神的ショックと疲労《ひろう》のせいだろう。

「ゆっくり休ませてやりてぇが、もうちっとだけ付き合ってくれ」

「はい、もちろんです」

レイラは静かに頷いた。

※

二日目昼――さてと、と女将《おかみ》はイスから立ち上がり、視線を巡《めぐ》らせた。装飾《そうしょく》の施された家具が視界に飛び込んでくる。エクロン男爵邸《だんしゃくてい》にある自分の部屋だ。先日、十年ぶりに足を踏み入れた時は大した感慨《かんがい》を抱かなかった。だが、またしばらく戻《もど》って来られないと考えると名残惜《なごりお》しく感じる。

「何を考えてるんだかね」

女将は苦笑《くしょう》した。死ぬまでに一度だけ実家に顔を出しておこう。そんな思いを抱いて南辺境にやって来た。にもかかわらずまた戻って来ようと考えている。なんて軽い決意なのだろう。クロノにいいようにやられるはずだ。

そんなことを考えていると、バタバタという音が聞こえた。カナンの足音だ。屋敷を走り回るのはカナンしかいない。家督《かとく》はカナンが継《つ》ぐということで話を付けたのだが、また蒸《む》し返すつもりだろうか。仕方がない。二度と話を蒸し返されないように徹底的《てっていてき》に話し合うとしよう。ボキボキと指を鳴らしていると、扉が勢いよく開いた。

予想通り、扉を開けたのはカナンだ。羊皮紙を手に部屋に飛び込んでくる。やや遅《おく》れてロバートがやって来た。静かに扉を閉め、こちらに向き直る。

「姉さん、事件です！」

「あ？　事件だって？」

「なんで、喧嘩腰《けんかごし》なんですか？」

女将が聞き返すと、カナンは後退った。

「それで、事件ってのは何だい？」

「クロノ様が蛮族に攫われたそうです！」

「は？　何だって？」

「だから、クロノ様が蛮族に攫われたんです」

「何だって、そんなことに……」

「えっと、アレオス山地を偵察《ていさつ》中に蛮族と戦闘になって、それでだそうです」

カナンが羊皮紙を見ながら言い、女将はその場にへたり込みそうになった。だが、何とか堪える。今はへたりこんでいる場合じゃない。

「羊皮紙に書かれてるのはそれだけかい？」

「い、いえ、救出部隊を編制するので協力して欲しいと。えっと、駐屯軍の指揮官だけではなく、クロード様と連名で」

「は⁉　そこまで分かってるのにあたしに相談なんてしてるんじゃないよ！　すぐに自警団員を率いてクロフォード男爵《だんしやく》領に行くんだよ！」

「む、無理ですぅ」

女将が声を荒《あら》らげて言うと、カナンは情けない声で言った。

「助けてもらったばかりなのにアンタは何を言ってるんだい⁉」

「怒鳴《どな》らないで下さい！　そりゃ、私だってクロノ様に恩を返したいと思ってます」

「だったら――」

「うちの自警団員は役立たずなんです！」

カナンは女将の言葉を遮《さえぎ》って言った。

「役立たずどころか完全に足手纏《あしでまと》いです。肉の壁《かべ》にさえなりません」

「肉の壁って……。一応、アンタの部下だろ」

「そうですよ。部下じゃなかったらあんな山猿《やまざる》どもとっくに駆除《くじょ》してます」

カナンはふて腐《くさ》れたような口調で言った。駆除だなんて、よっぽど自警団員のことが嫌《きら》いらしい。まあ、それはいいとして――。

「足手纏いってことはないだろ、足手纏いってことは」

「姉さんは山猿どものことが分かっていません」

カナンが溜息交じりに言い、女将はロバートに視線を向けた。彼《かれ》は自警団の副団長を務めている。それに元帝国軍人だ。客観的な評価を下してくれるに違いない。ロバートは考《かんが》え込むように腕《うで》を組み――。

「猟師《りょうし》の方がまだしも戦闘力《せんとうりょく》がありますね」

「ほら！　私の言った通りじゃないですかッ！」

ロバートの評価を聞き、カナンは勝ち誇ったように言った。

「足手纏いなのは分かったけど、何もしないってのは違うだろ？　戦闘面で役に立てなくても補給やら何やらできることをすりゃいいじゃないか」

「何をやっても足を引っ張りそうなんですが……」

「なんで、そんな役立たずを税金で養ってるんだい。とっととほっぽり出しちまいなよ」

カナンが呻《うめ》くように言い、女将はうんざりした気分で言った。

「山猿どもはうちの家に貢献《こうけん》してくれた方々の子どもや孫なんです。いくら役立たずだからって、そう簡単にほっぽり出せません」

「逃《に》げた家畜を追いかけたり、壊れた柵《さく》を直したりする程度のことはできるんですよ」

カナンが拗ねたように言い、ロバートが溜息交じりでフォローする。

「何をしても足手纏いになりそうってのは分かったよ。でも、それはそれとしてやれることをやらなきゃ誰からも助けてもらえなくなっちまうよ」

「それはそうなんですけど……」

カナンはごにょごにょと呟《つぶや》き、ロバートに視線を向けた。

「大丈夫《だいじょうぶ》？」

「後方支援《しえん》ならば問題なく務められます」

「……そう」

カナンは思案するように腕を組んだ。エクロン男爵領の実質的な戦力は彼だけだ。彼の戦闘力が団員の生死に直結する。慎重《しんちょう》に判断しなければならない。

「……後方支援に志願しましょう」

「いいのかい？」

「やれることをやらなきゃと言ったり、いいのかいと言ったり、どっちなんですか」

「女心は複雑なんだよ」

カナンが拗ねたように言い、女将はそっぽを向いた。

※

夕方――ジョンは杖《つえ》を担《かつ》ぎ、アレオス山地を進む。当然、一人ではない。先頭には臨時の上司であるニア、背後には八人の同僚《どうりょう》が続く。目的は蛮族との解放交渉だ。成功する見《み》込《こ》みのなさそうな任務だが――。
「み、皆さん！　気を引き締めていきましょうッ！」

「「「「「「「「おうッ！」」」」」」」」

ニアが上擦《うわず》った声で叫ぶと、八人の同僚は気合いの入った返事をした。思わず口元が綻《ほころ》ぶ。貧乏籤《びんぼうくじ》を引かされたも同然の任務にもかかわらず士気が高い。そこが面白《おもしろ》くてついつい志願してしまった。悪い癖《くせ》だ。だが、人生には余計なことも必要だ。余計なことついでに情報収集もしてみた。

この部隊の士気が高いのはニアが原因のようだ。彼は駐屯軍の指揮官――ガウルを尊敬しているらしい。いや、憧《あこが》れているというべきだろうか。その憧れのガウルに仕事を任せられてやる気満々になっているのだ。ジョンには分からない感覚だ。

八人の同僚はニアに比べるとまだ分かりやすい。先日、この八人は偵察任務に就《つ》き、蛮族に煮《に》え湯《ゆ》を飲まされている。では、その復讐《ふくしゅう》が目的なのかといえば違う。当然だ。彼らは訓練所上がりの一般《いっぱん》兵――食い詰《つ》めて兵士にならざるを得なかった連中だ。自分よりも強い相手に復讐をしようなんて気概《きがい》はない。志願したのはある種の強迫《きょうはく》観念を抱いているからだ。志願しなければ臆病者《おくびょうもの》と見なされて信頼《しんらい》を失うと思い込んでいる。

馬鹿な連中だ。だが、嫌いではない。こういう連中と一緒《いっしょ》にいると自分も馬鹿の仲間入りをした気分になる。まあ、あくまでそんな気分になるだけだが。

お？　とジョンは軽く目を見開いた。ニアの前に出て、杖で行く手を遮る。ニアがきょとんとした顔でこちらを見上げた。

「どうかしたんですか？」

「いやね、このまま進むのはちょいとヤバいと思いましてね」

「ヤバい？」

ニアが鸚鵡返しに呟き、ジョンは周囲を見回した。握り拳大《こぶし》の石が目に留まる。ジョンは石を拾い上げ、前方に投げた。石が落下すると同時に地面が抜《ぬ》ける。ドサッという音と共に現れたのは巨大《きょだい》な穴だ。自然のものではない。

「な——ッ！」

「そんなに驚《おどろ》かないで下さい。ただの落とし穴です」

驚愕《きょうがく》に目を見開くニアに説明する。歩み寄って穴を覗《のぞ》き込むと、穴の底に木の杭《くい》が何本も並んでいた。当然、先端は尖《とが》っている。背後から声が響く。

「落とし穴だって？」

「俺達《おれたち》の使うルートがバレてたのか？」

「どうして、バレたんだ？」

「まさか、スパイか」

同僚達《どうりょうたち》が口々に言うが——。

「いや、そんなんじゃない」

ジョンはニア達に向き直って言った。

「多分、連中は手当《てあ》たり次第《しだい》に罠《わな》を仕掛《しか》けてるんだ」

「どうして、そんなことが分かるんですか?」

「罠の仕掛け方《かた》が素人臭《しろうとくさ》いもんで」

ニアの問いかけに答え、別の言い方をした方がよかったかなと後悔《こうかい》する。この言い方ではまるで自分が罠を仕掛ける玄人《くろうと》のようではないか。

「……そうですか」

ニアは神妙《しんみょう》な面持《おもも》ちで頷いた。どうやら、疑問に思わなかったようだ。

「皆さん! 気を付けて進みましょうッ!」

「「「「「「「「おうッ!」」」」」」」」

ニアが声を張り上げると、八人の同僚は威勢《いせい》よく返事をした。ニアが落とし穴を迂回《うかい》して進む。ほう、と思わず声を上げる。落とし穴を見た直後にもかかわらず先頭を歩いているのだ。並大抵《なみたいてい》の胆力《たんりょく》ではない。ニアの後ろに付き、アレオス山地を進む。

「ジョンさん、罠はないですか?」

「大丈夫です」

ニアがぼそっと呟き、ジョンは視線を巡らせながら答えた。あちこちに設置されているが、自分達が進むルートにはない。いや、もしかして、これは——。

「ニア隊長？」

「何ですか？」

ニアが足を止めて振《ふ》り返る。バサバサッという音が響き、地面が大きく揺れる。空から振ってきた槍《やり》が地面に突《つ》き刺《さ》さったのだ。慌《あわ》ててニアが正面に向き直ると、すぐ目の前に槍があった。またバサバサッという音が響く。反射的に顔を上げると、赤い刻印を浮かび上がらせた女が舞《ま》い降《お》りてくる所だった。音もなく地面に降り立つ。距離《きょり》は——十メートルほど離《はな》れているだろうか。

「どうやら、これが本命のようです」

「本命？」

「ええ、連中は罠を作ってルートを限定させたんです」

ニアが鸚鵡返しに呟き、ジョンは説明した。素人《しろうと》かと思いきやなかなかやる。一本取られたというのが正直な感想だ。

「どうしま——」

「僕《ぼく》はガウル隊長の部下でニアと申します！　貴方達《あなたたち》が捕虜《ほりよ》にしているエラキス侯爵《こうしやく》の解

放交渉に来ました！　どうか話を聞いて下さいッ！」

　ジョンが問いかけるよりも速くニアは叫んだ。

「僕達《ぼくたち》は交渉に来たんです！　どうか話を聞いて下さいッ！」

「去れ！　ここ、我らの地ッ！」

「――ッ！」

　女が訛《なま》りの強い言葉で叫び、ニアが負けじと叫び返す。すると、女は苛立《いらだ》った様子で腕を一閃《いっせん》させた。赤い光が空間に軌跡《きせき》を描《えが》く。光が強く輝《かがや》き、炎《ほのお》が押し寄せる。だが、炎はニアと女の中間地点に降り注いだ。警告だろう。

「去れ！　次、殺すッ！」

「――ッ！」

　女の言葉にニアは息を呑み、何を思ったのか服を脱《ぬ》ぎだした。上着だけではなく、ズボンまでだ。パンツ一丁になって両手を上げる。

「見ての通り、武器は持っていません！　だから、話を聞いて下さいッ！」

　ニアは両手を上げ、女に向かって歩き出した。女はぽかんとしている。ジョンも同じ気持ちだ。まさかパンツ一丁になるとは思わなかった。ニアが炎の間近に迫《せま》り、女は我に返った。腕を振り上げる。

「警告、したッ！」

言うが早いか腕を振り下ろす。赤い光が空間に軌跡を描き、ジョンは飛び出した。魔力《まりよく》を循環《じゅんかん》させて爆発的《ばくはつてき》な加速を得る。ニアを抱《だ》きかかえて横に跳《と》んだ次の瞬間《しゅんかん》、炎が降り注いだ。ホッと息を吐く。危《あや》うく死なれる所だった。

「は、放して下さい！　僕にはガウル隊長から仰《おお》せつかった仕事が――」

「いいから逃げますよ！」

ジョンはニアを担ぐと女に背を向けて逃げ出した。

「転進！　転進ッ！　これは撤退《てったい》に非《あら》ずッ！」

「「「「「――ッ！」」」」」

ジョンが叫ぶと、同僚達は踵《きびす》を返して逃げ出した。

「ちょっと待って！　僕の服ぅぅぅッ！」

ニアが手足をばたつかせたが、ジョンは構わずに走った。思わず笑《え》みがこぼれる。余計なことをしたが、実に楽しい。

※

三日目朝――カンカンという音でフェイは目を覚ました。木剣《ぼっけん》や木槍を打ち合わせる音だ。仲間達が庭園で訓練に励《はげ》んでいるのだ。エラキス侯爵領から南辺境まで一ヶ月、それだけ訓練をしなければ体と勘《かん》は確実に鈍《にぶ》る。皆、鈍った体と勘を研《と》ぎ澄《す》ますべく必死に訓練をしているのだ。この音を聞いていると、どれだけクロノが慕《した》われているかがよく分かる。それと同時に訓練に参加したいという気持ちが湧《わ》き上がってくる。

フェイはクロノの騎士《きし》だ。忠誠を誓《ちか》った相手が蛮族に攫われた状況《じょうきょう》で呑気《のんき》に寝《ね》ている訳にはいかない。こういう時こそ忠誠を示すべきではないかと思う。だが、訓練に参加したい気持ちを必死に抑《おさ》える。今の自分はかつてないほど疲弊《ひへい》している。今やるべきことは訓練ではない。クロノの救出に備えて体調を整えることだ。

「……体調を整えるであります」

フェイは小さく呟き、目を閉じた。カンカンという音が響く。いい音だ。いつになく気合いが入っている。寝返《ねがえ》りを打つ。今は体を休めるべきだ。だが、木剣や木槍がぶつかり合う音を聞いていると、目が冴《さ》え、気分がざわつく。訓練に参加したい。いや、今は体を休める時だ。クロノの救出は一筋縄《ひとすじなわ》ではいかないはずだ。激戦が予想される。その時に疲労が残っているようでは話にならない。

眠らなければ、と思う。普段《ふだん》は布団《ふとん》に入れば朝まで眠れる。起きていなければいけない状況で眠ってしまうことはあってもその逆――眠らなければいけない状況で眠れないことはなかった。どうすればと自問したその時、幼い頃《ころ》の記憶《きおく》が甦《よみがえ》った。眠れない時は山羊《やぎ》を数えればいい。早速《さっそく》、山羊を数える。

「山羊が一匹《ぴき》、山羊が二匹……」

三匹、四匹と山羊の数が増えていく。なかなか眠くならない。さらに山羊を数える。山羊の百匹を超《こ》え――百匹の山羊を育てられる農家とはどれほどすごいのだろうと疑問が湧き上がる。記憶を漁《あさ》ってみるが、百匹の山羊を育てている人物は思い付かない。自分が覚えていないだけのような気もするし、エラキス侯爵領で山羊を育てている農家が少なかっただけのような気もする。どっちだろうと内心首を傾《かし》げる。

いや、今はエラキス侯爵領の農家について考えている場合じゃない。眠るのだ。山羊を数えて眠るのだ。改めて山羊を数え始める。山羊が五百匹を超えた頃、トントンという音が聞こえた。扉《とびら》を叩《たた》く音だ。山羊を数えるのを止め、体を起こす。

「どうぞであります！」

「失礼いたします」

フェイが声を張り上げると、マイラが入って来た。銀のトレイを持っている。彼女《かのじょ》は音もなく歩み寄り、ベッドサイドの机にトレイを置いた。トレイの上には陶製《とうせい》のポットとカップが載《の》っている。ついでに刺激的《しげきてき》な臭《にお》いがする。

「どうかしたのでありますか？」

「寝付《ねつ》けずに困っているようでしたので香茶を持って参りました」

そう言って、マイラはポットを手に取り、香茶をカップに注いだ。優雅《ゆうが》な所作だが、刺激的な臭いが強くなる。マイラは優《やさ》しげな笑みを浮かべ、カップを差し出してきた。

「どうぞ」

「……」

フェイは無言でカップを見つめた。湯気が立ち上っている。刺激的な臭いがする。危険だと生存本能が訴《うった》えている。しばらく見ていると――。

「どうぞ」

「……」

マイラが同じ言葉を繰《く》り返す。フェイは黙ってカップを見つめる。ふと風呂場《ふろば》での一件を思い出した。どうぞと言っているが、自分に拒否権《きよひけん》はないのだ。仕方なくカップを受け取ると、マイラはベッドの傍《かたわ》らにあったイスに腰《こし》を下ろした。

「さあ、ぐいっと」

「………頂くであります」

　フェイはかなり悩《なや》んだ末に答えた。カップを口元に近づけると、目が痛んだ。本当に飲んでも大丈夫だろうか。マイラを盗み見る。すると、彼女は小さく頷いた。まるで信用できない。だが、今更遠慮《いまさらえんりょ》しますとは言えない。意を決して一口飲むと、喉が焼けるように痛んだ。吐《は》き出しそうになるが、何とか飲み下す。食道が、胃が熱くなる。

「如何《いかが》でしたか？」

「し、刺激的な味であります」

　けほッ、と軽く噎《む》せながら答える。吐息がまた刺激的だ。

「これは何でありますか？」

「試作中のオリジナルブレンドです」

　マイラはフェイを見つめ、ふむふむと頷いた。

「いつか商品化したいと考えておりますが、現状ではその域に達していないようです。フェイ様、飲みにくいようでしたら残して頂いても構いません」

「申し訳ないであります」

「いえいえ、お気になさらず」

　フェイがカップを差し出すと、マイラは手に取り、トレイの上に置いた。立ち上がり、トレイを持ち上げる。

「それでは、ゆっくりと養生なさって下さい」

「お心遣《こころづか》い、痛み入るであります」

「失礼いたします」

マイラは恭しく一礼すると部屋を出て行った。フェイはホッと息を吐き、ベッドに倒《たお》れ込《こ》んだ。何だか疲《つか》れてしまった。目を閉じると、睡魔《すいま》はすぐにやって来た。

※

夕方──カンカンという音が響く。レイラは努めて平静を装いながらクロフォード邸《てい》の庭園を歩く。視線を巡らせると、部下が木剣や木槍を打ち合わせていた。早朝から訓練をしているせいだろう。動きが精彩を欠いているように見える。

そのことに不満を覚える。何故《なぜ》、もっと必死にやらないのか。何故、疲労くらいで手を抜いてしまうのか。クロノのピンチなのだ。腕が上がらなくなるくらい、疲労で動けなくなるくらい訓練をするべきではないかと。

苛々《いらいら》しながら歩いていると、スノウの姿が目に留まる。短剣《たんけん》サイズの木剣を片手に組み手をしている。相手は黒豹《くろひょう》の獣人《じゅうじん》──エッジだ。スノウはスピードとフットワークで撹乱《かくらん》しようとするが、疲労からだろう。動きが鈍い。さらに相手は実戦経験者、しかもタイガに次ぐ実力者だ。エッジは最小限の動きで攻撃《こうげき》を躱《かわ》し、スノウに反撃《はんげき》する。木剣が体を捉《とら》え、スノウは尻餅《しりもち》をついた。なかなか立ち上がろうとしない。

さっさと立ち上がって武器を構えなさい！　敵は待ってくれませんよッ！　と叫ぼうとしたその時、背後からジャリという音が聞こえた。振り返ると、タイガが立っていた。決意めいたものを感じさせる。

「そろそろ、訓練を切り上げた方がいいでござる」

「――――ッ！」

貴方《あなた》はクロノ様を助け出したくないのですか!?　とそんな言葉が喉元《のどもと》まで迫《せ》り上がる。だが、レイラはすんでの所で言葉を呑み込んだ。

「それは何故でしょう？」

「これ以上はオーバーワークでござる」

タイガはいつもより低い声で言った。せめて、太陽が沈《しず》むまで訓練をすべきではないかと思う。だが、それを口にしてもタイガは首を縦に振らないだろう。

「……分かりました。今日の訓練はここまでにしましょう」

「提案を受け入れて頂き、感謝するでござる」

タイガはぺこりと頭を下げ、部下に向き直った。

「各々方《おのおの》！　これで訓練は終了《しゅうりょう》でござる！　明日に疲れを残さないようにしっかり休むでござるよ！　それでは、解散でござるッ！」

タイガが声を張り上げると、部下は動きを止めた。ホッと息を吐く。

「よし、かなり勘を取り戻せてきたな」

「クロノ様の救出までに仕上げられるか心配だぜ」

「馬鹿、そこは気合いと根性《こんじょう》でカバーするんだよ」

そんなことを言いながら部下達はクロフォード邸に向かう。その姿にイラッとする。

「皆《みな》、頑張《がんば》っているでござるよ」

「……分かっています」

タイガが小さく呟き、レイラは少し間を置いて答えた。皆、頑張っていると言うが、もっと必死になるべきではないかと考えてしまう。

「では、拙者《せっしゃ》も行くでござる」

「私は訓練をしてから戻ります」

「承知したでござる。くれぐれも——」

「体を動かしていたい気分なんです」

レイラはタイガの言葉を遮って言った。無理をしないように。彼の言いたいことは分かる。だが、このまま屋敷《やしき》に戻っても体を休めることはできないだろう。

「……分かったでござる」

「すみません」

「構わないでござる」

タイガは牙《きば》を剥《む》き出して笑い、クロフォード邸に向かった。レイラは溜息を吐き、誰《だれ》もいなくなった庭園を見つめた。

※

四日目夜――クロードが外に出ると、タンッという音が響いた。正面を見据《みす》え、目を細める。視線の先ではレイラが弓の訓練をしていた。エルフの聴覚《ちょうかく》は鋭《するど》い。クロードに気付いているはずだが、一顧《いっこ》だにしようとしない。それだけ思い詰めているのだろう。

もっと肩《かた》の力を抜けとアドバイスしてやりたかったが、そんな言葉ではレイラを止めることはできないだろう。彼女の世界――その中心にいるのはクロノだ。クロノがいるから気高くもなれるし、勇敢《ゆうかん》にもなれる。言わば太陽だ。その太陽を失おうとしている。思い詰めて当然なのだ。レイラが特殊《とくしゅ》という訳ではない。誰だって自分の中に太陽を持っている。愛する人だったり、神様だったり、国家だったり——これがなければ生きられないというものを持っているものだ。

俺《おれ》にとっての太陽は何だろうな、と頭を掻《か》きながら旧クロフォード邸に向かう。若い頃であれば暴力と即答《そくとう》していたことだろう。腕《うで》っ節《ぷし》の強さを活《い》かすために傭兵《ようへい》になった。そのことを思えば暴力であっても不思議ではないが——。

「……どうも違《ちが》う気がするんだよな」

クロードは小さく呟き、旧クロフォード邸の前で立ち止まった。扉はごつい錠前《じょうまえ》で施錠《せじょう》されている。解錠《かいじょう》して中に入り、顔を顰める。埃《ほこり》っぽい。年一回の掃除《そうじ》では駄目《だめ》なようだ。

「明かりよ」

クロードは天井《てんじょう》を見上げて言った。天井に設置した照明用マジックアイテムがぼんやりと光る。寿命《じゆみよう》が近いのだ。足下《あしもと》に注意しながら移動する。部屋の隅《すみ》で片膝《かたひざ》を突き、床板《ゆかいた》を持ち上げる。床下《ゆかした》にあったのは大きな箱だ。引っ張り上げて蓋《ふた》を開けると、傷だらけの鎧《よろい》が姿を現す。

もう使うことはねぇと思ってたんだけどな、と苦笑したその時、背後から軋《きし》むような音が響いた。振り返ると、マイラが立っていた。わざと音を立てたのだろう。何か言われると思ったが、無言でこちらを見ている。

「……何か言えよ」

「戦うつもりですか？」

「息子《むすこ》が捕《つか》まってるのに何もしねぇのはマズいだろ」

「……」

　質問に答えるが、マイラは無言だ。無言でクロードを見ている。居心地《いごこち》が悪い。

「心配すんな。これでも、若い頃は殺戮者《スローター》と呼ばれてたんだ。ブランクはあるが、弱体化した蛮族なんぞに後《おく》れは取らねぇよ」

「旦那様は鏡を見ていらっしゃいますか？」

「毎日見てるぜ」

「そうですか」

　マイラは溜息《ためいき》交じりに言った。

「言いたいことがあるなら言えよ。気になるだろうが」

「すでに申し上げました。くれぐれも死に急ぎませんように」

　マイラは恭しく一礼して踵を返した。ったく、俺は頭が悪《わり》ぃんだから分かるように言えよ、とクロードは自分の顔に触れた。

※

五日目夕方──ファーナが執務室《しつむしつ》に入ると、アルコル宰相《さいしょう》は書簡を読んでいた。話《はな》し掛《か》けても無駄《むだ》なので壁際《かべぎわ》に立ち、読み終えるのを待つ。しばらくしてアルコル宰相は書簡を机に置き、深い溜息を吐いた。どうかしたのだろうか。疑問に思っていると、アルコル宰相がこちらに視線を向けた。

「……南辺境からの書簡だ」

「何のこと？」

「この書簡のことだ」

そう言いながら書簡には目もくれない。イスの背もたれに寄り掛かって目を閉じる。

「そういえばハマル子爵令嬢《ししゃくれいじょう》が帝都《ていと》に来ているという話を耳にしたけど……」

「それとは別件だ。いや、完全に別件という訳ではないが……。何でもエラキス侯爵が蛮族に攫《さら》われたらしい」

アルコル宰相の言葉にファーナは顔を顰めた。気配が伝わったのだろうか。アルコル宰相は片目を開けた。顔を顰めていると分かったはずだが、理由を尋《たず》ねようとしない。

「人使いが荒いわね。そんなに人材がいないの？」

「儂《わし》は何もしとらん」

アルコル宰相はムッとしたように言った。

「それで、どうするの？」

「……」

エラキス侯爵を助けるために軍を派遣《はけん》するつもりがあるのか尋ねるが、アルコル宰相は無言だ。両目を閉じて腹の上で手を組む。このまま眠《ねむ》ってしまうのではないかと思い始めた頃にようやく口を開く。

「軍は簡単に動かせん」

「知り合いの息子なんでしょ？」

「……」

アルコル宰相は答えない。黙《だま》って目を閉じている。無言の時が流れる。若い頃であれば居心地が悪いと感じたことだろう。だが、もう若くはないし、こういう爺《じい》さんなのだと思えば大して苦にならない。さらに時が流れ――。

「できる限りのことはしよう。クロード殿《どの》とエルア殿に恨《うら》まれたくないのでな」

アルコル宰相は言い訳がましく言って体を起こした。

※

六日目昼——スーは石皿と磨石を使い、慎重に薬草を磨《す》り潰《つぶ》す。普段ならばもう少し乱暴に処理するのだが、今回はそういう訳にはいかない。今作っている薬は一度しか作ったことがないし、下手をすると自分に被《ひ》害《がい》が及《およ》ぶ。慎重にと自分に言い聞かせながら薬草を磨り潰していると、背後から光が差し込んできた。

手を止めて肩越《かたご》しに背後を見ると、リリが扉を閉める所だった。彼女は無言で炉《ろ》の右手側に座《すわ》った。悩み事《ごと》があるのだろう。思《おも》い詰めたような顔をしている。ララと喧嘩《けんか》でもしたのだろうか。薬を早く作ってしまいたいが、相談に乗るのも呪医《じゅい》の仕事だ。仕方がなく声を掛ける。

「ララは何をしている？」

「皆と一緒に罠を作っています。帝国《ていこく》人が交渉《こうしょう》と称《しょう》してやって来るので、その対策だそうです。もっとも、どれほど役に立つのか分かりませんが……」

スーの問いかけにリリは溜息交じりに答えた。戦いを控《ひか》えてナーバスになっているようだ。正直、意外だった。彼女はララに匹敵《ひってき》する戦士だ。そんな彼女がナーバスになるなんて想像だにしなかった。

「リリはどうする？」

「……もう駄目かも知れません」

　リリがぽつりと呟く。質問に対する答えではない。少し前の自分ならば、そんなことはないと否定したことだろう。だが、今は共感に近い気持ちを抱いてしまう。ふと疑問が湧き上がる。リリは敗北を予感しているようだ。にもかかわらず逃げようとしない。

「何故、逃げない？」

「私はルー族の戦士です。逃げる訳にはいきません」

　リリは毅然《きぜん》とした態度で答えた。馬鹿《ばか》なことを聞いてしまった。滅《ほろ》びが運命づけられているとしてもここは故郷《こきょう》なのだ。逃げられる訳がない。

「ところで、クロノさんは？」

「……」

　リリが思い出したように問いかけてくる。クロノが死の試練を乗り越《こ》えれば戦いを避《さ》けられると考えているのだろう。だが、スーには答えられない。答えられる訳がない。リリは深い溜息を吐くと立ち上がった。

「私も罠を作ってきます」

「駄目かも知れないと言ったのに？」

「ほんの少しでも滅びを先延ばしにできれば何かが変わるかも知れません。たとえクロノさんが死の試練を乗り越えられなくても」

そう言って、リリは弱々しく笑った。

※

七日目夜——青白い光が降り注いでいる。月の光だ。＊＊＊は地面を見つめた。そこには虫がいる。羽の生えた虫だ。水分を補給しているのだろうか。湿《しめ》った土の上で羽を動かしている。何という名前だっただろう。思い出せない。何とかして思い出そうとする。

「……壊《こわ》れたか」

声が聞こえ、顔を上げる。すると、そこに二人の女がいた。＊＊と＊＊だ。ぼんやりと記憶が甦る。あれはいつのことだっただろう。数秒前だったような気がするし、数百年前の出来事だったような気もする。

夜が明ける頃、＊＊は刻印を彫《ほ》り終えた。一晩の出来事が＊＊＊には永劫《えいごう》のように感じられた。それほどの激痛だった。死ぬことができればどれほど幸せだっただろう。これからの数十年と引き替《か》えにしても釣《つ》り合うとさえ思えた。

だが、死を願うほどの激痛は序の口でしかなかった。わずかな時間を置いて、刻印の侵《しん》食《しょく》が始まった。刻印を施《ほどこ》した時の痛みが神経に焼けた火箸《ひばし》を突っ込まれるようなものならば、刻印の侵食による痛みは真っ赤に焼けた鋼鉄製の虫が群れを成して神経を食い散らかすようなものだった。

とても意識を保っていられない。＊＊＊・＊＊＊＊＊という意識を構築する要素がばらばらになり、五感が意味を失った。この状態が続けばまだ幸せだっただろう。だが、そうはならなかった。刻印の侵食には波があったのだ。

最初に楽しいことを考えようと思った。そうすれば痛みを乗り切れると思ったのだ。不可能だった。当たり前だ。刻印を施された時でさえ、これからの数十年と引き替えにしても痛みから逃《のが》れたいと思ったのだ。ちょっと楽しいことを考えたくらいで乗り切れる訳がない。そんな簡単なことに気付けなくなっていた。

次に＊＊＊＊のことを考えようと思った。最初の内は上手《うま》くいっていた。だが、ふと気付くと＊＊＊＊のことを憎《にく》んでいた。どうして、自分がこんなにも苦しんでいるのに＊＊＊＊は助けてくれないのかと逆恨《さかうら》みしていた。

いや、逆恨みとさえ思っていなかった。当然のように憎んでいた。だから、＊＊＊＊のことを考えるのを止めた。必死になって頭から追い出した。やがて、＊＊＊のことを忘れた。すると、楽になった。

だから、＊＊のことも、＊＊＊のことも考えないようにした。もっと楽になった。色々なことを考えないようにした。そして、気が付くと、＊＊＊・＊＊＊＊＊にならなければならないことも、＊＊＊＊だったことも忘れていた。
＊＊を見つめる。彼女に謝《あやま》らなければならない。いつだったか彼女をひどく罵《ののし》った。痛くて苦しくて自分のことしか考えられなくなっていた。だから、謝りたかった。だが、言葉が出てこない。＊＊＊も、＊＊＊＊＊も忘れてしまった。どうやって口を動かせばいいのかも分からない。
「七日間よく耐《た》えた。だが、もう耐えずともよい」
＊＊が優しく声を掛けてきた。何だか嬉《うれ》しい。
「間もなく最後の侵食が始まる。その痛みは今までの比ではない。恐《おそ》らく、今のお前には不要だろうが……」
＊＊が目配せすると、＊＊がこちらに歩み寄ってきた。＊＊が手を差し出す。手の平には丸薬のようなものがあった。これを呑《の》めということだろうか。
「毒だ。最後の侵食が始まったら呑むが――」

＊＊は最後まで言い切ることができなかった。刻印が強く輝いたのだ。痛みが、熱が押《お》し寄せる。ぼろぼろと思考が崩《くず》れる。もう何も分からない。ただ、毒を呑めば終わらせられることは分かっていた。縄《なわ》を引き千切る。肉も抉《えぐ》れたが、どうでもいい。早く、早く早く早く早くこの苦痛を終わらせたかった。

「――ッ！」

＊＊が毒を地面に落とす。犬のように這《は》いつくばり、毒を呑み込んだ。その時、胸元《むなもと》で何かが揺《ゆ》れた。牙で作られた首飾《くびかざ》りだ。誰の牙だろう。決まっている＊＊の牙だ。別《わか》れ際《ぎわ》に形見として渡《わた》された。彼《かれ》の最期《さいご》を覚えている。敵の攻撃を一身に受けながら敵指揮官に向かって突進《とっしん》した。なのに名前を思い出せない。

ああ、くそッ、誰の牙だ。決して忘れてはいけないことだったのに。敵騎兵《きへい》の攻撃で頭を吹《ふ》き飛ばされた＊＊、目を開けたまま死んだ＊＊――くそくそッ、名前、名前だ。記憶を漁る。いや、必死に引き寄せる。自分を掻き集め――クロノは嘔吐《おうと》した。胃液と共に毒を吐き出す。

族長とスーが驚いたように目を見開く。刻印がさらに強く輝く。痛みと熱が増す。クロノは歯を食《く》い縛《しば》って耐える。だが、それでは足りずに頭を掻《か》き毟《むし》った。痛い、苦しい。自分を投げ出したくなる。命と引き替えに楽になりたいと願いそうになる。だが――。

「嫌《いや》だ！」

クロノは叫《さけ》んだ。地面に頭を叩き付け、その痛みで自分を繋《つな》ぎ止《と》める。死を、忘却《ぼうきゃく》を拒《きょ》絶《ぜつ》する。もう二度と皆の名前を忘れない。やりたいことがある。やらなければいけないことがある。どんなに無様でも、どんなに汚《きたな》くても生きなければならない。自分から命を投げ出してしまったら何のために部下達が死んでいったのか分からなくなる。

「レオ！　ホルスッ！　リザドッ‼」

クロノは首飾りを握《にぎ》り締《し》めた。牙が手に突き刺さり、血が流れた。

※

八日目朝——マイラは歩きながら視線を巡《めぐ》らせた。急遽《きゅうきょ》、アレオス山地の麓《ふもと》に設けられた前線基地には四千人を超える兵士——南辺境に駐屯《ちゅうとん》する帝国軍三千七百、各領地の自警団員四百、クロノの部下五十五が整然と並んでいる。とりわけ、クロノの部下は士気が高い。遠目で見ているだけでもぴりぴりとした雰囲気《ふんいき》が伝わってくる。命令が下れば解き放たれた矢のようにアレオス山地に突っ込んでいくことだろう。それだけクロノを大事に思っているのだ。恐らく、それはクロードも、ガウルも同じはずだ。二人は協力して四千人を超える兵士をここに集めた。それだけで二人の本気が分かる。

自分にとってクロノはどんな価値を持つのか、とマイラは自問する。クロノとは四年余りの付き合いになる。彼が足を挫《くじ》いたクロード――マイラは演技をしていたのではないかと睨《にら》んでいるが――を連れて帰ってきた時は感謝した。それなりにだ。幾《いく》ばくかの謝礼を渡して手切れとするつもりだった。家令を務めるオルトも同意見だった。恐らくクロードも同意見だったはずだ。意見を異にしていたのは、今は亡《な》きエルアだけだった。

懐具合《ふところぐあい》に余裕《よゆう》があったこともあってマイラ達は折れた。結果的にいえば自分達は正しい選択《せんたく》をしたと思う。クロノはエルアの心を救った。彼女の心を救うことでマイラ達をも救ってくれたのだ。今更《いまさら》ながら思う。彼女は太陽だったのだと。

「……あの駄目人間が見事な雄《おす》に成長したものです」

あれならば楽しめそうだ。自分が楽しむ前に殺されては堪《たま》らない。それに、クロノが死ねば後継者《こうけいしゃ》がいなくなる。帝国はクロフォード男爵《だんしやく》領を接収しようとするだろう。許す訳にはいかない。つまり、自分にとってもクロノは重要ということだ。そんなことを考えながら天幕の中に入る。天幕の中にはクロードがいた。往時の装備に身を包んだクロードは寒気がするほどの殺気を身に纏《まと》っていた。

だが、この分だとマイラが指摘《してき》したことには気付いていないに違いない。小さく溜息を吐く。仕方がない。気合いを入れて戦うことにしよう。

「……何だ？」

「そろそろお時間かと」

ああ、とクロードは短く答えて外に出た。その時――。

「蛮族が来たぞ！」

「何かを担《かつ》いでるぞ！」

「人だ！　人を運んできたぞッ！」

兵士達が叫んだ。クロードが弾《はじ》かれたように走り出し、マイラは後を追った。前線基地の外に出ると、蛮族の女達が川を越えてこちらに近づいてくる所だった。先頭に立つのは髪《かみ》の長い女だ。その後に四人の女が続く。四人の女は担架《たんか》を運んでいた。最後尾《さいこうび》には髪の短い少女がいた。髪の長い女が立ち止まる。だが、担架を運ぶ女達は止まらない。十メートルほど進み、担架を地面に置く。それから髪の長い女のもと《もど》に戻っていった。

担架の上にクロノはいた。饐《す》えたような臭い、ズボンには染《し》みがあり、額は割れて枯葉《かれは》色の血痕《けっこん》が顔を汚《よご》していた。クロードはクロノに駆《か》け寄り、崩れ落ちるように跪《ひざまず》いた。クロノを震《ふる》える手で抱き上げる。やはり、とマイラは思った。殺戮者と呼ばれていた頃のクロードであればクロノに見向きもせずに蛮族に斬《き》りかかったことだろう。

「お、おお——ッ！」

クロードが慟哭《どうこく》する。それはたった一人の息子を失った父親の姿だった。殺戮者はもういない。そして、無音殺人術のマイラも。戦える時期はとうの昔に終わってしまった。

だが、それは戦わないという意味ではない。クロードが髪の長い女を睨み付ける。

「俺の、俺達《おれたち》の息子をよくも！」

クロードが立ち上がり、剣《けん》を抜《ぬ》いた。その時、クロノの部下が追いついた。レイラが矢を番《つが》えると、それに呼応するかのように他のメンバーも武器を構えた。マイラは視界の片隅《かたすみ》にガウルの姿を捉える。こちらに駆けてきている。間に割って入り、争いを止めるつもりだろうか。もし、そのつもりならば気の毒としか言い様がない。自分達は生半可なことでは止まれないし、彼自身が動く切っ掛けとなりかねないからだ。その時——。

「……ん」

微《かす》かな声が聞こえた。クロードがハッとしたように視線を落とす。すると、クロノが億劫《おっくう》そうに目を開けていた。ガランという音が響《ひび》く。クロードが剣を取り落としたのだ。再び跪き、涙《なみだ》を流す。

「生きて、生きていやがったか」

「父さん、肩を貸して」

ああ、とクロードは頷《うなず》き、クロノを立ち上がらせた。吊《つ》り上げられているような状態だが、そうしなければ立てないのだろう。ガウルがようやく辿《たど》り着く。困惑《こんわく》しているようだが、現在の状況を理解しているらしく黙っている。

「皆、武器を収めて」

クロノが呼びかけると、彼の部下は一斉《いっせい》に武器を収めた。髪の長い女に視線を向ける。

「族長、約束を守って」

「指の痕《あと》が付くほど胸を揉《も》むだったか？」

ふん、と髪の長い女——族長は鼻を鳴らした。

「もちろん、そっちも守ってもらうけど——」

「分かっている」

族長は溜息交じりに言い、足を踏《ふ》み出した。クロノと女達の間で立ち止まり——。

「聞け！　侵略者《しんりゃくしゃ》の末裔《まつえい》どもッ！」

声を張り上げた。しんと辺りが静まり返る。

「我々——ルー族は死の試練を乗り越えた勇者クロノの言葉を受け容《い》れ、帝国と歩む道を選んだ！　だが、これは敗北ではない！　我々は恭順《きょうじゅん》も、隷属《れいぞく》もしない！　共に生きる道を模索《もさく》するだけのことだ！」

族長はクロノに視線を向けた。

「これでよいのだろう？」

「なんで、無駄に喧嘩を売るような真似《まね》をするの？」

「敗北した訳ではないと言った」

クロノが問い返すと、族長はムッとしたように言った。ははッ、とガウルが笑う。

「貴様という男は……」

「心配させて、ごめん」

「まったくだ。だが、無事で何よりだ」

「無事に見える？」

「ああ、少しくたびれているようだが……」

「我々は帰るが……。受け取れ」

そう言って、族長はクロノに向かって革《かわ》の袋《ふくろ》を放《ほう》り投《な》げた。掴《つか》もうとするが、わずかに腕《うで》が震えただけだ。代わりにクロードが掴んだ。

「何だ、これは？」

「痛み止めだ。焚《た》いて使え」

ふん、と族長は鼻を鳴らし、踵を返した。アレオス山地に向かって歩き出す。

「待て！」

「何だ？」

ガウルが叫び、族長は立ち止まった。煩《わずら》わしそうに視線を向ける。

「どう共に生きるのか話し合っていないぞ？」

「話があるのならば今度はお前達が来い。それが礼儀《れいぎ》というものだ」

「分かった。そうさせてもらう」

ガウルが呻《うめ》くように言い、族長は再び歩き出した。彼女に従って女達が歩き出す。マイラは空を見上げた。空は忌々《いまいま》しいほど晴《は》れ渡っていた。ホッと息を吐く。終わったのだ、と何とはなしに思った。

幕間　『密約』

帝国暦《ていこくれき》四三一年七月　中旬《ちゅうじゅん》――道が山頂まで続いている。人がすれ違えるかどうかという細い道だ。さらに道沿いは急勾配《きゅうこうばい》になっている。道を踏み外《はず》せば滑落《かつらく》し、途中《とちゅう》で止まらなければ岩に叩き付けられることだろう。細いばかりか危険な道だ。その代わり、眺望《ちょうぼう》は最高だ。青みがかった風景は空恐《そらおそ》ろしくも美しい。

ガウルが晴れやかな気分で歩いていると、背後から唸《うな》り声《ごえ》のようなものが聞こえた。獣の唸り声か。いや、違う。立ち止まって振《ふ》り返ると、ニアが背中を丸めて歩いていた。荷物は背負っていない。にもかかわらず、今にも死にそうな顔で唸っている。それでも、前は見えているのだろう。ガウルの前で立ち止まる。

「どうした？　今にも死にそうな顔だぞ？」

「……ガウル隊長、帰りましょうよ」

ニアは世にも情けない声で言った。またか、とガウルはうんざりした気分で溜息を吐いた。口を開けば『帰りましょうよ』だ。もっと他に言うことはないのだろうか。

「いいか、ニア？　これは重要な任務だ。俺達次第《おれたちしだい》で帝国とルー族の未来が決すると考えて間違《まちが》いない。だから、泣き言を言うな」

「それは分かってますけど……」

ニアはごにょごにょと呟《つぶや》いた。

「分かってるなら何が問題なんだ？　交渉役《こうしょうやく》として何度も来ているだろうに」

「エラキス侯爵《こうしゃく》が拷問《ごうもん》されて瀕死《ひんし》で戻って来たのが問題なんですよ！」

「拷問？　誰に聞いたんだ？」

「皆、噂《うわさ》してます！」

ガウルが尋ねると、ニアは大声で答えた。勇敢に交渉役を務めたという話を聞いてなかなかやるなと思っていたのだが、噂話《うわさばなし》を聞いてすっかり怖《お》じ気《け》づいてしまったようだ。そういえばまだ一度もクロノの見舞《みま》いに行っていなかった。クロードによれば順調に回復しているらしいので、ルー族との交渉が終わったら見舞いに行くとしよう。

「大体、なんで僕《ぼく》なんですか？　僕なんかよりセシリー様の方が適役ですよ。まあ、まだ帝都から戻ってないですけど……」

「セシリーは軍を辞《や》めた」

え⁉　とニアは顔を上げた。驚《おどろ》いたような顔をしている。

「あの、ガウル隊長、ちょっと耳の調子が……。えっと、辞めたって、セシリー様が？」

「その通りだ」

ガウルは鷹揚《おうよう》に頷いた。ニアはぽかんとしている。

「なんで、辞めちゃったんですか？」

「どうやら、俺が改めて帝都に書簡を送ったのが気に入らなかったようだ」

「そんなことで……」

ニアが顔を顰《しか》める。ガウルも同じ気持ちだが――。

「辞めてしまったものは仕方がない」

「そりゃ、そうかも知れませんけど……」

ニアががっくりと肩を落とす。ガウルは踵《きびす》を返し――。

「次の副官には貴様を推薦《すいせん》しておいた」

「さらっとすごいことを言いませんでした？」

ぼそっと呟いて歩き出すと、ニアが追ってきた。

「いや、何も言っていないが？」

「次の副官には僕を推薦したって言ってました」

「それがどうかしたのか？」

「なんで、僕が副官なんですか？　僕なんかよりもっと相応《ふさわ》しい人達《たち》が一杯《いっぱい》いるじゃないですか。ほら、騎兵隊《きへいたい》の人達なんてどうです？　皆さん、貴族で——」

ニアは自分が如何《いか》に副官に相応しくないかを滔々《とうとう》と語った。ガウルは話を半ば聞き流しながら山頂を目指す。いい天気だ。そんなことを考えていると抵抗《ていこう》を感じた。何事かと立ち止まり、肩越しに背後を見る。すると、ニアが荷物を掴んでいた。

「危ないぞ。手を放せ」

「ガウル隊長が僕の話を聞いてくれたら放します」

「聞いていた」

「聞き流してたじゃないですか！」

流石《さすが》、商家の三男坊《さんなんぼう》と言うべきか。きっちりこちらの状態を把握《はあく》していたようだ。

「分かった。説明する。だから、手を放せ」

「約束ですよ」

「分かっている」

ニアが手を放し、ガウルは溜息をついて彼に向き直った。

「何から話せばいい？」

「なんで、僕を副官に推薦したんですか？」

ふむ、とガウルは腕を組んだ。貴様が適役だからだと言っても納得《なっとく》しないに違いない。面倒臭《めんどうくさ》いが、順を追って説明しよう。

「一応、これは機密なのだが……。アルコル宰相にクロノ殿がルー族を説得したと報告した所、アレオス山地の山頂に砦《とりで》を建てるように命じられた」

「なんで、こんな所に砦を建てるんですか？　補給が大変ですよ？」

「南の――ドラド王国と戦争になった時の備えだ。今回の件で貴様も実感しただろうが、我《わ》が軍は即応性《そくおうせい》に難がある。砦を築いておかなければ容易《たやす》く攻《せ》め込《こ》まれ、橋頭堡《きょうとうほ》を築かれてしまうだろう」

ニアはぽかんとしている。気持ちは分かる。敵対関係にない国との戦争を想定するなて理解の外だろう。だが、上に立つ者はそれを考えなければならない。

「もしかして、ガウル隊長はそのために？」

「うん、まあ、そうだな」

ニアがキラキラと目を輝《かがや》かせながら言い、ガウルはちょっと見栄《みえ》を張った。父親に実力を認めて欲《ほ》しくて、と本当のことを伝えるのは恥《は》ずかしい。

「アレオス山地の砦は俺の大隊――駐屯軍が守る訳だが、その辺りを説明した所、騎兵どもが辞めると言い出したんだ。どうやら馬に乗れなくなるのが嫌らしい」

「あの、セシリー様もそうなんですけど、もうちょっと引き止める努力を……」

「貴様の言いたいことは分かる。だが、嫌だというものを引き止めても仕方がない」

ガウルは肩越しに山頂を見つめた。ふとララのことを思い出す。彼女《かのじょ》との戦いは楽しかった。だが、帝国とルー族は融和《ゆうわ》の道を歩み始めた。雌雄《しゆう》を決する機会は巡ってこないだろう。いや、巡ってこないようにしなければならない。

「これからはルー族と仲よくしなければならないからな」

「――ッ！」

ガウルがぼそっと呟くと、ニアが息を呑んだ。向き直る。すると、ニアは感極《かんきわ》まったような表情を浮《う》かべていた。神に祈《いの》りを捧《ささ》げるかのように手を組んでいる。

「ガウル隊長はルー族のためにセシリー様達を引き止めなかったんですね⁉」

ん？　とガウルは内心首を傾《かし》げた。セシリーは引き止める間もなかったし、騎兵は今の時点で文句を言っているので、説得してもまた文句を言うだろうなと思って引き止めなかっただけなのだが――。

「その通りだ」

「ガウル様、なんて慈悲深《じひぶか》い」

「慈悲なんて言葉を使うな。帝国とルー族は共に歩む間柄《あいだがら》なんだぞ」

「はい！　申し訳ありませんッ！」

ニアは背筋を伸《の》ばして言った。目を輝かせている。勘違《かんちが》いされているようだが、むしろ好都合か。ガウルはニアの肩に触《ふ》れた。

「ニア、貴様は俺が見込《みこ》んだ男だ。貴様ならば副官の任に耐えられると信じている」

「――ッ！」

ニアは息を呑んだ。本当は割と軽い――糧秣《りょうまつ》の管理をやってもらってるし、交渉役もやってもらったからニアでいいかという感じで決めたのだが、黙っておく。世の中には秘密にしておいた方がいいこともあるのだ。ニアの肩から手を放す。

「返事はどうした？」

「はッ！　粉骨砕身《ふんこつさいしん》、頑張《がんば》りますッ！」

ニアは敬礼して言った。やや崩れた敬礼だ。いつかきちんとした敬礼の仕方を教えてやろう。振り返り、山頂に向かって歩き出す。しばらくは順調に進んでいたが、はぁ～、はぁ～という音が聞こえてきた。呼吸音だ。もちろん、ガウルのものではない。となれば答えは決まっている。ニアだ。

「大丈夫《だいじょうぶ》か？」

「だ、大丈夫です」

歩調を緩《ゆる》めて問いかけると、ニアは息も絶え絶えに答えた。とても大丈夫そうには聞こえない。何処《どこ》かに休む所はないだろうか、と目を細める。幸いというべきか、もうしばらく進むと道幅《みちはば》が広くなっている。あそこなら休めそうだ。

「あそこで休むぞ」

「は、はい」

いつもなら強がる所だが、よほど辛《つら》いのだろう。ニアは素直《すなお》に従った。背後のニアに気を付けながら道を進み、道幅が広くなっている場所に着く。

「よし、休憩《きゅうけい》だ」

「はい～」

ガウルが振り返って言うと、ニアはへたり込んだ。腰《こし》から下げた水筒《すいとう》を差し出す。ニアは戸惑《とまど》うような素振《そぶ》りを見せたが、水筒を受け取った。遠慮《えんりょ》がちに口を付ける。ガウルは荷物を下ろし、空を見上げた。太陽は中天に差し掛かろうという位置にある。ぐう、と腹が鳴る。そういえば夜が白んでくる頃《ころ》に駐屯地《ちゅうとんち》を出てから何も食べていなかった。

「食事にするぞ」

「あの、今、あまり食欲が……」

「食欲がなくても食っておけ。いざという時に保たないぞ」

ガウルはパンと干し肉をニアに渡した。ニアは困ったような表情を浮かべていたが、地面に座って干し肉に齧《かじ》り付いた。ガウルも地面に座り、パンを頬張《ほおば》る。いつもより美味《うま》く感じられるが、ベイリー商会にしてやられた件を思い出すと複雑な気分になる。ふと疑念が湧《わ》き上がる。それは――。

「ベイリー商会は追加料金を請求《せいきゅう》してくると思うか？」

「ん？　んぐんぐ……」

ガウルが疑念を口にすると、ニアはパンを頬張ったまま視線を向けてきた。食欲がないと言っていたくせにと思わないでもない。

「呑み込んでから話せ」

「ありふぁとうございまふ」

ニアはパンを呑み込み、水筒に口を付ける。ごくごくと喉《のど》が動き――。

「何のことですか？」

「砦まで糧秣を運ばせた場合、ベイリー商会は追加料金を請求してくると思うか？」

「当然、追加料金を請求してくると思います」

「当然か」

ガウルは顔を顰めた。どれだけ不正を働いてきたか分からないが、不当に得た利益を還元しても罰《ばち》は当たらないだろうに——。

「節約するなら自分達で運ぶしかないと思いますけど……」

ニアは周囲を見回して溜息《ためいき》を吐《つ》いた。言わんとしていることは分かる。自分達で荷を運ぶにしても道が険しすぎる。滑落して死にかねない。

「道を整備できれば——」

「俺達は共に歩む道を模索している段階だからな。それは難しいだろう」

「ですよね」

ニアは再び溜息を吐いた。

「ルー族から食糧《しょくりょう》を買う訳には……。無理ですよね」

「狩猟《しゅりょう》採集で生活しているらしいからな。そもそも、通貨の概念《がいねん》が通じるかどうか」

「お金がない世界なんて想像もできません」

「貴様は商家の出だからな」

う〜ん、とガウルとニアは唸った。食糧のことを心配しているが、その前に砦を建設しなければならないのだ。この調子で砦を建てられるのか不安になる。

「食糧のことは交渉が上手くいってから考えるぞ」

「千里の道も一歩から、ですね」

「そうだな。一つ一つ積み重ねて行こう」

はい、とニアは頷いた。他愛《たあい》のない会話をしながら食事を終え――。

「さて、そろそろ進むか」

「はい！」

ニアが元気よく返事をする。ガウルは荷物を背負い、顎《あご》をしゃくった。

「ここからは貴様が先に行け。後ろにいられると滑落した時に助けられないからな」

「は、はい！　分かりましたッ！」

ニアはこくこくと頷き、山頂目指して歩き出した。

※

陽が大きく傾《かたむ》いてきた頃、ガウル達は山頂付近に到着《とうちゃく》した。視線を巡らせる。情報が確かならば里に下りるための縄があるはずだが――。

「ガウル隊長、これじゃないでしょうか？」

「これはただの杭《くい》だぞ」

ニアが足下《あしもと》を指差すが、そこにあったのは木の杭だ。縄はない。ふと族長の言葉を思い出す。彼女は話があるのならばお前達が来いと言っていた。それが礼儀だとも。

「これは俺達を試《ため》しているのだろう」

「なんで、そんなことをするんですか？」

「長い間、帝国とルー族は敵対していた。つまり、俺達の本気を測ろうとしているんだ」

「なるほど、流石はガウル隊長です」

　ふざけた真似をしてくれる。だが、死の試練を受けたクロノに比べればマシだ。十分に気を付ければ死ぬことはないのだから。

「どうしましょう？」

「こんなこともあろうかと縄を持ってきた」

「用意周到《よういしゅうとう》ですね」

「これくらいはな」

　多少の気恥《きは》ずかしさを感じながら荷物を下ろして縄を取り出す。縄の先端《せんたん》を掴んで下を覗《のぞ》く。雲が掛《か》かっていてルー族の集落は見えない。まあ、クロノに上り下りできたのだからガウルにもできるだろう。そんなことを考えていると――。

「ガウル隊長、僕はここで待っていていいですか？」

「何を言ってるんだ、貴様は？」

ニアが碌《ろく》でもないことを言い、ガウルは真顔で突《つ》っ込んだ。

「だって、危ないですよ」

「これくらいできないで――」

どうするという言葉をすんでの所で呑み込み、しげしげとニアを眺《なが》める。女の子のように華奢《きやしや》な体付きだ。途中で力尽《ちからつ》きて縄を放してしまいそうだ。

「では、こうしよう。貴様に縄を結び付け、俺《おれ》が下ろす」

「それなら何とか……」

ニアは不安を滲《にじ》ませながら頷いた。

「よし、手を上げろ。縄を結び付ける」

「はい！」

ニアが両手を上げ、ガウルは縄を結び付けた。

「ちょっと緩くないですか？」

「大丈夫だ。俺を信じろ」

「いや、でも――」

「大丈夫だ」

ガウルはニアの言葉を遮《さえぎ》って言った。確かにちょっと緩いが、きつく縛る方法なんて分からない。多分、何度やり直しても同じだ。

「貴様が下りるのに合わせて縄を送り出す。下に着いたら縄を二度引け」

「……………分かりました」

ニアはかなり間を置いて頷いた。瞳《ひとみ》から輝きが失《う》せているように見える。だが、気にしても仕方がない。顎をしゃくる。

「行け」

「放さないで下さいね？」

「任せておけ」

ニアは泣きそうな顔で崖《がけ》を下り始めた。ガウルはそれに合わせて縄を送り出す。かなり軽い。これならば問題なく下ろせるだろう。いや、予断は禁物だ。慎重《しんちょう》に縄を送り出していく。不意に縄が軽くなる。下に着いたのだろうか。合図を待っていると、縄が二度引かれた。無事に着いたようだ。

次はガウルの番だ。跪いて杭に縄を結ぼうとする。すると、再び縄が引かれた。何のつもりだろう。訝《いぶか》しんでいると、ぐい、ぐいぐいッと縄が引かれた。何が起きているのかは分からない。だが、尋常《じんじょう》ならざる事態がニアに起きているようだ。もしかして襲《おそ》われたのだろうか。次の瞬間《しゅんかん》、縄が強く引かれた。マズい。縄を奪《うば》われる。歯を食い縛り、何とか持ち堪《こた》える。だが、じりじりと崖に引き寄せられる。何という力か。まるで複数人を相手取って綱引《つなひ》きをしているようだ。杭に足を掛け、全力で抗《あらが》う。

しかし、力は強くなる一方だ。このままでは崖から落下する。くそッ！　とガウルは悪態を吐き、縄から手を放した。縄が崖下《がけした》に消えるまで十秒と掛からない。

「……すぐに助けに行かねば」

ガウルは立ち上がった。だが、縄を失ったばかりだ。流石に身一つでこの崖を下りるのは難しい。どうすればと視線を巡らせ、少し離《はな》れた場所にも杭が突き刺《さ》さっていることに気付いた。杭から何かが垂れ下がっている。慎重に近づく。それは縄だった。樹皮を編んで作ったと思われる縄が杭から垂れ下がっていた。迂闊《うかつ》、まさかこんな近くに里に下りるための縄があったとは。疲労《ひろう》で集中力が低下していたに違《ちが》いない。

「ニア、今行くぞ」

ガウルは縄を掴み、ゆっくりと下りていく。体力的には問題ない。問題は縄だ。下りるごとにぎぃ、ぎぃぃと軋《きし》むのだ。正直、生きた心地《ここち》がしなかった。縄が切れて転落死など情けなさ過ぎる。幸い、縄が切れることはなかった。無事に地面——崖から迫《せ》り出した岩盤《がんばん》の上に降り立つ。

「……ちっぽけな集落だな」

ガウルは周囲を見回し、ぽつりと呟いた。規模は五十戸ほど、粗末《そまつ》な小屋が立ち並んでいる。これならばスラムの方がまだしも文化的ではなかろうか。

「——隊長！　ガウル隊長ッ！」

不意に声が響いた。ニアの声だ。声のした方を見ると、ニアがこちらに駆けてくる所だった。背後には女がいる。ルー族の女達だ。

「助け——ッ！」

助けを求めようとしたのだろう。だが、最後まで言い切ることができなかった。ルー族の女に捕《つか》まったのだ。揉みくちゃにされている。普段《ふだん》ならば助けるのだが、下手に介入《かいにゅう》すると喧嘩《けんか》になりそうだ。それに、これから友好関係を築こうという相手からニアを奪ってよいものかという迷いもあった。

助けるべきか迷っていると、女がニアを抱《だ》いて飛び出した。緑の刻印が浮かび上がっている。ルー族の女戦士リリだ。彼女は嬉しそうだが、ニアはぐったりしている。何故《なぜ》かパンツ一丁になっていた。

あ〜、と女達は残念そうな声を上げ、思い思いの方向に散っていく。よかった。これならば落ち着いて話せそうだ。静かに歩み寄ると——。

「——ッ！」

リリはニアを抱いたまま跳《と》び退《すさ》った。

「そいつは俺の部下なんだ。獲物《えもの》じゃない。放してくれないか？」

「嫌、これ、私の」

リリはニアを抱き締めたまま言った。胸が頭の上に乗っている。ニアがぐったりしているせいか、かなり重量があるように見える。どうすればいいのか悩《なや》んでいると――。

「何をしている」

声が響いた。この声には聞き覚えがある。族長の声だ。声のした方を見ると、族長が近づいてくる所だった。それでも、リリはニアを放そうとしない。よほど気に入ったのだろう。族長は立ち止まり、リリに視線を向けた。

「その男――子どもを放せ」

「嫌、これ、私の。話、聞く」

「無礼のないように」

「――ッ！　族長、感謝する！」

族長が溜息交じりに言うと、リリは声を弾《はず》ませ、小屋――恐《おそ》らく彼女の家だろう――に向かった。ガウルはニアが小屋に連れ込まれるのを黙《だま》って見ていた。族長はこれ以上ないくらい深々と溜息を吐き、ガウルに視線を向けた。

「随分《ずいぶん》と遅《おそ》かったな」

「挨拶《あいさつ》が遅《おく》れたことについては謝罪する。だが、こちらにも都合というものがある」

「そうか。まあ、挨拶に来るだけマシだ。付いて来い。ここは寒い」

族長は踵を返して歩き出した。風が吹《ふ》き、ガウルはぶるりと身を震わせる。確かに寒いが、これは場所を変えるための方便だろう。族長が立ち止まり——。

「どうした？　早く来い」

「分かっている」

ガウルは族長の後を追った。ルー族の女達が物陰《ものかげ》からこちらを見ている。敵意は感じられない。興味津々《きょうみしんしん》という感じだ。敵対的な行動を取られることも覚悟《かくご》していたのだが、こうもあっさりしていると拍子抜《ひょうしぬ》けしてしまう。いや、と頭を振る。これはクロノが命懸《いのちが》けで得た成果だ。弁《わきま》えなければならない。

族長に先導されて辿り着いたのは革製《かわせい》のテントだった。テントの前には見知った女が立っていた。ルー族の女戦士ララだ。気配の変化を悟《さと》ったのだろうか。族長は立ち止まると肩越《かたご》しに視線を向けてきた。

「ララを知っているのか？」

「一度やり合った」

族長の問いかけに答える。できれば言葉を交《か》わしておきたいが——。

「では、挨拶をしておけ」

「いいのか？」

「構わん。挨拶が終わったらテントに入ってこい」

「感謝する」

ふん、と族長は鼻を鳴らし、テントに入って行った。ガウルはララを見つめた。手の平で喉を押《お》さえる。困った。何を話せばいいのか分からない。干戈《かんか》を交えた仲であることを考えれば当然という気はする。だが、このまま黙っていても埒《らち》が明かない。歩み寄り、意を決して話《はな》し掛ける。

「久しぶりだな」

「——ッ！」

話し掛けると、ララは跳び退った。その瞳には敵意にも似た光が宿っている。ショックはなかった。むしろ、その不器用さに共感を覚えるほどだ。

「そう警戒《けいかい》するな。今の俺達は敵同士じゃない」

「お前、俺のこと、利用するか？」

何を言ってるんだ、貴様は？　とガウルは思わず問い返しそうになった。いや、と頭を振る。自分の常識で判断してはいけない。ほんの二週間前まで敵同士だったことを考えれば利用する気で話し掛けていると思われても仕方がない。

「誤解があるようだが、俺は信頼《しんらい》関係を醸成《じょうせい》するために――」

「お前達、嘘吐《うそつ》き」

ララはガウルの言葉を遮って言った。

「俺は嘘なんて吐いてない」

「クロノ、俺、興味ある、言った。でも……。俺、お前達、信じない！」

ララは声を荒《あら》らげ、その場を立ち去った。クロノとララの間に何があったのだろう。問い質《ただ》したかったが、藪蛇《やぶへび》になる可能性がある。ガウルは遠ざかる彼女の背を見送ることしかできなかった。自分達は分かり合えた。そのはずだったのに。あの感覚は幻《まぼろし》だったのだろうか。溜息を吐いてテントに入ると、族長がイスに座《すわ》って待っていた。

「待たせたな。交渉《こうしょう》を始めよう」

「ララの声が聞こえたが？」

「問題ない」

「……そうか」

そう言って、族長は肘掛《ひじか》けを支えに頬杖《ほおづえ》を突いた。沈黙《ちんもく》が舞《ま》い降《お》りる。何となく落ち着かない。ガウルは居心地《いごこち》の悪さに耐《た》えきれなくなって口を開いた。

「ララからお前達を信じないと言われた」

「無理もない」

「一体、何があったんだ？」

「ララのことは交渉に関係ないと思うが？」

族長は茶化《ちゃか》すように言った。ぐッ、と言葉に詰《つ》まる。確かに関係ないが——。

「俺はルー族と友好的な関係を築くために来ている」

「ララ個人のために決断を覆《くつがえ》すつもりはない」

ぐッ、とガウルはまた言葉に詰まった。言質《げんち》を取ったと喜ぶべきなのだろう。だが、何故か喜ぶことができなかった。何があったのか気になる。それに——。

「……如何《いか》な王とて民を蔑《ないがし》ろにすることはできない」

「その先にあるのが滅《ほろ》びならば話は別だと思うが？」

「不平不満というものは最悪のタイミングで噴出《ふんしゅつ》するものだ。それに、この問題を放置しては我々の関係によくないものを残すと判断した」

ガウルがイラッとしながら答えると、族長は愉快《ゆかい》そうに喉を鳴らした。

「……勇者クロノはララを口説いたのだ」

は？　とガウルは思わず聞き返した。

「勇者クロノはララを口説いたのだ」

「何だって、そんな真似を？」

「皆《みな》を説得するのにララが邪魔《じゃま》だと考えたそうだ」

「……クロノ殿《どの》、なんて真似を」

ガウルは呻いた。呻くしかなかった。邪魔というのならば説《と》き伏《ふ》せればいい。情を利用するなど許されることではない。ふぅ、と族長が息を吐いた。

「それだけ必死だったのだ。そう責めてやるな」

「だが、帝国《ていこく》軍人として、いや、貴族として誉《ほ》められた行為《こうい》ではない」

「ふふ、そうか」

族長は愉快そうに笑い——。

「だが、この件はお前達の問題だ。交渉を開始するとしよう」

「……分かった」

ガウルはやや間を置いて頷いた。突き放《はな》すような物言いにムカッとしたが、この件を問題にしないと言ってくれているのだ。納得するしかない。

「我が国《くに》はアレオス山地をルー族の自治区にしてもよいと考えている」

「回りくどいのは好かん。それに、アルコル宰相《さいしょう》から呼び出しを受けている。それまでにできるだけ話を纏《まと》めておきたい」

「ふむ、直截《ちょくせつ》的だな」

「急《せ》いては事をし損じるぞ」

族長は呆《あき》れたように言ったが、ガウルは交渉事の素人《しろうと》だ。下手に策を弄《ろう》するよりも正直に話した方がいい。アルコル宰相もそう考えているから交渉を任せてくれたのだ。

「自治とはどのようなものだ？」

「アレオス山地をルー族の領地として認めるということだ」

「何とも寛大《かんだい》な申し出だ」

族長は皮肉げに口《くち》の端《は》を吊《つ》り上げた。

「それで、我々に何をしろと？」

「砦の建設と軍の駐留《ちゆうりゆう》を許可して欲しい」

「つい二週間前まで敵対していた相手を懐《ふところ》に招き入れろと？」

「軍の駐留に関して言えば何処の領地も変わらん。ただ、新参者に対する風当たりは厳しい。ルー族出身者が駐留軍《ちゆうりゆうぐん》の責任者となるのは何十年も先になる」

「お前は本当に交渉に向いていないのだな」

「それが俺だ」

族長がまた呆れたように言ったが、ガウルは胸を張った。

「砦の建設ということは南の者と争うつもりか？」

「知っているのか？」

「我らはお前らとだけ戦った訳ではない」

「……そうか」

ガウルはやや間を置いて頷《うなず》いた。ドラド王国と戦ったことがあるということは帝国を裏切る可能性は低いということか。そんなことを考え、すぐに思い直す。上手《うま》くやっていけるかどうかは自分達次第《たちしだい》だ。そもそも、ここには交渉に来ているのだ。

「どうだ？」

「確かに悪くないが……」

ガウルの言葉に族長は悩んでいるかのような表情を浮かべた。多分、演技だ。

「我々はまだ互《たが》いのことを知らない」

「これからおいおい知っていけばいい」

「ふむ、前向きで助かる」

「何を考えている？」

「大したことではない」

族長がニヤリと笑い、ガウルは顔を顰めた。嫌《いや》な予感がした。

※

ガウルがテントから出ると、月が出ていた。交渉は上手くいった。いくつかの条件を呑《の》むことになったが、砦の建設と軍の駐留は認めてもらえた。さらに物資の運搬《うんぱん》についても目処《めど》が付いた。

「もう遅い。今日は泊《と》まっていくといい」

背後から声が響《ひび》く。振り返ると、族長がイスに座ってこちらを見ていた。

「言っておくが――」

「分かっている。これは善意だ」

族長はガウルの言葉を遮って言った。嘘を吐け、と心の中で吐き捨てる。

「断っても構わんが、山の夜は冷えるぞ」

「野営の準備はしてきた」

「ほう、用意周到だな。だが、今からでは――」

「分かった。言葉に甘《あま》える」

今度はガウルが言葉を遮る番だった。確かに今から野営の準備をするのは危険だ。ここは彼女の言葉に甘えるしかない。

「何処に泊まればいい？」

「空いている家がある。ララに案内させよう」

「心遣《こころづか》い感謝する」

「ふん、心にもないことを」

族長が鼻を鳴らし、ガウルは上に荷物を置いてきたことを思い出した。

「どうかしたのか？」

「荷物を上に置いてきてしまった」

「そちらはリリに取りに行かせよう」

「感謝する」

「いちいち礼を言わずともよい」

族長は溜息を吐くように言って手を打ち鳴らした。すると、ララが暗がりから姿を現した。いつから待機していたのか。思わずびくっとしてしまう。

「ララ、客人を空いている家に案内せよ。くれぐれも粗相《そそう》のないように」

「……分かった」

族長が言い含《ふく》めるように言うと、ララは間を置いて頷いた。渋々《しぶしぶ》という感じだが、クロノの件を聞いた後だと責める気になれない。ララが付いて来いというように顎をしゃくって歩き出す。三歩と進まない内に——。

「リリに客人の荷物を取りに行くように伝えよ」

族長が追加の指示を出す。ララはぴたりと足を止めた。

「…………分かった」

「頼《たの》んだぞ」

ララは族長の言葉に頷き、歩き出した。ガウルはテントの扉《とびら》を閉めて後を追う。夕食時なのだろう。煙《けむり》が漂《ただよ》っている。燻製《くんせい》にでもなったような気分だ。ふとララのことが気になった。彼女は族長から話を聞いているのだろうか。聞いているとしたら今何を思っているのだろう。そんなことを考え、小さく頭を振《ふ》る。意識しすぎだ。それにガウルは彼女を立派な戦士だと思っている。まずはそこから始めるべきだ。

「……貴様に会いたかった」

「——ッ！」

ガウルが静かに語りかけると、ララはびくっと身を震《ふる》わせた。

「いや、貴様と再びやり合いたかった」

「……」

ララは無言だ。無言で歩いている。馴《な》れ合うつもりはないということか、それともこちらの意図を測りかねているのだろうか。どちらでも構うまい。

「あの時は横槍《よこやり》が入ってしまったからな」

「……」

やはり、ララは無言だ。だが、構わずにガウルは自身の思いを口にする。

「貴様は素晴《すば》らしい戦士だ。俺が勝つとは限らんが、貴様を下すことができれば誇《ほこ》らしい気分になるに違いない」

「――ッ！」

ララが立ち止まり、振り返る。挑《いど》むような目付きだ。何故か、顔が真っ赤だ。体も震えている。べらべらと喋《しゃべ》りすぎただろうか。

「お前……」

「何だ？」

「お前、卑猥《ひわい》！」

「待て、どうしてそうなる？」

　ララが声を荒らげ、ガウルは思わず問い返した。

「やりたい、素晴らしい、下す、誇らしい……お前、卑猥！」

「……」

　ガウルは呆気《あっけ》に取られた。だが、すぐにあることに気付く。族長は流暢《りゅうちょう》に話すが、ララやリリは訛《なま》りがきつい。よく聞き取れない時もあるくらいだ。逆にこちらの言葉もよく聞き取れないことがあるのではないかと。きっと、ララは聞き取れた言葉――やりたい、素晴らしい、下す、誇らしいを繋《つな》げて意味を類推したに違いない。

「誤解だ」

「――ッ！　嘘か!?」

「違う！　俺は偽《いつわ》りなど口にしていないッ！」

「変態ッ！」

　変態――その言葉にガウルは意外なほどショックを受けた。何というか、年端《としは》もいかない子どもに罵倒《ばとう》されたような気分だ。ララが肩《かた》をいからせて歩き出す。

「待て！」

「俺、行く！」

　ガウルが足を踏《ふ》み出すと、ララは振り向き様に腕《うで》を一閃《いっせん》させた。行く手を阻《はば》むように炎《ほのお》が噴《ふ》き上がる。幸い、すぐに炎は消えたが、ララはいなくなっていた。異文化コミュニケーションは難しいのだなとぼんやりと思う。それはさておき——。

「……空いている家は何処だ」

「何、してる?」

ガウルがぽつりと呟《つぶや》くと、声が聞こえた。リリの声だ。声のした方を見ると、リリが立っていた。ぐったりとしたニアを抱いている。別れた時はパンツ一丁だったが、今は服を着ている。どうやら服を返してもらえたようだ。

「族長に空いている家に泊まるように言われたんだが、案内のララを怒《おこ》らせてしまった」

「そこ、空いてる」

リリはあごをしゃくって家を指し示した。

「ありがたい。ああ、それと上に荷物を置いてきてしまったんだが……」

「取り、行く」

リリは頷き、緑の刻印を浮かび上がらせた。ふわりと体が浮かび上がる。ニアがもぞもぞと動く。どうやら一緒《いっしょ》に行きたくないようだ。

「済まないが、ニアを置いていってくれないか?」

「ニア、私の」

「飛んでいる時にニアが暴れたら危険だ」

「……分かった。置いてく」

リリは渋々という感じで手を放した。ドサッとニアが地面に落ちる。

「私、行く」

「よろしく頼む」

リリは頷くと、舞い上がった。あっという間に遠ざかる。

「ニア、立てるか？」

「………はい」

ガウルが歩み寄って手を差し伸べると、ニアは手を握《にぎ》り返して立ち上がった。よほど過《か》酷《こく》な扱《あつか》いを受けたのだろう。ふらふらしている。ガウルはニアを支えながら空いている家の扉を開けた。最初からそのつもりだったのだろう。炉《ろ》には火が灯《とも》り、その周囲には毛皮が置かれている。ガウルは炉の手前にニアを座らせ、自身はその反対側に向かった。毛皮の上に座り、ホッと息を吐く。

「ニア、大丈夫か？」

「大丈夫に見えますか？」

「その調子なら大丈夫だな」

「ぐッ、他人事だと思って」

ガウルの言葉にニアは口惜《くや》しげに呻《うめ》いた。

「交渉はどうでしたか？」

「概《おおむ》ね上手くいった」

「そうですか」

ニアはホッと息を吐き——。

「また何か隠《かく》してませんか？」

「何も隠してないぞ。まあ、いくつか条件を呑まされたが……」

「隠してるじゃないですか⁉」

「単に言わなかっただけだ」

「屁理屈《へりくつ》です」

ニアは拗《す》ねたように唇《くちびる》を尖《とが》らせて言った。随分と砕《くだ》けた態度を取るようになった。そのことに思う所がない訳ではないが、いい変化と思うことにする。

「それで、どんな条件を出されたんですか？」

「直ちにどうしろという話ではないぞ」

「どんな条件を出されたんですか？」

ニアは身を乗り出し、地の底から響くような声で言った。元の声が可愛《かわい》らしいので、地の底まであまり距離《きょり》がなさそうだが――。

「実は――」

「そんな条件を呑んでよかったんですか？」

ガウルが条件について説明すると、ニアは訝しげな表情を浮《う》かべた。

「強制するつもりはないし、させるなと伝えてある」

「そりゃそうですよ。でも、だったら、どうしてそんな条件を提示したんでしょう？」

「身を守るための理由付けという線も考えたが……」

「ああ、そういう考え方もできるんですね」

ニアは感心したように言った。

「約束を守るという保証が欲《ほ》しかったのだろう。それと……」

「それと？」

「族長はもう部族を維持《いじ》できないと考えているのだろう」

ニアが鸚鵡《おうむ》返《がえ》しに呟き、ガウルは自身の推察を口にした。

「なんでですか？」

「人数を考えれば分かるだろう？　ここから挽回《ばんかい》するなど不可能だ。滅びが避《さ》けられないのならばせめて存在した証《あかし》を残したいと思っても不思議ではない」

「潔《いさぎよ》すぎるような気がしますけど……」

ニアはぼやくように言った。今一つ納得《なっとく》していないようだ。

「ニア、カヌチを知っているか？」

「藪《やぶ》から棒《ぼう》にどうしたんです？」

「質問に答えろ」

「そりゃ知ってますよ。有名な鍛冶《かじ》師の門派じゃないですか。商家の関係者でカヌチを知らなかったらモグリですよ」

ニアは少しだけムッとしたように言った。

「名前の由来は知ってるか？」

「名前じゃないんですか？」

「違う。カヌチとは鍛冶を意味する言葉だそうだ」

「何処《どこ》の言葉なんですか？」

「分からんが、俺は帝国に併合《へいごう》された部族の言葉ではないかと思っている。恐らく、カヌチの祖も残せるものは残そうと考えたのだろう」

「ああ、そう言われてみると――ッ！」

ニアは声を上げ、ハッとしたような表情を浮かべた。

「もしかして、あれもそうだったんですか？」

「あれ？　ああ、女どもに揉《も》みくちゃにされた件か」

「どうなんですか？」

「いや、あれは関係ないだろう」

「そうですか」

ニアはホッと息を吐《つ》き——。

「だが、別に構わんのではないか？」

「構いますよ！　あんな風に弄《もてあそ》ばれるのはもう嫌なんですッ！」

ニアはものすごい剣幕《けんまく》で言った。もう嫌なんですということは似たような目に遭ったことがあるということか。ひょっとして誰《だれ》かから逃《に》げるために軍に入ったのだろうか。あり得そうだ。商売を始める資金を稼《かせ》ぐためという理由よりよほどしっくりくる。

その時、カタッという音が聞こえた。音のした方を見る。すると、扉が開いていた。ひとりでに開いたのではない。リリが立っている。しかも、悲しげな表情を浮かべて。しまった。先程《さきほど》の会話を聞かれたようだ。

「……ニア、私、嫌？」

「い、いや、そうじゃないんです！」

リリが悲しげに言うと、ニアは立ち上がり、慌《あわ》てふためいた様子で言った。

「ニア、私、嫌《きら》い、違う？」

「き、嫌いじゃないです」

「好き？」

「えっと……」

リリがチラリと視線を向けて言い、ニアは口籠《くちご》もった。

「やっぱり、嫌い？」

「い、いえ、す、すす、好きですよ！　でも、こういうことは――」

「ニア、好き！」

リリはニアの言葉を遮って言った。それだけではない。飛び出してニアを抱き締《し》めたのだ。ニアは豊かな胸に顔を埋《う》め、ふごふごと苦しげに呼吸をしている。扉の方を見ると、荷物が置いてあった。先に食べるか、とガウルは立ち上がった。

第三章『履行』

早朝――チチッという音が聞こえる。小鳥の囀《さえず》りだ。フェイはむくりと体を起こして視線を巡《めぐ》らせた。四つあるベッドの内二つが空になっていた。レイラと女将《おかみ》はすでに起きているようだ。埋まっているベッドは自分とスノウのものだ。スノウを起こさないようにベッドから下り、軍服に着替《きが》える。

クロノがクロフォード邸《てい》に戻《もど》ってきて二週間が過ぎた。順調に回復しているものの、まだベッドから起き上がれずにいる。献身的《けんしんてき》に看護をしているレイラや女将、マイラには悪いが、ちょっとだけホッとしている自分がいる。体を自由に動かせたらエッチなことを要求してくるに決まっているのだ。関係を結んでしまった後でこんなことを言い出すのは恐《きょう》縮《しゅく》だが、もう少し時間を掛《か》けてステップアップしたい。それはさておき――。

「そろそろ稽古《けいこ》を付けてもらってもいい頃《ころ》でありますよね」

フェイはぼそっと呟き、拳《こぶし》を握り締めた。この二週間、師匠《ししょう》は忙《いそが》しく動いていた。稽古を付けてくれと言い出せる雰囲気《ふんいき》ではなかった。だが、二週間というのはいい区切りなのではないかと思う。

「さて、稽古を付けてもらうであります」

浮き立つような気分で部屋を出る。もう朝食を作り始めているのだろう。芳《こう》ばしい匂《にお》いが鼻腔《びこう》を刺激《しげき》する。朝食は何だろうと考え、小さく頭を振る。朝食は大事だ。だが、師匠に稽古を付けてもらうのはそれ以上に大事だ。

「師匠は何処でありますかね？」

師匠の姿を求めて歩き出す。一歩、二歩――三歩目で背後から肩を掴《つか》まれた。思わずびくっとしてしまう。ちょっと浮かれていたとはいえ、全く気配を感じなかった。どうすればこんな真似《まね》ができるのだろう。

「フェイ様、奇遇《きぐう》ですね」

優《やさ》しげな声が響く。聞き覚えのある声だ。汗《あせ》が噴き出す。振り返りたくない。このまま歩き出したい。だが、それが不可能なことも分かっていた。肩越しに背後を見ると、マイラが笑《え》みを浮かべて立っていた。

「な、なな、何の用でありますか？」

「坊《ぼっ》ちゃまが無事に戻られて二週間が経《た》ちました」

「ぶ、無事じゃないでありますよ？」

「そうでしたね。私としたことがついうっかりしていました」

フェイが指摘《してき》すると、マイラはくすくすと笑った。嫌な予感がする。逃げなければ。だが、そのタイミングが掴めない。どうすればと自問した時、閃《ひらめ》くものがあった。

「マイラ殿はクロノ様の看護をしなくてもいいのでありますか？」

「先程、申し上げましたが、もうすでに二週間経っているのです。私が面倒《めんどう》を見なければならない時期はとうに過ぎております」

ぐッ、とフェイは呻いた。駄目《だめ》だった。全く気を逸《そ》らせなかった。かくなる上は手を振り解《ほど》いて逃げるしかない。わずかに膝《ひざ》を屈《かが》める。いや、わずかに膝を屈めたつもりだったというべきだろうか。思っていた以上に膝を屈めてしまった。マイラが手に力を込《こ》めたのだ。いけない。これでは逃げられない。

「フェイ様、もしかして逃げようとしませんでしたか？」

「そ、そそ、そんなことはないであります！」

「安心いたしました」

どうすれば、とフェイは思考を巡らせる。起死回生の一手は思い付かない。こんなことなら普段から頭を使う練習をしておけばよかった。だが、今は後悔《こうかい》すべき時ではない。起死回生の一手が無理でも時間を稼ぐ方法を考えるべき時だ。時間を稼ぐ——会話だ。会話で時間を稼ぐのだ。

「そういえば――」

「そろそろ、フェイ様には約束を守って頂きたく」

フェイの言葉をマイラは遮《さえぎ》って言った。時間を稼ぐどころか本題を切り出されてしまった。約束――メイド修業《しゅぎょう》をしろということだ。嫌な予感が的中した。まさか、このタイミングで切り出してくるとは思わなかった。すっかり油断していた。いや、きっと、こちらが油断するタイミングを待っていたのだ。どうする？　と自問する。答えは出ない。会話だ。会話で時間を稼ぐのだ。

「約束とは何でありますか？」

「本当に、忘れていらっしゃるのですか？」

フェイが尋《たず》ねると、マイラは問い返してきた。理性は会話で時間を稼ぐべきだと訴《うった》えているが、本能は素直《すなお》に認めるべきだと訴えている。どちらに従うべきか。

「…………メイド修業であります」

「覚えていらっしゃったようで安心しました。もし、フェイ様が忘れていると仰《おっしゃ》ったら私は思い出して頂くための努力をしなければならなくなる所でした」

フェイはかなり悩んだ末に本能に従った。正しい判断だったのだろう。優しげなマイラの声に恐怖《きょうふ》を感じているのだから。不意に体が軽くなる。マイラが肩に置いていた手を放したのだ。前に出て、肩越しにこちらを見る。

「では、こちらに。メイド服を用意しております」

「……はいであります」

フェイが返事をすると、マイラは歩き出した。溜息《ためいき》を吐き、後を追う。廊下《ろうか》を通り、階段を登り、扉の前でマイラは立ち止まった。

「こちらが私の部屋になります」

「……失礼するであります」

マイラが扉を開けて中に入り、フェイも後に続く。部屋の中央付近まで行き、視線を巡らせる。メイドだからだろうか。マイラの部屋は客室に比べると幾分狭《いくぶんせま》かった。いや、机の他にテーブルがある。だから、狭《せま》く感じたのだ。

「何故《なぜ》、テーブルがあるのでありますか？」

「香茶を飲むためです」

「机で飲んではいけないのでありますか？」

「当たり前です」

そう言って、マイラはクローゼットに歩み寄った。机で飲んではいけない理由は教えてくれないようだ。クローゼットを開け、メイド服を探す。今からでも逃げられないものだろうかと考えていると――。

「ああ、ここにありました」

マイラが声を上げ、フェイはがっくりと肩を落とした。時間が尽《つ》きた。おしまいだ。諦《あきら》めてメイド修業を終わらせることに専念しよう。明けない夜はないのだ。そう考えるとちょっとだけ前向きな気分になれる。マイラはフェイに歩み寄ると、ベッドの上にメイド服を放《ほう》り投《な》げた。あんまりな対応ではないかと思ったが――。

「さあ、修業の時間です。さっさと着替えて下さい」

マイラは冷淡《れいたん》な口調で言った。いや、わずかにこちらを見下すような響きがある。メイド修業はもう始まっているということか。こちらを見下すかのような口調もわざとに違《ちが》いない。精神に負荷《ふか》を掛け、新たな価値観をすり込むつもりか。ならば――。

私は人形であります、とフェイは自身に言い聞かせた。人形になりきることで精神に掛かる負荷を軽減し、新たな価値観をすり込まれないようにするのだ。

「返事がありませんが？」

「はいであります」

フェイはやや間を置いて返事をした。

「それと、修業期間中は私のことを教官と呼んで下さい。いいですね？」

「はい、教官殿であります」

フェイはこくりと頷いた。

「よろしい。では、さっさとメイド服に着替えなさい」

「はい、教官殿」

従順な態度を取ったせいだろう。マイラは何処か物足りなそうな口調で言った。フェイは軍服を脱《ぬ》ぎ、メイド服を手に取った。そのつもりだったが、メイド服はまだベッドの上にある。ワンピースではなかったのだ。手にしたメイド服を広げ——。

「——ッ！」

思わず息を呑む。いけない。自分は人形だ。人形は驚《おどろ》いたりしない。だが、用意されたメイド服は人形を人間に引き戻すほどのインパクトを持っていた。視線を向けると、マイラはにんまりと笑った。

「早く着替えを済ませて下さい」

「ぐッ、ですが、これは……」

フェイは呻いた。呻くしかなかった。

「メイドが着ればこれ即《すなわ》ちメイド服です」

「うぐぐッ……」

フェイはメイド服を広げたまま呻いた。

※

クロノはベッドに横たわり、天井《てんじょう》を見上げた。クロフォード邸にある自室の天井だ。天井付近を煙が漂っている。火事ではない。族長からもらった薬草を焚《た》いた煙だ。この薬草を焚くと、痛みが和《やわ》らぎ、とてもリラックスした気分になる。ヤバい草じゃないかと不安になってマイラに確認《かくにん》した所、鎮痛《ちんつう》作用のある一般的《いっぱんてき》な薬草らしい。それでも、不安は拭《ぬぐ》えない。どうか依存性《いぞんせい》がありませんようにと祈《いの》りの日々だ。手を上げ、天井に翳《かざ》す。それだけで筋肉痛を何倍にもしたような痛みが走る。筋肉の断裂《だんれつ》と炎症《えんしょう》――筋肉の断裂と聞いてびっくりしたものの、安静にしていれば一ヶ月くらいで治るらしい。マイラは刻印によって筋力を限界まで引き出されたせいだろうと言っていたが――。

「……完治してからだと、エラキス侯爵《こうしやく》領に戻れるのは九月か」

「クロノ様、どうかなさったんですか？」

隣《となり》から声が響く。痛みを堪《こら》えながら視線を横に向けると、レイラがイスに座ってこちらを見ていた。太股《ふともも》に歴史資料集を載《の》せている。

「いや、何でもないよ」

「九月と仰っていたようですが？」

「ああ、うん、蛮族《ばんぞく》というか、ルー族の問題は解決したけど、なかなか戻れないなって」

「今は安静になさって下さい」

レイラが眉根《まゆね》を寄せて言った。困っているような、嬉《うれ》しいような微妙《びみょう》な表情だ。

「……九月か」

クロノは天井を見上げながら呟いた。カド伯爵《はくしゃく》領を思う。その頃には港が完成していることだろう。そうすればさらなる税収が期待できる。あくまで期待だ。商人が港を利用してくれなかったら赤字だ。採算が取れなかったらと考えるだけで胃が痛くなる。だが、それ以上に気になる問題がある。それは——九月になったら海水浴ができないことだ。

もちろん、八月中に戻れたとしても海水浴が現実的でないことは分かっている。ケフェウス帝国には海水浴の習慣がないのだ。当然のことながら海水浴の習慣がないので水着も存在しない。夢を実現するためには幾《いく》つものハードルを越《こ》えなければならない。

だが、だがしかし、クロノは海水浴に行きたかった。泳がなくていい。今年は水着も我《が》慢《まん》する。キャッキャッ、ウフフと水を掛け合いたかった。水に触《ふ》れた服がピタッと肌《はだ》に張り付く様を思う存分楽しみたかった。リア充《じゅう》みたいな――いや、貴族として怠惰《たいだ》で退廃的《たいはいてき》で刹那的《せつなてき》な快楽に身を委《ゆだ》ねたかった。爛《ただ》れた一夏の経験をしてみたかった。だというのにこうして天井を見上げている。辛《つら》い。辛すぎる。ぽろりと涙《なみだ》が零《こぼ》れた。

不意に右手に痛みが走る。視線を落とすと、黒い光が浮かび上がっていた。刻印だ。刻印が勝手に浮かび上がったのだ。

「――ッ！」

「大丈夫《だいじょうぶ》だよ」

レイラが息を呑むが、クロノは平静を装って声を掛けた。刻印が手首を通り過ぎ、肘《ひじ》に伸《の》びる。痛みも激しくなっているが、慌ててはいけない。深呼吸を繰《く》り返し、消えろと念じる。すると、刻印が消えた。

「ほら、大丈夫だったでしょ？」

「生きた心地《ここち》がしませんでした」

クロノが右手を上げてアピールすると、レイラはホッと息を吐いた。

「いつになったら制御《せいぎょ》できるようになるのでしょうか」

「そう時間は掛からないんじゃないかな」

レイラが溜息交じりに呟き、クロノは楽観的に応《こた》えた。屋敷《やしき》に戻ってきた頃は全く制御できなかったが、今は自分で消せるようになっている。この調子なら完全に制御できる日も遠くないはずだ。刻印の件はいいとして――。

「早く自分の領地に戻りたいな」

「先程も申し上げましたが、今は安静になさって下さい」

は～い、とクロノは間延びした返事をした。レイラは困ったように眉根を寄せ、イスに座《すわ》り直した。歴史資料集を見ているのだろう。ページを捲《めく》る音が響く。まだ日本語を教えていないので写真を見ているだけだが、それでも楽しいらしい。ページを捲る音がぴたりと止まる。何かあったのだろうか。

「どうかしたの？」

「いえ……」

声を掛けると、レイラは小さく首を横に振った。

「遠慮《えんりょ》しなくてもいいよ」

「ですが……」

「大丈夫だよ」

「では、言葉に甘えさせて頂きます」

レイラが身を乗り出し、歴史資料集を指差す。農具が掲載《けいさい》されているページだ。

「これは何でしょうか？」

「それは千歯扱《こ》きだね」

「千歯扱きですか？」

「えっと、稲《いね》を脱穀《だっこく》する道具だね。その隙間《すきま》に稲を通して脱穀するんだ」

レイラが鸚鵡返しに呟き、クロノは痛みを堪えながら身振《みぶ》り手振《てぶ》りを交えて説明する。

「稲、ですか？」

「お米のことなんだけど、露店《ろてん》で見たことない？」

「言われてみれば……」

思い当たる節があるのだろう。レイラはこくこくと頷いた。

「稲は……。麦に似てるといえば似てるかな？」

「似ているということは麦にも使えるのでしょうか？」

「どうだろう？」

クロノは首を傾《かし》げた。千歯扱きは稲を脱穀するものというイメージがあるのだが――。

「帰ったらゴルディに頼んで試《ため》してみるよ」

「あの、そういうつもりでは……」

「いや、生産性を上げられないかなって考えただけだから」

申し訳なさそうにするレイラにクロノは理由を説明した。麦を脱穀する時は扱き箸《ばし》と呼ばれる二本の棒を使っている。千歯扱きが麦に使えれば大幅《おおはば》な時間節約になる。そうすれば空いた時間で別の仕事ができるはずだ。

「……レイラがいてくれてよかったよ」

「あ、ありがとうございます」

レイラがはにかむような笑みを浮かべる。元の世界では千歯扱きを使わなくなっているはずだし、クロノ自身も農業に縁《えん》がなかった。レイラがいなければ千歯扱きの存在を忘れていたに違いない。

「もういい？」

「はい、ありがとうございます」

レイラはイスに座り直し、再びページを捲り始めた。しばらくしてトントンという音が響く。扉を叩《たた》く音だ。レイラがイスから腰《こし》を浮かし――。

「はいはい、失礼するよ」

立ち上がるよりも速く女将がトレイを持って入ってきた。お尻《しり》で扉を閉めてそのまま近づいてくる。クロノが痛みを堪えながら体を起こすと、女将はベッドに腰を下ろした。そして、クロノの太股の上にトレイを載せる。

「女将、クロノ様は怪我人《けがにん》なんです。もっと優しく接して下さい」

「はいはい、次からはそうするよ」

レイラは窘《たしな》めるように言ったが、女将は取り合わなかった。クロノはトレイを見下ろした。そこにあったのは麦粥《がゆ》の入った皿とスプーンだ。

「また麦粥か」

「また麦粥で悪かったね。そりゃ、あたしだってもっと凝《こ》った料理を作りたいけど、クロノ様の胃腸が弱ってるってんで仕方がなく作ってるんじゃないか」

「う……。ごめんなさい」

「分かりゃいいんだよ、分かりゃ」

ふん、と女将は鼻を鳴らし、スプーンを手に取った。

「一人で食べられるよ」

「そんなこと言って、この前は刻印が勝手に浮かんでスプーンを握り潰《つぶ》しちまっただろ」

「一回だけだよ」

「いいから！」

女将は声を荒《あら》らげ、スプーンで麦粥を掬《すく》った。そして、クロノの口元に運ぶ。

「口を開けな。あーんだよ、あーん」

「……あーん」

クロノが口を開けると、女将はスプーンを口に入れた。口を閉じると、スプーンを引き抜《ぬ》いて再び麦粥を掬う。実に手慣れている。それはいいのだが——。

「レイラさん、視線が……」

「何でしょう?」

「いえ、何でもありません」

視線に堪《た》えかねて声を掛ける。だが、ムッとしたようなレイラの前に轟沈《ごうちん》する。女将はこちらの様子を気にした素振《そぶ》りも見せずにスプーンで麦粥を掬った。

「死にかけたばっかだってのに、ま～たボロボロになっちまって」

「むぐ……」

女将はスプーンを口の中に押《お》し込み、クロノが口を閉じたタイミングで引き抜いた。屋敷に戻ってきてからずっと優しかったのにこのタイミングで小言を言われるとは。せめて完治するまで優しくして欲しい。

「もっと自分を大事にしとくれよ」

「僕《ぼく》だって好きで死にそうな目に遭《あ》っている訳じゃ……。いや、何でもないです」

クロノは反論しようとして口を噤《つぐ》んだ。女将が睨《にら》んでいたからだ。しかも、涙目で。

「心配を掛けて、ごめんなさい」

「本当だよ」

女将はぶつくさ文句を言いながら麦粥をクロノの口元に運んだ。もちろん、言いたいことはある。だが、女の涙には勝てないのだ。

「はい、あーんだよ、あーん」

あーん、とクロノは女将の言葉に従って口を開いた。同じ動作を繰り返し、自分で食べる倍以上の時間を費やして麦粥を平らげる。

「ごちそうさまでした」

「はい、お粗末《そまつ》さん」

女将はスプーンを置くとトレイを持って立ち上がった。その時、トントンという音が響《ひび》いた。扉《とびら》を叩く音だ。誰だろう。

「どうぞ！」

「……失礼いたします」

クロノが声を張り上げると、マイラが扉を開けて入ってきた。

「お疲《つか》れ様《さま》です、教官殿《どの》！」

レイラが勢いよく立ち上がり、深々と頭を垂れる。状況《じょうきょう》を理解していないのだろう。女将はぽかんとしている。もっとも、それはクロノも一緒だ。何の用だろう。マイラは優しげな笑みを浮かべて歩み寄ってきた。思わず居住まいを正す。

「坊ちゃま、お待たせいたしました」

「お待たせ？」

クロノが首を傾げると、マイラは深々と溜息を吐いた。

「残念です。私はこの瞬間《しゅんかん》を待ちに待ち、昨夜など碌《ろく》に眠《ねむ》れぬ有様だったのですが、よもや坊ちゃまが約束の件を忘れてしまったとは……」

「約束の件？　――ッ！」

鸚鵡返しに呟き、ハッとした。約束とは、つまり――。

「まさか、マイラさん⁉」

「その通りでございます」

マイラは胸に手を当てて言った。その時、フェイが姿を現す。ただし、顔だけだ。壁《かべ》の陰《かげ》に身を隠し、部屋を覗《のぞ》き込んでいるのだ。目が合う。すると、フェイは顔を真っ赤にして引っ込んでしまった。期待が高まる。どんな破廉恥《はれんち》な格好をしているのだろう。早く見たい。だというのにマイラは動こうとしない。焦《じ》らすつもりか。なんてことだ。自由に動ければ確認しに行くのに。だが、だがしかし、この生殺し感は嫌いじゃない。とはいえ忍《にん》耐《たい》には限度がある。いよいよ限界という所でマイラが手を打ち鳴らした。

「……フェイ」

「ううッ……」

マイラが名前を呼ぶと、フェイが壁の陰から顔を覗かせる。

「や、やはり、この格好は恥《は》ずかしいであります。マイラ殿、何卒《なにとぞ》お慈悲《じひ》を……」

「フェイ！」

「ううッ、分かっているであります」

マイラがわずかに語気を強める。すると、フェイは今にも泣きそうな顔で壁の陰から姿を現した。思わず目を見開く。それはメイド服と呼ぶにはあまりに異質だった。上下に分《ぶん》割《かつ》され、布地は少なく、そして扇情的《せんじようてき》だ。だが、だがしかし、それはメイド服なのだ。クロノの魂《たましい》がメイド服であると認めてしまった。

「如何《いかが》でしょうか？」

「ぐッ……。す、すす、素晴《すば》らしい！」

クロノは痛みを堪えて手を打ち鳴らした。

「作業服であるメイド服をセパレート、否、ビキニ化する暴挙！　だが、だがしかし、そこが、そこがいい！　さらに――」

「ひぃッ！」

クロノが目を細めると、フェイは可愛らしく悲鳴を上げた。何ということでしょう。あのフェイが恥ずかしそうに頬《ほお》を朱《しゅ》に染めているではありませんか。

「美味！　上質な羞恥《しゅうち》を堪能《たんのう》させてもらったッ！」

「お褒《ほ》めに与《あずか》り、恐悦至極《きょうえつしごく》に存じます。ですが……」

「まだ何か？」

「それはご自身の目で確かめて頂きたく」

理由を尋ねると、マイラは慇懃《いんぎん》な、いや、挑発的《ちょうはつてき》な態度で言った。ムッとしてフェイを見つめる。恥ずかしそうに身を捩《よじ》っているが、特に変わった所は——。

「もしや——ッ！」

思わず息を呑《の》む。すると、マイラはにんまりと笑った。

「も、もも、もしかして、ノーブラですか⁉」

「いえいえ、私の口から申し上げるのは……」

ぐッ、とクロノは呻いた。だが、違和感《いわかん》を覚えた。マイラは何と言ったか。私の口から申し上げるのは、と確かに言った。つまり、それは——。

「ごほん、フェイ、も、もも、もしかしてノーブラですか？」

「――ッ！」

クロノが咳払《せきばら》いして尋ねると、フェイは息を呑んだ。顔が真っ赤になっている。間違《まちが》いない。ノーブラだ。ブラジャーを着けていないのだ。

「素晴らしい、本当に素晴らしい。流石《さすが》はマイラだ。分かってらっしゃる」

「坊ちゃまこそ」

「アンタ達《たち》、何をやってるんだい」

くふふ、とクロノとマイラが顔を見合わせて笑うと、女将が呆《あき》れたように言った。

「おや、嫉妬《しっと》でしょうか？」

「あ？　何を嫉妬するってんだい？」

「若さに」

「あたしはまだ二十歳《はたち》そこそこだよ！」

マイラがぼそっと呟《つぶや》くと、女将は声を荒らげた。

「シェーラ様さえよろしければあちらのメイド服を差し上げますが？」

「いるかい、あんなもの！」

「承知いたしました。では、お返事は南辺境を発《た》つまでということで」

「だから、いらないって言ってるだろ！」

女将は大声で叫《さけ》び、そっぽを向いた。そうか、いらないのか。仕方がない。マイラに視線を向け、小さく頷《うなず》く。すると、彼女《かのじょ》は頷き返した。

「何をやってるんだい⁉」

「いや、女将がいらないって言うからもらっておこうと」

「あたしは、あんなもの、絶対に、着ないからね」

女将はクロノを睨み付け、凄《すご》むように言った。ちぇッ、と舌打ちする。だが、チャンスは巡って来るはずだ。その機会を逃《のが》さぬようにしよう。まあ、それはそれとして今日はフェイのビキニメイド姿を堪能しよう。

「ったく、これだから男ってヤツは」

女将がぼやき、マイラがくすっと笑った。バッという音が重なる。女将が勢いよくマイラの方を見て、マイラが勢いよく女将から顔を背《そむ》けた音だ。

「何か文句があるのかい？」

「いえ、何も」

女将が地の底から響くような声で言い、マイラがしれっと返す。緊張《きんちょう》が高まる。思わず生唾《なまつば》を呑み込んだその時、女将が口を開いた。

「とっとと軍服に着替えちまいな」

「着替えたいのは山々でありますが……」

フェイは呻《うめ》くように言って、マイラに視線を向けた。

「メイド修業をすると約束したであります」

「そんな格好でメイド修業なんてできる訳ないだろ。それに、今日はカナン達が来るんだからそんな格好してたら正気を疑われちまうよ」

「カナンさん達？」

「クロノ様は聞いてないのかい？」

思わず呟く。すると、女将は訝《いぶか》しげに眉根を寄せ、マイラに視線を向けた。

「療養《りようよう》に専念して頂きたかったので坊ちゃまには黙《だま》っておりましたが、ルー族の件で会合を開くという話になっていたのです」

「こうしちゃいられ――痛ッ！」

クロノはベッドから下りようとして呻いた。

「坊ちゃま、ご安心下さい」

マイラが歩み寄って肩《かた》に触れる。横になっていろということか。

「でも、心配だよ」

「気持ちは分かります。ですが、旦那《だんな》様《さま》を信じて下さい」

「…………分かった」

かなり悩《なや》んだ末にクロノは頷いた。どのようにルー族と接するのか。それは養父達が決めることだ。ベッドに横たわると、マイラが薄手《うすで》の毛布を掛けてくれた。フェイに視線を向けるが、女将が移動してクロノの視線を遮った。

「ああ、もう少しだけフェイのビキニメイド姿が見たかったのに」

「ま～だ、そんなことを言ってるのかい！」

「で、でも……」

女将がやや前傾《ぜんけい》になって言ったが、クロノは未練を断《た》ち切れなかった。待てよと思い直す。これは女将にビキニメイド姿になってもらうチャンスではないだろうか。よし、それでいこう。慎重《しんちょう》に、極々《ごくごく》自然に切り出すのだ。

「女将――痛ッ！」

クロノは声を上げた。女将が指で鼻先を弾《はじ》いたのだ。

「なんで、そんなことをするの？」

「嫌《いや》な予感がしたんだよ、嫌な予感が」

女将は自身を掻《か》き抱《いだ》き、ぶるりと身を震《ふる》わせた。レイラがおずおずと口を開く。

「クロノ様、よろしければ――」

「ちょいと待ちな！」

女将がレイラの言葉を遮る。

「何でしょう？」

「レイラ嬢《じょう》ちゃんが着るって話なら止めとくれ」

「何故ですか？」

「いいかい？　レイラ嬢ちゃんがそれをやるとこっちにとばっちりが来るんだよ」

「それは……」

女将が窘めるように言うと、レイラは口籠もった。もうちょっと頑張《がんば》って欲《ほ》しいが、これが切っ掛けで仲違《なかたが》いしても困る。

「それに、男の言うことをほいほい聞いちゃ駄目だよ」

「そうでしょうか？」

「そりゃそうだよ。ほいほい聞いてたら都合のいい女じゃないか。いい女ってのは焦らし上手なもんだと思うんだよ、あたしは」

女将が持論を語った直後、プッという音が響いた。マイラが噴《ふ》き出したのだ。よほど癇《かん》に障《さわ》ったのだろう。女将がぎろりとマイラを睨む。

「今のは何だい？」

「シェーラ様が……。いえ、何でもございません」

「文句があるならきちんと言いな」

「本当によろしいのですか？」

「うッ……」

マイラが真顔で返すと、女将は小さく呻いた。そういえば女将は経験豊富な姐御《あねご》という
キャラ付けなのだ。あまり経験がないことがバレたら権威《けんい》が失墜《しっつい》してしまう。

「もう一度、聞きますが――」

マイラは途中《とちゅう》で口を噤んだ。ぴくっと耳を動かす。

「残念ですが、時間のようです」

マイラは恭《うやうや》しく一礼すると踵《きびす》を返した。そのまま部屋を出て行く。ほぅ、とフェイが
息を吐《つ》く。よほど緊張していたのだろう。

「ところで――」

「ひぃッ！」

マイラが壁の陰から顔を覗かせ、フェイは悲鳴を上げた。

「メイド修業は始まったばかりです。努々《ゆめゆめ》、忘れませんよう」

「……はいであります」

フェイはやや間を置いて頷いた。

※

昼――カナンは箱馬車の窓から外を眺《なが》める。クロフォード男爵《だんしゃく》領の景色がゆっくりと流れて行く。以前はクロフォード男爵領には山猿《やまざる》がいなくていいなと考えて落ち込んでいたものだが、今は少しだけ気分が楽だ。先日、父――ワッズが母と一緒《いっしょ》に帝都《ていと》から戻《もど》ってきたのだ。正直にいえばもっと早く戻ってきて欲しかった。そうすれば姉が家督《かとく》を継《つ》ぐ方向に話を持っていけたのに残念でならない。

姉の話はさておき、父は自警団の弱体化を大いに嘆《なげ》いた。貴族になって三十一年が過ぎているが、根底にある価値観は傭兵《ようへい》――混沌《こんとん》とした時代を生き抜いた人間のそれだ。弱いヤツは我を通せない。それが父の口癖《くちぐせ》だ。この理屈《りくつ》でいえばカナンが糾弾《きゅうだん》されてもおかしくないが、何も言われなかった。きっと、クロフォード男爵が母にも手紙を送ってくれたのだろう。父は母に迷惑《めいわく》を掛《か》けてきたので頭が上がらないのだ。そんな訳で父は自警団員を鍛《きた》え直している。

「山猿どもが半分くらいになってくれれば言うことなしね」

ふふふ、とカナンは笑った。山猿どもは父が率いていた傭兵団の団員――その子どもや孫だ。言わばエクロン男爵家の功労者だ。今までずっとエクロン男爵家に尽くしてくれた人達に報《むく》いなければと考えていた。だが、今はもう十分に報いたんじゃないかという気がしている。あの鬱々《うつうつ》とした日々に戻りたくない。山猿の世話はもう嫌なのだ。

カナンは手鏡を取り出して覗き込んだ。化粧《けしょう》も、髪型《かみがた》も、衣装もばっちりだ。これならお見合いも上手《うま》くいくんじゃないかという気がする。ちょっと気が早いか。悪い噂《うわさ》が沈静《ちんせい》化《か》するまでもう少し時間が掛かるはずだ。

ふとクロノのことが脳裏《のうり》を過《よぎ》る。何でも蛮族の懐柔《かいじゅう》に成功したものの、拷問《ごうもん》を受けて床《とこ》に臥《ふ》しているらしい。お詫《わ》びがてらに見舞《みま》いをするのもありかなと思う。彼《かれ》には革鎧《かわよろい》姿しか見せたことがなかったし、いい感じになる可能性もゼロではない。手鏡に視線を向けながら顔の角度を変えてみる。うん、これこそ貴族の令嬢《れいじょう》だ。思わず口元が綻《ほころ》ぶ。

どんな風に挨拶《あいさつ》をしようか考えていると、コンコンという音が響いた。誰《だれ》かが窓を叩いたのだ。窓を見ると、馬に乗ったロバートが箱馬車と併走《へいそう》していた。何かあったのだろうか。訝しみながら窓を開ける。

「お嬢様《じょうさま》、何をしに行くか分かっていらっしゃいますか？」

「もちろん、分かってるわよ」

ロバートが呆れたように言い、カナンはムッとして言い返した。

「では、念のために目的を仰って下さい」

「ロバート、どれだけ私のことを信用してないのよ」

結構やらかしてるから無理もないけど、とカナンは溜息を吐いた。

「どうぞ」

「はいはい、私達は蛮族の件を話し合うためにクロフォード邸《てい》に行く途中よ」

「蛮族ではなくルー族です」

「同じことでしょ？」

お嬢様、とロバートはこれ見よがしに溜息を吐いた。

「ルー族とは友好的な関係を築かなければならないのです」

「分かってるわよ。相手を蔑称《べっしょう》で呼んだら友好どころじゃないって言いたいんでしょ？」

「それが分かってるなら、きちんとなさって下さい」

「ぐッ、貴方《あなた》の言葉は偶《たま》に私の心を深く抉《えぐ》るわ」

「それは失礼いたしました」

ロバートは馬上でぺこりと頭を下げる。きっと、彼が軍で出世できなかったのは辛辣《しんらつ》な物言いのせいに違いない。もちろん、口にはしない。それくらいずけずけと物が言えれば自警団員も調子に乗らなかったでしょうに、と言い返されるに決まっている。

箱馬車がスピードを落とす。クロフォード男爵の屋敷が近いのだ。箱馬車がゆっくりと曲がり、門を潜《くぐ》り抜ける。その先にあったのは質素な庭園だ。箱馬車が止まり、しばらくして扉が開く。扉を開けたのはロバートだ。恭しく一礼して手を差し伸べてくる。

「お嬢様、どうぞ」

「ありがとう」

ロバートの手を取り、箱馬車から降りる。玄関《げんかん》に視線を向けると、クロフォード家のメイド——マイラが出てくる所だった。正直にいうと彼女のことが少し苦手だ。

「カナン様、ようこそおいで下さいました」

「ありがとうございます」

マイラが恭しく一礼し、カナンはスカートを摘《つ》まんで挨拶を返した。

「皆様《みなさま》、すでにお待ちです。どうぞ、こちらに」

「……はい」

マイラが踵を返して歩き出し、カナンはその後に続いた。領主同士の話し合いなのでロバートは付いて来ない。マイラに先導されてクロフォード邸に入り、エントランスホールを抜け、廊下を通り、扉の前で立ち止まる。

「どうぞ、お入り下さい」

マイラが扉を開けると、正方形に並べられた長机に七人の男性――リパイオス男爵、カガチ男爵、ジラント男爵、ベオル男爵、ゲンノウ男爵、レヴィ男爵、クロフォード男爵が座っていた。クロフォード男爵がこちらに視線を向ける。

「おお、来たか。空いてる席に座りな」

「ありがとうございます」

カナンはクロフォード男爵に礼を言って空いている席に座った。背後からパタンという音が響く。マイラが扉を閉めたのだろう。クロフォード男爵が口を開く。

「まず、礼を言わせてくれ。お前らのお陰で息子《むすこ》は無事に帰ってこられた」

「いえいえ、私達は何もしていませんよ」

クロフォード男爵が背筋を伸ばして頭を下げると、ジラント男爵が苦笑《くしょう》じみた笑《え》みを浮《う》かべて応じた。口調は柔《やわ》らかいが、凶相《きょうそう》の持ち主である。金壺眼《かなつぼまなこ》で鼻梁《びりょう》は広い。多分、子どもが見たら泣く。七人の中ではインテリ肌な所があり、そのせいか話し合いの場では議事進行のような役割を担《にな》うことが多い。

「ところで、どうして私達を呼びつけたんですか？」

「お前達も聞いたと思うが、蛮族、いや、ルー族の件だ。俺《おれ》の息子が説得して帝国《ていこく》と共に歩む道を模索《もさく》するってことになった」

「「「「「……」」」」」

カナン達は答えない。もちろん、カナンなりの答えは出ている。だが、新たな情報が出て来ないとも限らない。だから、今は様子見に徹《てっ》する。

「帝国は何と？」

「タウルの倅《せがれ》から聞いた話だが、アレオス山地を連中の領地として認めるそうだ」

「どうせ、儂《わし》らの時と同じように利用しようって魂胆《こんたん》なんじゃろ」

ジラント男爵の問いかけにクロフォード男爵が答える。すると、ゲンノウ男爵が吐き捨てるように言った。髭《ひげ》をたっぷり蓄《たくわ》えているが、頭頂はつるりとしている。カナンが八人の中で最年少だとすればゲンノウ男爵は最高齢だ。悪い人ではないのだが、年齢《ねんれい》のせいかちょっと意固地な所がある。

「そりゃ、アルコルのヤツだって利用する気がなけりゃそんなこと言わねぇよ」

「ふん、儂らと一緒で使い捨てられるのがオチじゃろうて」

クロフォード男爵の言葉にゲンノウ男爵は不愉快《ふゆかい》そうに鼻を鳴らした。

「そうなると親近感が湧《わ》いてくるね」

「親近感？　正気か？」

レヴィ男爵が頓珍漢《とんちんかん》なことを言い、ベオル男爵が顔を顰《しか》めた。気持ちは分かる。かつてルー族と殺し合ったのだ。親近感が湧く方がおかしい。

「……帝国のスタンスは分かった。あとは我々がどうするかだ」

「んだな。敵じゃなくお隣さんになるんだからな」

リパイオス男爵がぼそぼそと呟き、カガチ男爵が相槌《あいづち》を打った。リパイオス男爵は寡黙《かもく》な人物だが、本質を突《つ》くかのような発言をすることが多い。カガチ男爵はムードメイカーだろうか。木訥《ぼくとつ》な話し方で場の空気を和らげてくれる。

カナンは無言で話を聞く。若輩者《じゃくはいもの》ということもあるが、話し合いでどのような役割を担えばいいのかよく分からないからだ。ジラント男爵がクロフォード男爵を見る。

「クロード殿はすでにスタンスを決めていらっしゃいますか？」

「ああ、俺は……」

クロフォード男爵は頷き、そこで言葉を句切った。

「俺は友好的な関係ってのを模索してもいいんじゃないかって思ってる」

「ふん、友好的な関係か。殺戮者《スローター》と呼ばれた男が丸くなったもんじゃな」

「そりゃ、三十一年も経《た》ってるからね。クロード殿だって変わるよ」

ゲンノウ男爵が吐き捨てるように、レヴィ男爵がしみじみとした口調で言う。

「……帝国に従うということではなさそうだな」

「まあ、な」

リパイオス男爵がぼそっと呟き、クロフォード男爵はイスの背もたれに寄り掛かった。

「まず、俺達《おれたち》が戦った世代はとっくに死んでる」

「だから、仲よくすると？」

クロフォード男爵の言葉にベオル男爵が再び顔を顰める。

「理由の一つにゃなるだろ？」

「んだな。実際に殺し合った連中がいないってんなら領民を説得する材料になるだな」

「とはいえ、こちらには殺された者の遺族がいますからね。親の罪は子に引き継がれないなんて理屈で納得《なっとく》させるのは……」

カガチ男爵が頷くが、ジラント男爵は渋《しぶ》い顔をしている。

「あとはそうだな。アレオス山地に生えてる薬草を手に入れられるってのもでかいが、一番の理由は塩だ。アレオス山地にゃ岩塩の鉱床《こうしょう》がある」

「「「「「――ッ！」」」」」

カナン達は息を呑んだ。南辺境は海に面しているが、そこは断崖絶壁《だんがいぜっぺき》になっている。かなり高さがあり、海底の地形は入り組んでいて波も高い。そのため塩を手に入れるには他の領地を経由しなければならなかった。塩がなければ人間は生きていけない。南辺境は周辺領主、ひいては帝国に生存権を握《にぎ》られているのだ。

「もし、岩塩の話が本当ならば――」

「なんだ、信じてねぇのか」

「心配性《しんぱいしょう》なんですよ」

クロフォード男爵が言葉を遮《さえぎ》り、ジラント男爵は苦笑した。

「岩塩の話が本当ならばルー族の方々と友好的な関係を築くべきでしょうね」

「……帝国や周辺領主の顔色を窺《うかが》わなくていいのは助かる」

「んだな。岩塩がありゃもうちっと強気の交渉《こうしょう》ができるだ」

「だが、どれくらい量があるのか」

「ふん、一欠片《ひとかけら》でも駆《か》け引きの道具にゃ使えるわい」

「久しぶりのいいニュースだね」

ジラント男爵が目配せすると、リパイオス男爵、カガチ男爵、ベオル男爵、ゲンノウ男爵、レヴィ男爵が口々に言った。ルー族と友好的な関係を築くということで話が纏《まと》まりそうだ。その時、クロフォード男爵がこちらを見た。

「お前はどうなんだ？」

「私も賛成です」

カナンは胸に手を当てて言った。

「ちゃんと考えたか？」

「もちろんです」

小さく頷く。独自路線を貫《つらぬ》いて自分の領地だけ利益を得られないのは嫌だし、何より他人に生存権を握られずに済むことに魅力《みりょく》を感じる。

「では、ルー族と共存共栄の関係を目指すということでよろしいですか？」

「「「「異議なし」」」」

ジラント男爵が問いかけ、カナン達の声が重なる。

「とはいえ面識のない私達が共存共栄を訴《うった》えても警戒《けいかい》されるだけでしょう。そこで――」

「分かった分かった。当面は俺が窓口になる」

クロフォード男爵がジラント男爵の言葉を遮って言った。

「よろしいのですか？」

「よろしいも何も端《はな》からそのつもりなんだろ？」

「ええ、まあ、私はこの顔ですし」

「よく言うぜ」

ふん、とクロフォード男爵は鼻を鳴らした。ジラント男爵が居住まいを正す。

「ともあれ、クロフォード男爵が窓口になって下さるということですので、我々は領民の説得に専念しましょう。それでは──」

「……領民の説得が骨だな」

「戦った世代が死んでんだ。何とかなるべ」

「まったく、楽観的なヤツだ」

「蛮族どもと手を組む日が来るとは思わなかったわい」

「でも、自警団のなり手も少なくなってるからね。渡《わた》りに船だよ」

ジラント男爵が解散を宣言する前にリパイオス男爵、カガチ男爵、ベオル男爵、ゲンノウ男爵、レヴィ男爵は立ち上がって部屋を出て行った。

「まったく、あの人達は……」

「いつもこんなもんだろ？」

「そうなんですけどね」

クロフォード男爵の言葉にジラント男爵はムッとしたような表情を浮かべた。溜息《ためいき》を吐き、がっくりと肩を落とす。ムッとしても仕方がないと思ったのだろう。

「では、あとのことはお任せします」

「おう、お前も頼《たの》んだぜ」

「承《うけたまわ》りました」

ジラント男爵は溜息を吐き、部屋を出て行った。これで部屋に残っているのはカナンとクロフォード男爵だけだ。クロフォード男爵がイスから立ち上がり――。

「ん？　まだ帰らねぇのか？」

「え、ええ……」

カナンは口籠《くちご》もり、意を決して口を開いた。

「ご子息――クロノ様のお見舞いをと思っているのですが、如何でしょう？」

「ああ、そりゃ構わねぇよ。二週間前に比べりゃ格段によくなってるからな」

「ありがとうございます」

カナンは立ち上がり、クロフォード男爵に一礼した。部屋を出てエントランスホールに向かう。エントランスホールに出ると――。

「おや、カナンじゃないか」

「うげッ、姉さん」

姉と出くわし、カナンは顔を顰めた。

「ご挨拶だね。実の姉に会ったってのに」

「……だから、言ったんです」

カナンはぼそぼそと呟いた。幸い、姉の耳には届いていないようだ。

「その分だと話し合いは終わったみたいだね」

「ええ、恙《つつが》なく終わりました」

「だったら、さっさと帰りな」

「姉さんこそ、実の妹に対して随分《ずいぶん》な物言いですね」

「実の妹だからだよ」

ふん、と姉は鼻を鳴らした。この姉の十分の一でも図太さがあればなと思う。

「で、なんで用件が済んだのに帰らないんだい？」

「クロノ様のお見舞いを……」

カナンが恥じらいながら言うと、姉は渋い顔をした。

「なんで、そんな顔をするんですか？」

「下心が見え見えなんだよ。どうせ、ロマンスが生まれるかもとか考えてんだろ」

「そんなこと考えていません。私はエクロン男爵家の当主として――」

「お為《ため》ごかしは結構だよ」

姉はカナンの言葉を遮ると、ずいっと前に出た。後退《あとずさ》りそうになるが、何とか堪《こら》える。

「ここは腹を割って話そうじゃないか。ロマンスが生まれるかもって考えてんだろ？」

「そんなことはありません」

カナンは姉の視線を真っ向から受け止めて言った。

「本当かい？」

「…………ちょっと期待してます」

カナンは目を背け、親指と人差し指で隙間《すきま》を作った。

「舌の根も乾《かわ》かないうちに前言を翻《ひるがえ》すんじゃないよ！」

「聞いたのは姉さんじゃないですか！」

姉が叫び、カナンは叫び返した。

「ちったぁ意地を――」

「ロマンスを期待したっていいじゃないですか！　私はずっと、ずっと――姉さんがクロノ様といちゃいちゃしてた時もずーっと山猿の相手をしてたんです！　革鎧を着て、剣《けん》をぶら下げて、しかもノーメイクで！　こんなにちゃんとした格好をするのだって久しぶりなんです！　可愛《かわい》い！　綺麗《きれい》だって言われたいんですッ！」

カナンは姉の言葉を遮って捲《まく》し立てた。姉はぽかんとしている。

「ちやほやされたいんです、貴族の令嬢として」

「ちやほやされたいって……」

「大事！　大事！　ちやほやすごく大事です！」

カナンが両拳《こぶし》を上下に振《ふ》りながら言うと、姉は渋い顔をした。

「カナン、拗《こじ》れすぎだろ」

「ぐッ……。いいじゃないですか、拗れたって」

「ロマンスが始まるってことは愛人になるってことだよ？　それでいいのかい？」

「……」

「何処《どこ》を見てるんだい⁉」

カナンが無言で胸を見ると、姉は後退って胸の前で両腕《りょううで》を交差させた。

「姉さん、姉さんが言いたいことはよ～く分かります」

「本当に分かってるのかい？」

「分かってます！　ですが、それは持ってる人の理屈なんです！　姉さんは年下の彼氏《かれし》といちゃいちゃしてたから分からないんです！」

カナンが拳を握り締《し》めたその時、ガチャという音が響いた。扉が開く音だ。反射的に扉の方に視線を向け、姉の背に隠《かく》れた。

※

箱馬車が止まる。クロフォード男爵の屋敷《やしき》に着いたのだ。ガウルは対面の席に視線を向けた。そこではニアが膝《ひざ》を抱《かか》えて座《すわ》っている。

「ニア、降りるぞ」

「……」

声を掛けるが、ニアは答えない。それどころか動こうともしない。

「ニア、着いたぞ?」

「――ッ!」

身を乗り出して肩を揺《ゆ》すると、ニアはびくっと体を震わせた。きょろきょろと周囲を見回す。どうやら自身の置かれている状況《じょうきょう》が分かっていないようだ。

「ガウル隊長、ここは何処ですか?」

「クロフォード男爵の屋敷だ」

「どうして、こんな所に?」

「貴様は……」

ガウルはこめかみを押《お》さえ、溜息を吐いた。

「ルー族との交渉結果を伝えに行くと説明しただろう？」

「そうでしたっけ？」

「そうだ」

ガウルは再び溜息を吐き、箱馬車の扉《とびら》を開けて外に出た。風が吹《ふ》き、目を——。

「ああッ！」

「——ッ！」

細めようとした所でニアが絶叫《ぜっきょう》した。びっくりして振り返る。

「いきなり叫んでどうした？」

「僕《ぼく》、リリさんとお付き合いする約束をしちゃったんですけど……」

「そういえばそんな約束をしていたな」

ガウルは視線を上げ、今朝の記憶《きおく》を漁《あさ》った。朝食を食べ終えて、いざ下山という段になってリリが泣き始めたのだ。嘘泣《うそな》きにしか見えなかったが、ニアは嘘泣きと見抜《みぬ》けず、お付き合い——交際するという約束をしてしまった。

「どうして、止めてくれなかったんですか⁉」

「貴様が言い出したことをどうやって止めろと言うんだ」

「そうなんですけど！　そうなんですけどッ！　あの時の僕は、その、正気を失っていたというか、普通《ふつう》じゃなかったんです」

ニアの声は尻《しり》すぼみに小さくなり、最後の方は殆《ほとん》ど聞き取れなかった。もちろん、ガウルはニアが正常な判断力を失っていることに気付いていたが――。

「男として責任を取れ」

「もしかして、これで族長との約束を守ったことになるなって思いませんでした？」

ガウルが背を向けて歩き出すと、ニアがぼそっと呟いた。どっと汗《あせ》が噴き出す。その通りだった。だが、聞こえないふりをして歩き続ける。

「あ⁉　ガウル隊長、待って下さい！」

「……」

背後からニアの声が響《ひび》くが、やはり無言で歩を進める。玄関が近づいてくる。そこで耳に触《ふ》れる。女の声が聞こえたのだ。言い争っているのだろうか。いい予感はしないが、出直すという選択肢《せんたくし》はない。扉を開けて中に入る。すると、エントランスホールに二人の女がいた。二人とも見覚えがある。一人は――ノウジ皇帝直轄領《こうていちょっかつりょう》の前線基地でクロノと抱《だ》き合っていた女だ。確か女将《おかみ》と呼ばれていた。何故《なぜ》、彼女がここにいるのか。すぐに答えは出た。恐《おそ》らく、彼女はクロノの愛人なのだろう。そう考えると合点《がてん》がいく。

もう一人は――女将によく似ていた。だが、胸は控《ひか》えめでドレスを着ている。彼女はこちらに気付くと女将の背に隠れた。ガウルは軍服に触れた。無理もないか。南辺境の人間は軍人にいい印象を持っていないし、ガウルもいい印象を持ってもらうための努力をしてこなかった。当然の帰結なのだ。

「おや、アンタは……」

あ、あ～、と女将は声を上げる。名前が出てこないのだろう。当然か。彼女とはまともに話したことがないのだ。ガウルは静かに歩み寄って頭を下げた。軍人としては敬礼が正しいのだろう。だが、ここは一般的《いっぱんてき》な対応を心掛《こころが》けるべきだ。

「恐れ入ります。私はガウルと申します」

「こいつは……」

ごほん、と女将は咳払いをした。

「畏《かしこ》まった言葉遣《ことばづか》いをなさらずとも結構です」

「気遣《きづか》ってもらってすまないね。あたしはシェーラ、女将と呼んどくれ」

「よろしくお願いいたします。女将、殿《どの》」

「ははッ、殿はいらないよ」

女将が朗《ほが》らかに笑い、ガウルは手を差し出した。しっかりと握手《あくしゅ》を交《か》わす。手を放して女将の背後に視線を向ける。女将の背後から女がこちらを見ている。

「そちらのご婦人は？」

「あたしの後ろにいるのは──痛ッ！」

突然《とつぜん》、女将が声を上げる。何かされたのだろうか。背後の女を振り払《はら》おうとするが、振り払えない。しばらく振り払おうとしていたが、諦《あきら》めたのだろう。動きを止める。女が何事かを呟《つぶや》き、女将が顔を顰める。

「後ろにいるのはあたしの妹だよ。名前くらい教えたって構やしないと思うんだけど、どうも人見知りする質《たち》でね」

「……いえ」

ガウルはやや間を置いて言った。どんな人見知りだと突っ込《こ》みたかったが、南辺境の人間は軍人にいい印象を持っていない。それを考えると無理もないという気になる。

「それで、今日は何の用だい？」

「ルー族との交渉結果をクロノ殿に報告したいと思いまして」

「は～ん、真面目《まじめ》だね」

「恐縮《きようしゆく》です」

女将がくすっと笑う。以前の自分ならば馬鹿《ばか》にされたと感じたはずだが、今は気にならない。悪い気はしないとさえ思う。

「でも、報告ならクロード様にもした方がいいんじゃないのかい？」

「……そうですね」

ガウルはやや間を置いて頷《うなず》いた。これからクロード――南辺境の領主達《たち》と接する機会が増える。信頼《しんらい》関係を醸成《じょうせい》するためにも情報を共有すべきだ。それにしても、とガウルは女将をしげしげと眺めた。

「あたしの顔に何か付いてるかい？」

「いえ、無遠慮《ぶえんりょ》な視線を向けてしまい、申し訳ありません」

女将が小首を傾《かし》げ、ガウルは謝罪した。クロードに報告した方がいいと口にするあたり只者《ただもの》ではない。伊達《だて》にクロノの愛人をしている訳ではないということか。

「恐れ入りますが、クロード殿は――」

「お⁉　タウルの倅じゃねぇか」

場所を尋《たず》ねようとした所、声が響いた。クロードの声だ。声のした方を見ると、クロードが足早に歩み寄ってくる所だった。

「クロード殿、その節はお世話になりました」

「いいってことよ。それで、今日は何の用だ？」

「クロノ殿の見舞いを兼《か》ねて、交渉結果を伝えに参りました」

「そいつはいいタイミングだな」

「と言うと？」

「たった今、俺達も方針を決めた所だ」

俺達——南辺境ということだろう。

「それで、そっちはどんな塩梅《あんばい》だった？　こっちは俺が交渉の窓口になって、ルー族と共存共栄を目指すってことで話が纏まったんだが……」

「そのことですが——」

ガウルは帝国の意向や交渉の内容について包《つつ》み隠さず伝えた。クロードは感心したように頷いていたが、族長から出された条件を聞くと顔を顰めた。

「気持ちは分かるんだが……。大丈夫《だいじょうぶ》なのか？」

「無理《むり》強《じ》いはしないという約束ですので」

「そりゃ、まあ、そうだろうけどよ」

嫌な予感がしやがる、とクロードは顔を顰めた。

「それにしても、よく話を纏められましたね」

「ん？　何がだ？」

「ルー族との共存共栄を目指すという話です」

「そこは、まあ、時代が変わったってことだな」

「……なるほど」

ガウルはやや間を置いて頷いた。恐らく、クロードは嘘《うそ》を吐いている。だが、問い質《ただ》しはしない。ガウルには力がない。これからもクロード、ひいては南辺境の力を借りることになる。多少の目こぼしは必要だろう。

「ところで、クロノ殿は？」

「自分の部屋で寝《ね》てるぜ。おい、マイラ！」

クロードが声を張り上げる。エントランスホールに響き渡る大声だ。ガチャという音が響く。反射的に振り返ると、女将ともう一人の女が出て行く所だった。気を遣《つか》わせてしまっただろうか。そんなことを考えていると――。

「……旦那《だんな》様《さま》、そんなに大声で出さずとも聞こえております」

「――ッ！」

突然、背後から声が聞こえた。驚《おどろ》いて振り返ると、いつの間にやって来たのか、エルフのメイド――マイラが立っていた。

「タウルの倅をクロノの部屋に案内してやってくれ」

「承知いたしました。では、こちらに」

マイラが歩き出し、ガウルは彼女《かのじょ》の後を追った。階段を登り、あることに気付く。あるはずの気配を感じないのだ。踊《おど》り場《ば》で立ち止まり、肩越《かたご》しに背後を見る。だが、そこにニアはいない。箱馬車を降りた時にはいたはずだが——。

「どうかなさいましたか？」

ガウルが立ち止まっていることに気付いたのだろう。マイラが声を掛けてきた。ニアについて尋ねるべきか少し悩《なや》んだ末——。

「……いや、何でもない」

そう言って、正面に向き直る。マイラは階段の途中で立ち止まり、こちらを見下ろしていた。しばらくして再び階段を登り始める。彼女の後を追って階段を登る。階段を登りきり、廊下《ろうか》を抜《ぬ》け、ある扉の前で立ち止まる。マイラが扉を叩《たた》く。すると——。

「どうぞ！」

扉の向こうから声が聞こえた。マイラが扉を開け、ガウルは部屋に入った。クロノはベッドに横たわっていた。フェイの手を借りて体を起こす。

「……やはり、着替《きが》えてましたか」

マイラがぼそっと呟く。声に不満が滲《にじ》んでいる。肩越しに背後を見るが——。

「何か？」

「いや、何でもない」

彼女が無表情に小首を傾げ、ガウルは正面——クロノに向き直った。そのまま歩み寄ると、背後からパタンという音が響いた。マイラが扉を閉めたのだろう。

「どうぞどうぞであります」

「失礼する」

フェイがイスを差し出し、ガウルは腰《こし》を下ろした。フェイが扉の方に視線を向ける。何を見ているのだろう。気になって扉の方を見ると、マイラが扉の傍《かたわ》らに立っていた。

「ガウル殿、今日はどうしたんですか？」

「あ、ああ……」

ガウルはクロノに向き直った。

「ルー族との交渉が一段落してな。見舞いがてら伝えに来たという訳だ」

「わざわざありがとうございます」

クロノは居住まいを正し、ぺこりと頭を下げた。

「さて、何から話したものか」

「気になる所があったら質問しますから」

「承知した。では——」

ガウルはクロノがアレオス山地から戻ってきてからの出来事をできるだけ時系列に沿って話した。族長との約束については伏せたが――。ほう、とクロノは息を吐《つ》いた。

「安心したか？」

「ええ、帝国も、ルー族も、父さん達も前向きなようで安心しました。ドラド王国との戦争に備えるって所に不安を感じますけど……」

「それは……」

ガウルは口籠もった。だが、アルコル宰相《さいしょう》は役に立つと考えたからこそアレオス山地をルー族の領地とすることを認めたのだ。過去の出来事を考えると最大限の譲歩《じょうほ》をしたと言えるのではないだろうか。

「お前の心配はもっともだが、当面は俺が責任者を務める。悪いようにはせん」

「それはありがたいんですけど……。でも、いいんですか？」

「何がだ？」

「折角《せっかく》、戦功を上げたのに近衛騎士団《きしだん》に戻《もど》らなくていいのかなって」

「構わん。論功行賞でもその旨《むね》を伝えるつもりだ」

「論功行賞ですか」

「念のために言っておくが、貴様も参加するんだぞ？」

「当たり前だ。貴様が参加しなければ俺は手柄《てがら》を独《ひと》り占《じ》めした男と陰口《かげぐち》を叩かれる」

「そこは我慢《がまん》して頂くということで……」

「勘弁《かんべん》してくれ」

ガウルは小さく首を横に振った。

「え⁉　僕もですか？」

「でも、僕は——」

「賛成！　賛成でありますッ！」

断ろうとしてか、クロノが口を開く。だが、その言葉はフェイによって遮られた。

「いや、でも、僕はまだ体が——」

「大丈夫！　大丈夫でありますッ！　いざとなったら私が背負うであります‼　だから、帝都《ていと》に、帝都に行くでありますッ‼」

フェイが再びクロノの言葉を遮る。

「正直、アルコル宰相とアルフォート殿下《でんか》に会うのはちょっと」

「ぐッ……」

クロノがぼそっと呟くと、フェイは口惜《くや》しげに呻《うめ》いた。だが、納得はしていないのだろう。未練がましい目でクロノを見ている。

「駄目《だめ》でありますか？」

「……フェイ様」

フェイが小さく呟いた次の瞬間《しゅんかん》、マイラが肩《かた》に触れた。ひぃッ、とフェイが悲鳴を上げる。驚いたのはガウルも一緒《いっしょ》だ。いつの間に移動したのだろう。

「何故、そんなに帝都へ行きたいのですか？」

「そ、それは……」

「まさか、約束を破るつもりでは？」

「そ、そんなことないであります！」

フェイは慌《あわ》てて否定した。何のことかよく分からないが、目が泳いでいる。きっと、約束を守りたくないのだろう。

「では、何故？」

「そ、それは……」

マイラが優《やさ》しく問いかけるが、フェイは答えられない。口を閉ざし、忙《せわ》しく目を動かしている。こちらに視線を向けてくるが、俺に助けを求めるなと言いたい。

「理由がないのであれば――」

「――ッ！」

マイラが呟き、フェイがハッとしたような表情を浮かべる。どうやら、起死回生の一手を思い付いたようだ。墓穴《ぼけつ》を掘《ほ》る結果にならなければいいのだが——。

「クロノ様が目的を達成するためには出世が必要なのでありますッ！」

「……」

マイラは無言だ。無言でフェイの肩に触れている。沈黙《ちんもく》が舞《ま》い降《お》りる。気まずい沈黙だ。

しばらくして沈黙を破るようにマイラが溜息を吐いた。

「……坊《ぼっ》ちゃまの出世のためとあらば仕方がありません」

「ならすぐにでも出発するで——あひぃッ！」

「仕方がありませんが、何事にも手続きというものがございます」

「それは分かったでありますが、首筋に息を吹きかけないで欲《ほ》しいであります」

フェイはマイラから距離《きょり》を取り、両手で首筋を擦《こす》った。

「手順と言うと？」

「エルア様にご挨拶《あいさつ》をなさってからにして下さい」

「あ、そうだね」

ごめん、とクロノが呟き、マイラは困ったような表情を浮かべた。

「では、私は夕食の準備をして参ります」

「うん、よろしく」

「お任せ下さい」

マイラは恭《うやうや》しく一礼すると扉に向かって歩き出した。

「お話は以上ですか？」

「貴様に気になる点がなければな」

「……特にありません」

クロノは考《かんが》え込むような素振《そぶ》りを見せてから言った。

「そうか。実はまだ話していないことがある」

「どうして、黙《だま》ってたんですか？」

「少し話しにくくてな」

「席を外した方がいいでありますか？」

クロノの質問に答える。すると、フェイが問いかけてきた。席を外してもらった方がいいだろうか。ガウルは少しだけ悩み――。

「いや、ここにいて構わない。どうせ、すぐに分かることだからな」

「分かったであります」

フェイは背筋を伸《の》ばして言った。ごほん、とガウルは咳払《せきばら》いをする。ニアやクロードに話した時は何も感じなかったのだが、妙《みょう》に緊張《きんちょう》する。

「……愛人を囲うつもりはないか?」

「反対反対反対であります!」

ガウルが切り出すと、フェイが声を張り上げた。さらに——。

「それはどういうことでしょう?」

「——ッ!」

背後からマイラの声が響き、ガウルはびくっと体を震《ふる》わせた。部屋を出て行ったとばかり思っていたが、そうではなかったらしい。振り返ろうとするが——。

「どうか、そのままで」

「ぐッ……」

それよりも速くマイラが肩に触れ、ガウルは呻いた。彼女は肩に触れているだけだ。にもかかわらず振り返れない。武道の達人は触れるだけで対象の動きを封《ふう》じられると言うが、それだろうか。

「坊ちゃまには私という愛人候補がいるのですが……」

「愛人にするなんて言ってないよ」

「説明を」

クロノが突っ込みを入れるが、マイラは取り合わなかった。

「……ルー族は血縁《けつえん》を得たがっている」

「それは分かります。僕を攫《さら》ったのも子作りのためでしたから」

「いや、そういう意味ではない」

「と言うと？」

ガウルが否定すると、クロノは訝《いぶか》しげに眉根《まゆね》を寄せた。

「ルー族が求めているのは血の結び付きだ。血縁を担保とした同盟と言い換《か》えてもいい」

「つまり、政略結婚《けっこん》をしたいってことですか？」

「ああ、その理解で間違《まちが》っていない」

ガウルは頷こうとしたが、できなかった。マイラに触れられているせいだ。

「……マイラ」

「承知しました」

クロノが声を掛《か》けると、マイラが手を放した。次の瞬間、体が軽くなる。ガウルはホッと息を吐き、肩を回した。自由に動く。当たり前のことがありがたく感じる。

「族長は約束よりも血の繋《つな》がりを重視している」

「それだけ信用されてないってことですね」

「耳が痛い」

ガウルは苦笑《くしょう》し、身を乗り出した。

「あくまで俺《おれ》の所感だが、族長は部族を維持《いじ》するのは難しいと考えているようだ」

「そうですよね。女しかいないから純血を維持することはできないし、帝国《ていこく》と交流を持てば同化は避《さ》けられない。結局、滅《ほろ》び方《かた》を選べるようにしただけってことですよね」

「そうだな」

ガウルは内心舌を巻いた。よくもまあ、あれだけの情報でそこまで思い至れるものだと思う。やはり、クロノは有能な軍人なのだ。彼《かれ》が無駄《むだ》な犠牲《ぎせい》を好まない性格だったのはルー族にとって幸運だった。そうでなければ無残な死を迎《むか》えていたに違《ちが》いない。

「俺は貴様のしたことが無駄だったとは思わん」

「でも、結果は同じです」

「貴様は頭がいいからもっと上手《うま》くできたと思ってしまうのだろう。だが、貴様がいなければルー族は滅び方を選ぶことさえできなかった。たとえわずかでも猶予《ゆうよ》を得たのだ。その間にできることはあるはずだ」

「どうも……。ひょっとして慰《なぐさ》めてくれてます？」

「俺は事実を口にしているだけだ」

ガウルは頬《ほお》が熱くなるのを感じながら言い返した。再び沈黙が舞い降りる。先程《さきほど》と同じ居心地《いごこち》の悪い沈黙だ。そういえばまだ先程の質問に答えてもらっていない。

「愛人の件なんだが――」

「ん？」

ガウルが話を切り出すと、クロノが窓の方を見た。つられて窓を見る。すると、ニアが吊《つ》るされていた。いや、違う。リリに抱えられて宙に浮《う》いていた。いないと思ったらリリに捕《つか》まっていたらしい。何故、リリがここにいるのか。立ち上がり、窓に駆《か》け寄る。窓を開けると、リリがニアを抱いたまま横に移動した。庭園にはクロノの部下――レイラ達の姿があった。ルー族もいる。先頭に族長、その後ろにララ、さらにその後ろに輿《こし》を担《かつ》ぐ女達という順で並んでいる。

輿入《こしい》れのつもりだろうか。まさかという思いが湧《わ》き上がる。族長はガウルの条件――強制はしないし、させないにも同意してくれた。裏切られたのか。いや、違う。確かにガウルは条件を出した。だが、意思確認《かくにん》に関する条件は出さなかった。条件の穴を突《つ》いたということか。いやいや、決めつけはよくない。リリに視線を向ける。

「何しに来た？」

「スー、送り、来た」

　ガウルが尋ねると、リリは小首を傾げながら答えた。

「私、行く」

「待て、ニアを置いていけ」

「嫌《いや》、結婚、約束した」

　無理だろうなと思いながら声を掛けるが、やっぱり駄目だった。リリはニアを抱いたまま族長のもとに向かう。ベイリー商会との交渉《こうしょう》はどうすればと思ったが、今はそんなことを考えている場合ではない。ごほん、とガウルは咳払いをしてクロノに向き直る。

「どうかしたんですか？」

「さっきの話だが、すぐに答えを聞かせてもらうことになりそうだ」

「え⁉　いや、いきなり言われても――」

「すまん！」

　ガウルはクロノの言葉を遮《さえぎ》った。ベッドに歩み寄り、担ぎ上げる。

「痛ッ！　もっと優しくッ！」

「我慢しろ」

「何だか卑猥《ひわい》でありますね」

「何処がだ⁉」

ガウルはフェイに突っ込みを入れ、クロノを担いで部屋を出た。マイラの妨害《ぼうがい》はなかった。廊下を駆け抜け、階段を駆け下り、エントランスホールを抜けて――痛い、痛い、もっと優しく！　堪忍《かんにん》してぇッ！　と叫《さけ》ぶクロノが鬱陶《うっとう》しかったが――外に出る。すると、レイラ達が族長達を取り囲んでいた。ぴりぴりとした空気が漂《ただよ》っている。当然か。クロノが死にかけてからまだ二週間しか経《た》っていないのだ。冷却《れいきゃく》期間としては短すぎる。その時――。

「おいおい、どうなってやがるんだ？」

背後からクロードの声が響いた。ガウルの隣《となり》に立ち、顎《あご》を撫《な》でる。

「血縁を結ぶかどうか意思確認に来たってことか」

「恐らく……」

「そうか」

クロードは溜息《ためいき》を吐くように言った。

「どうしますか？」

「どうって、あんな一触即発《いっしょくそくはつ》の状態をほっとく訳にゃいかねぇだろ」

「そうですね」

ガウルが同意すると、クロードは族長達の方へと歩き出した。慌てて後を追う。クロードは五メートルほど距離を置いて立ち止まった。

「よう、息子《むすこ》が世話になったな。今日はどんな用件だ？」

「その男から何も聞いていないか？」

クロードが話《はな》し掛けると、族長はガウルに視線を向けた。

「血の繋がりが欲しいって話は聞いたけどよ」

「ならば話が早い」

「おいおい、物事には順序ってもんがあるだろ」

「もちろん、私もそれは分かっている。だが、その男が帝都とやらに行かなければならないと言っていたのでな」

ふふ、と族長は笑った。ガウルは顔を顰《しか》めるしかない。その時——。

「ガウル殿、下ろして下さい」

「分かっ——」

「そっとですよ！　そっとッ！」

クロノに言葉を遮られる。ガウルは少しだけうんざりした気分で——それでも、あとで文句を言われたくないのでそっと——クロノを地面に下ろした。

「ぐッ……」

「大丈夫……」

クロノが呻き、ガウルは大丈夫かと声を掛けそうになった。だが、すんでの所で呑《の》み込む。そっと地面に下ろしたにもかかわらず痛みに呻いたのだ。大丈夫な訳がない。立っているだけでも辛《つら》いはずだ。

「族長、血の繋がりを求めているということでしたが、間違いないでしょうか？」

「さっき言った通りだ。私は口約束ではなく、実効性を確保したいのだ」

「となると結婚という話になると思うんですが……」

「何か問題でも？」

「ある高貴な女性と関係を持っていまして、結婚となると第二夫人――痛《つか》ッ！」

クロノが悲鳴を上げた。いつの間にかやって来ていたフェイに肩を掴《つか》まれたのだ。

「第二夫人は私であります。精神だけではなく、物理的にも愛と忠誠に報《むく》いて欲しいであります。具体的にはムリファイン家再興の手伝いをお願いするであります」

「しっかりしてらっしゃる」

「当たり前であります」

むふー、とフェイは鼻息も荒《あら》く言った。

「そういう訳で第三夫人以降という扱《あつか》いになると思います。どうでしょう？」

「……」

族長は無言だ。無言でクロノを見つめている。もしや、クロノに相手がいないと思っていたのだろうか。だとしたら溜飲《りゅういん》が下がる思いだ。やられっぱなしは趣味《しゅみ》じゃない。

「………承知した」

「相手はスーですか？」

「そうだ」

族長は頷き、振り返った。

「スー、出て来い」

族長が声を掛けると、御簾《みす》が開いた。御簾の向こうにいたのはスーだ。花嫁衣装を身に纏い、細やかな装飾《そうしょく》の施《ほどこ》されたベールを被《かぶ》っている。女達が輿を地面に下ろすと、スーは輿から降りて族長に歩み寄った。立ち止まり、族長を見つめる。

「スーよ、お前に我《わ》が一族の命運を託《たく》す」

「分かった。おれ、務め、果たす」

スーは神妙《しんみょう》な面持《おもも》ちで頷き、クロノのもとに向かう。その時、ララが口を開いた。

「半人前！」

「――ッ！」

スーがムッとしたような表情を浮かべて振り返る。二人は無言で見つめ合い――。

「務め、果たせ」

「分かってる」

スーはムッとしたように答え、クロノのもとへやって来た。

「おれ、お前の嫁《よめ》、よろしく」

「……よろしく」

クロノは間を置いて頷いた。困っているようにも見える。だが、族長は満足そうだ。当然か。一族が滅びるしかないという状況で娘《むすめ》を嫁《とつ》がせることができたのだから。

「娘を頼《たの》むぞ、婿殿《むこどの》」

「ちょっと待った！」

族長が背を向けて歩き出し、クロノは声を張り上げた。

「何だ？」

「僕も帝都に行かなければならないんですが、族長の予定は？」

「私は里に戻る。用があればお前達が来い」

族長は困惑《こんわく》しているかのような表情を浮かべて言った。

「帝都で論功行賞が終わったら僕は自分の領地に戻らなければならないんです」

「それがどうかしたのか？」

「約束が……」

「それはお前の都合だ」

クロノが呻くように言うと、族長は突き放《はな》すように言った。約束──指の痕《あと》が付くほど胸を揉《も》むというあれだろうか。

「だから、約束を守ってもらいます」

「正気か？」

「至って正気です」

族長が信じられんと言わんばかりの表情を浮かべ、クロノは真顔で頷いた。族長の気持ちはよ〜く分かる。娘を嫁にやって数分と経たない内に娘婿《むすめむこ》に胸を揉ませろと言われたのだ。むしろ、クロノがおかしい。

「…………好きにせよ」

族長が深々と溜息を吐き、クロノはガウルを見た。

「ガウル殿？」

「知らん」

ガウルは顔を背《そむ》けた。すると、クロノは肩越しにフェイを見た。

「フェイ?」

「私も手伝わないであります」

「ぐッ……」

「ふん、無理せずともよいぞ?」

クロノが口惜しげに呻くと、族長は髪《かみ》を掻《か》き上げて言った。手伝う者がいないと知って余裕《よゆう》を取り戻したようだ。クロノが俯《うつむ》き、肩を震わせる。

「胸などいつでも揉める。まずは体を治せ」

「ぐッ……」

ガウルが声を掛けると、クロノはまたしても口惜しげに呻いた。いや、違う。なんと足を踏《ふ》み出したのだ。クロノの部下のみならず、ルー族までもがどよめく。最も驚いているのは族長だ。大きく目を見開いている。

「ば、馬鹿な! 動けるはずが――ッ!」

「ぐ、ぐぉぉぉッ!」

族長が目の前の光景を否定するが、クロノは苦悶《くもん》しながら足を踏み出す。一歩、二歩と進み、膝《ひざ》を屈《くつ》する。誰《だれ》かがホッと息を吐く。

「く、ぁぁぁッ!」

クロノが叫ぶが、体は動かない。その時だ。黒い光が走った。刻印だ。刻印が浮かび上がったのだ。膝が地面から離《はな》れる。帝国の貴族であるクロノがルー族の術——刻印術《こくいんじゅつ》を使う。それが示すものは融和《ゆうわ》だ。帝国とルー族が共に歩むという意志を体現している。

だが、当然のことながらクロノにそんな高尚《こうしょう》な意志はない。族長の胸を揉みたい。その一心で刻印を使い、体を動かしているのだ。ガウルは目頭《めがしら》を押《お》さえた。なんと情けない姿だろう。一歩、また一歩と距離を詰《つ》める。その姿に危機感を覚えたのだろう。族長が後退《あとずさ》る。このまま逃《に》げても批判されることはあるまい。だが、だがしかし——。

「来い！　受けて立つッ！」

族長は傲然《ごうぜん》と胸を張った。胸が大きく揺《ゆ》れる。クロノの部下が、ルー族がどよめく。逃げても批判されない。だが、族長は一族を率いる者として対峙《たいじ》することを選んだ。これは戦いなのだ——と錯覚《さっかく》してしまいそうなほど迫力《はくりょく》があった。まあ、どんなに迫力があっても胸を揉むとか揉まないとかそういう低レベルな争いなのだが。

「ぐッ、お、おっぱい」

クロノがあと二、三歩という所まで迫《せま》る。さらに足を踏み出した瞬間——。

「——ッ！」

族長の顔色が変わった。あれは後悔《こうかい》している顔だ。雰囲気《ふんいき》に流されてアホなことをしたと後悔しているに違いない。

「くッ――」

「おっぱい！」

族長は呻き、後退る。その時、クロノが叫んだ。そして、怪異《かいい》が起きる。なんと、後退ろうとした族長がクロノの方に引き寄せられたのだ。クロノが倒《たお》れ込むようにして族長の胸に顔を埋《うず》めた。逃げようとしてか、族長が身を捩《よじ》る。だが、それは叶《かな》わない。クロノの両腕《りょううで》が腰に回されていたからだ。

「し、信じられん男だ。誰にも教わらずに場を使うなど……」

族長が驚いたように目を見開いて言った。恐《おそ》らく、場とは槍《やり》の動きを鈍《にぶ》らせた力に違いない。本来は誰かに教わって使えるようになるみたいだが――。

「――ッ！　や、止《や》めよッ！」

族長が我に返って叫ぶが、クロノは胸に顔を埋めたままだった。どうすれば、とガウルは視線を巡《めぐ》らせたが、動こうとする者はいなかった。

※

夜──クロノはぼんやりと天井《てんじょう》を見上げた。煙《けむり》が漂っている。スーが調合した薬草の煙だ。ごりごりという音が響《ひび》く。痛みを堪《こら》えて体の向きを変える。ベッドの傍らではスーが床《ゆか》に座《すわ》って薬草を磨《す》り潰《つぶ》していた。

「……スー」

「何？」

名前を呼ぶと、スーは手を止めてこちらを見た。

「夜も更《ふ》けてきたからそろそろ寝た方が……」

「おれ、お前の嫁、ちゃんと世話する」

「ありがとう」

「おれ、嫁、当然」

クロノが礼を言うと、スーは鼻息も荒く言った。どうやら彼女なりに嫁らしく振《ふ》る舞おうとしていたようだ。気持ちは嬉《うれ》しいが、あまり無理をしないで欲しい。どうすればと思案を巡らせたその時、トントンという音が響いた。

「どうぞ！」

「……失礼いたします」

クロノが声を張り上げると、扉《とびら》が開いた。扉を開けたのはマイラである。

「スー様、そろそろお休みの時間です」

「おれ、嫁、世話する」

「それはよい心掛《こころが》けです」

「当然」

むふー、とスーは胸を張った。

「ですが、あまり無理をされてスー様が倒れられては本末転倒《ほんまつてんとう》というものです。ましてや新たな環境《かんきょう》に身を置いたばかり。坊ちゃまだけではなく、ご自身の体調を慮《おもんぱか》って頂きたく存じます。如何《いかが》でしょうか？」

「………………分かった」

スーはかなり間を置いて頷《うなず》いた。

「お部屋を準備しておりますのでこちらに」

「……」

こくん、とスーは頷いてマイラのもとに向かった。部屋を出た直後、心細そうな視線を向けてきたので大丈夫と頷く。

「おやすみ」

「……おやすみ」

　クロノが優しく言うと、スーは鸚鵡返《おうむがえ》しに呟《つぶや》いた。扉が閉まる。ホッと息を吐き、仰向けになる。予想外のことばかりで何もかも解決という訳にはいかなかったが、納得《なっとく》できる結末だったのではないかと思う。不意に眠気《ねむけ》が押し寄せてくる。うとうとしているとトントンという音が聞こえたような気がした。

「坊ちゃま？」

「――ッ！」

　マイラの声が響き、クロノは目を覚ました。隣を見ると、マイラが布団《ふとん》に潜《もぐ》り込《こ》んでいた。横臥《おうが》状態でこちらを見ている。しまった。油断した。よもや同衾《どうきん》を許すことになるとは。だが、まだだ。まだ挽回《ばんかい》できるはずだ。何しろ、自分は死の試練に打ち勝った男なのだ。この程度の苦境など乗り越《こ》えられるはず。

「――ッ！」

　クロノは思わず息を呑む。冷たい感触《かんしょく》が股間《こかん》に触《ふ》れている。マイラの手だ。マイラがクロノを掴んでいる。

「あ、あの、ま、まだ体調が――」

「おや、坊ちゃまのここはそう仰《おっしゃ》っていませんが？」

「くッ……」

マイラが手に力を込めながら言い、クロノは呻いた。呻くしかない。マイラの言う通りだった。フェイの愛と忠誠に報いてから三週間余り——我慢の限界だった。いや、マイラによって我慢の限界を迎えさせられたというべきか。

「坊ちゃま、如何でしょう?」

「な、なな、何がですか?」

「雌《めす》が欲しくありませんか?」

クロノが問い返すと、マイラは耳元で囁《ささや》いた。

「ま、間に合ってます」

「そうですか」

マイラは残念そうに言ったが、その間も指先でクロノを弄《もてあそ》んでいる。禁欲状態だったこともあってかすぐに達してしまいそうだ。その時、動きが止まった。思わず視線を向けると、マイラはくすくすと笑った。

「どうかされましたか?」

「いや、何でもないよ」

「そうですか」

マイラはクロノを見ている。愉悦《ゆえつ》に満ちた表情だ。しばらくしてクロノの元気がなくなってきた頃《ころ》にマイラは再び指を動かし始めた。だが、あとちょっとという所で動きを止めてしまう。それを何度か繰《く》り返し――。

「マイラ？」

「どうかされましたか？」

「ぐッ……」

マイラに問い返され、クロノは呻いた。

「生殺しはちょっと……」

「生殺し？　何のことでしょう？」

マイラはわざとらしく小首を傾《かし》げる。

「ぐッ、分かってるくせに」

「恐れながら私は読心術を心得ておりません」

マイラは手を引き抜《ぬ》き、うっとりと濡《ぬ》れた指を舐《な》める。

「口に出して頂けませんか？」

「口に出して……」

「ええ、雌が欲しいか欲しくないか。答えをまだ聞いておりません」

そう言って、マイラはクロノの手を握《にぎ》り締《し》めた。そして、指を舐《ねぶ》る。温かな感触が指を包む。指をクロノに、口をマイラに見立てているに違いない。擬似的《ぎじてき》な行為《こうい》だ。にもかかわらずクロノは痛いほど元気を取り戻していた。

「坊ちゃま、どうされますか？」

「……」

マイラが蠱惑的《こわくてき》に囁き、クロノは——屈服《くっぷく》した。

※

翌日——養父に先導されてクロノ達は共同墓地を進む。いや、タイガが墓地を進むというべきか。クロノは歩けるほど回復しておらずタイガに背負われているのだから。クロノは背負われながら墓地を眺《なが》める。クロフォード男爵《だんしゃく》領の歴史が浅いこともあって墓石の数は少ない。そのせいか公園のように感じられる。養父が墓地の一角で立ち止まり——。

「タイガ、下ろして」

「承知でござる」

クロノが肩を叩《たた》くと、タイガはそっと地面に下ろしてくれた。足を踏み出す。それだけで体が軋《きし》むように痛んだが、痛みを堪えて養父の隣に立ち、墓石を見つめる。養母——エルア・フロンドの墓だ。植物の生長が著《いちじる》しい時季にもかかわらず草が刈《か》られ、花が供えられている。それだけで養母がどれだけ領民に慕《した》われているかが分かる。

「しんどいなら背負ってもらえばいいのによ」

「男には意地を張らなきゃいけない時があるんだよ」

「べそべそ泣いてたヤツがよく言うぜ」

「僕《ぼく》の立場になったら誰だって泣くと思うよ」

「……そうだな」

　クロノが反論すると、養父はやや間を置いて頷いた。感傷的な気分になっているのだろう。それっきり黙り込んでしまう。沈黙が舞い降りるが、居心地の悪さは感じない。こういう時間が自分達には必要だと思わせてくれる優しい沈黙だった。

「……終わったな」

　養父がぽつりと呟く。クロノは何も言わなかった。多分、ルー族が敵でなくなったことで養父の中で一区切り付いたのだろう。しばらくして――。

「坊ちゃま！」

　背後からマイラの声が響き、クロノは振り返った。タイガの向こう――墓地の入り口にマイラが立っていた。いや、マイラだけではない。レイラ、女将《おかみ》、フェイ、スノウ、スーがこちらを見ている。もう少し待ってもらった方がいいだろうかと考えたその時、軽く肩を叩かれた。思わず養父を見る。

「行ってこい」

「でも──」

「仕事なんだから仕方がねぇよ」

そう言って、養父は苦笑した。

「父さんはどうするの？」

「俺はしばらくここにいる。話してぇこともあるしな」

「あまり遅《おそ》くならない内に帰ってね」

「心配されるほど耄碌《もうろく》してねぇよ」

「行ってきます」

「おう、行ってこい」

クロノは養父の言葉を受けて歩き出した。

第四章 『第十三近衛騎士団』

帝国暦《ていこくれき》四三一年八月上旬《じょうじゅん》夕方――クロノが目を覚ますと、そこは箱馬車の中だった。対面の席ではスーが安らかな寝息《ねいき》を立てて眠《ねむ》り、隣の席では女将が窓枠《まどわく》に肘《ひじ》を突いて外の景色を眺めていた。窓の外には整然とした街並みが広がっている。

「女将、おはよう」

「……おはようさん」

女将はこちらに向き直って挨拶を返してきた。そして、小さく息を吐《つ》く。

「よくもまあ、そんなにぐーすか眠れるもんだね」

「馬車に揺られてると眠くなるんだよ」

女将が呆《あき》れたように言い、クロノは欠伸《あくび》を噛《か》み殺しながら応《こた》えた。

「単調な刺激《しげき》が眠気を誘《さそ》うのかな？」

「あたしに分かる訳ないだろ」

「今どの辺り？」

「帝都《ていと》の旧市街に入った所だよ」

ああ、とクロノは声を上げた。道理で整然とした街並みが広がっているはずだ。旧市街に入ったばかりということはクロフォード邸《てい》に着くまで間があるということだ。チャンスだ。クロノは女将と距離《きょり》を詰めるが――。

「そういや体の調子はどうだい？」

「体の調子？　あ、うん、大分よくなったよ」

女将が機先を制するように言い、クロノは平静を装って答えた。南辺境を出た時は辛かったが、スーが症状《しょうじょう》に合わせて薬を調合してくれたお陰《かげ》でかなり楽になった。

「あまり無理をしないどくれよ」

「うん、約束する。ところで――」

「今日はクロフォード邸に泊《と》まるけど、厨房《ちゅうぼう》は好きに使っていいんだろ？」

「それは問題ないと思うけど……。それで――」

「上げ膳据《ぜんす》え膳《ぜん》も悪くないけど、自分で料理を作るってのはいいね」

女将にまたもや言葉を遮られる。

「なんで、僕の話を聞いてくれないの？」

「嫌な予感がするからに決まってるだろ」

「せめて、話を聞いてくれても――」

「あたしはクロノ様が〝あの〟メイド服を持ってきたことを知ってるんだよ」

「――ッ！」

クロノは思わず息を呑んだ。まさか、バレているとは思わなかった。

「どうせ、あれを着て夜伽《よとぎ》をしてくれとかそんな所だろ」

「…………はい」

クロノはかなり間を置いて頷いた。

「真っ平ご免《めん》だよ」

「どうして、そんなことを言うの？」

「ちょっと考えりゃ分かるだろ」

ふん、と女将は鼻を鳴らした。

「前は露出《ろしゅつ》が多めのメイド服を着て下さったのに……」

「それはそれ、これはこれだよ。つか、露出の桁《けた》が違うだろ、露出の桁が」

「数百年後にはあれがスタンダードになるよ、多分」

「生憎《あいにく》、あたしは今を生きてるんだよ」

「……そうですか」

クロノはがっくりと肩《かた》を落とした。もちろん、演技だ。女将を盗《ぬす》み見る。すると、くだらないものでも見るような目でこちらを見ていた。

「ったく、どうしてあんなものを着せたがるんだか」

「それは、男のロマンとしか」

「あたしの旦那《だんな》はあんなものを着せたがらなかったよ」

「本当に？」

「……本当だよ」

クロノが問い返すと、女将はやや間を置いて答えた。直前、記憶《きおく》を漁《あさ》るように視線を上に向けていたが、思い当たる節はなかったようだ。

「信じられない」

「皆《みんな》が皆、クロノ様と同じ価値観で生きている訳じゃないんだよ」

「でも、新しい下着、もとい、服を買った時とか嬉しそうにしてなかった？」

「まあ、そういうことなら――――ッ！」

女将はハッとしたようにクロノを見た。

「念のために言っておくけど、旦那が嬉しそうにしたのは服だよ、服」

「分かってるよ。でも、嬉しそうにしてたんだよね？」

「そりゃ、まあ……」

女将はごにょごにょと呟いた。

「つまり、そういうことですよ」

「どういうことだい？」

「旦那さんは女将の魅力《みりょく》を再発見して嬉しくなったんだよ。つまり、方向性は違っても根っこにあるのは同じ思いなんだ」

「そうかい？」

女将は訝《いぶか》しげな表情を浮かべた。だが、満更《まんざら》でもなさそうだ。よし、あと一押《ひとお》しだ。女将にビキニメイド服を着てもらうのだ。できればノーブラで。

「そうだよ。僕は女将の魅力を再発見したいんだ。だから、僕が女将とコスプレを楽しみたいと考えてもそれは愛する気持ちのせいなんだ」

「コスプレ？」

「軍服を着たり、神話や物語の登場人物の格好をしたりすること。要するに仮装だね」

女将が鸚鵡返しに呟き、クロノはコスプレについて説明した。

「何を言うかと思えば……」

「なんで、溜息を吐くの？」

「呆れてるからに決まってるだろ」

クロノが理由を尋《たず》ねると、女将は深々と溜息を吐いた。

「あの、それで、コスプレは？」

「真っ平ご免だよ」

「そうですか」

女将がムッとしたように言い、クロノはがっくりと肩を落とした。女将にコスプレしてもらうのは難しそうだ。残念無念。だが、チャンスは巡ってくるはずだ。ぎゅっと拳《こぶし》を握り締めたその時、軽い衝撃《しょうげき》に襲《おそ》われた。窓の外を見ると、景色の流れるスピードが緩《ゆる》やかなものに変わっていた。街並みにも見覚えがある。箱馬車が止まり、スーが体を起こす。

「着いた？」

「うん、帝都にね」

「帝都？」

「そう、帝都」

スーが鸚鵡返しに呟き、クロノは頷いた。不意にガチャという音が響く。音のした方を見ると、レイラが扉を開ける所だった。

「クロノ様、到着《とうちゃく》しました」

「ありがとう」

クロノはレイラに礼を言い、箱馬車から降りた。箱馬車はクロフォード邸の門の前で止まっていた。箱馬車の後ろを見ると、十台の幌《ほろ》馬車が連なっていた。野次馬《やじうま》が集まり始めている。さて、どうしたものかと考えていると、玄関《げんかん》の扉が開いた。屋敷《やしき》から出てきたのは燕尾服《えんびふく》を身に纏《まと》った男だ。肩幅《かたはば》が広く、真っ白い髪を一つに束ねている。如何《いか》にも老執事という出で立ちだ。名はオルト——昔は養父の傭兵《ようへい》団で参謀《さんぼう》を務め、現在はクロフォード家の家令を務めている。オルトはクロノに歩み寄り、深々と頭を垂れた。養父と同じく年齢《ねんれい》を感じさせない、きびきびとした動作だ。

「クロノ様、お帰りなさいませ」

「ただいま。またお世話になるね」

「はい、そのつもりでお待ちしておりました」

オルトは背筋を伸《の》ばして視線を巡らせた。

「本日、クロフォード邸に宿泊《しゅくはく》されるのはクロノ様、レイラ様、シェーラ様、フェイ様でよろしいでしょうか？」

「あと一人追加で」

肩越《かたご》しに背後を見ると、スーが女将に手を引かれて箱馬車を降りる所だった。ふぅという音が響く。オルトの溜息だ。正面に向き直ると、彼《かれ》は目を細めていた。

「時代が変わる様を見るのは初めてではありませんが、何とも困惑するものです」

「ちゃんとお客様として遇《ぐう》してね」

「もちろんです」

家令としてのプライドを傷付けてしまったのか。オルトはわずかに不快感を滲《にじ》ませて言った。謝《あやま》った方がいいかなと考えたその時――。

「えー⁉　ボク、お母さんと一緒《いっしょ》がよかったのに」

不満そうな声が響いた。振り返ると同時にスノウが箱馬車の屋根から飛び下りる。

「スノウ！」

「――ッ！」

レイラが鋭《するど》く叫び、スノウが首を竦《すく》めた。

「でも、お母さんと一緒にいたいんだもん」

「スノウ、今はまだ軍務中です。私のことは――」

「レイラ隊長、分かりましたぁ」

スノウがレイラの言葉を遮《さえぎ》って言った。ちっとも分かってない口調だ。レイラがまなじりを吊《つ》り上げ、クロノは手の平を向けた。待ってという指示だ。クロノはスーに視線を向けた。女将の手を握る姿は弱々しい。

「オルト、あと一名追加で」

「承知いたしました」

クロノが向き直って言うと、オルトは大きく頷いた。レイラが歩み寄る。

「よろしいのですか？」

「うん、スーも年齢の近い子がいた方がいいだろうし」

「そういうことでしたら」

「わーい！　クロノ様、ありがとうッ！」

レイラが渋々《しぶしぶ》という感じで頷くと、スノウは跳《と》び上がって喜んだ。クロノに擦《す》り寄ってくる。やっぱり、子どもなんだなと口元が綻《ほころ》ぶ。だが、演技なのではないかという思いが湧《わ》き上がる。いや、考えすぎだ。女将にコスプレをして欲《ほ》しいという汚《よご》れた心がスノウの無邪気《むじゃき》な行動を歪《ゆが》めて見せているのだ。

「他の皆は……」

「第十一街区にある宿を貸し切っておりますのでそちらへ。第十二街区が近いので治安はあまりよくありませんが、旅の垢《あか》を落とすには丁度いいでしょう」

そう言って、オルトは口元を緩めた。旅の垢を落とす——歓楽街《かんらくがい》に繰り出して英気を養ってもらうという意味だろう。こういう手管は真似《まね》できない。軍学校時代の同級生が遊びに誘ってくれたり、養父の言葉の意味を理解できたりしていれば変わったのだろうか。いや、結局は怖《お》じ気《け》づいて行けなかったに違《ちが》いない。

「では、私はサップ殿《どの》と打ち合わせをしますので……」

パンパン、とオルトが手を打ち鳴らす。すると、玄関の扉が開いた。出てきたのはメイドだ。髪の毛《け》は長いが、伸ばしているのではなく、伸びているという印象を受ける。

「彼女《かのじょ》はルシアと申します」

「初めて見る顔だ」

「雇《やと》ったばかりですので」

ふ〜ん、とクロノは相槌《あいづち》を打った。

「ルシア、クロノ様とお客様を部屋に案内しなさい」

「……承知いたしました」

ルシアはしずしずと歩み寄り、ぺこりと頭を下げた。無造作なお辞儀《じぎ》だ。オルトは小さく溜息《ためいき》を吐き、クロノの脇《わき》を通り抜けた。箱馬車の御者席《ぎょしゃせき》——サップのもとに向かう。

「それでは、お部屋に案内いたします」

「……よろしく」

クロノに案内は必要ないが、とりあえずお願いすることにした。

※

「は～、疲《つか》れた」

クロノは四階にある自分の部屋に入り、そっとベッドに横たわった。普段《ふだん》ならば倒れ込む所だが、まだ体が痛むのだ。仰向《あおむ》けになると、バンッという音と共に扉が開いた。クロノは飛び起き――。

「痛ッ！」

体の痛みに呻《うめ》いた。扉に視線を向けると、スーが立っていた。大きな袋を持っている。

「お前、学ぶ、ない」

「誰のせいだと」

「おれのせい、違う」

スーは荒《あら》っぽく扉を閉め、クロノに歩み寄った。袋を床に下ろして座る。ごそごそという音が響き、煙が立ち上る。鎮静《ちんせい》作用のある薬草を焚《た》いているのだ。

「集中」

「分かった」

クロノは仰向けになり、意識を集中した。黒い刻印が浮《う》かび上がる。煙を見つめ、目を細める。煙が渦《うず》を巻く。刻印術《こくいんじゅつ》の場――攻撃《こうげき》や魔術《まじゅつ》を防ぐ防御壁《ぼうぎょへき》の作用によるものだ。

スーによれば刻印術は術者の意思を反映する力場を展開する術であり、それ以外は副次効果に過ぎないらしい。この話を聞いた時、クロノはリリのことを思い出した。レイラとタイガを逃がすために戦った時、彼女は天枢神楽《てんすうかぐら》が掠《かす》ってさえいないのに吹《ふ》っ飛んだ。あれは天枢神楽によって場が破損したせいだったのだ。今、クロノは場を維持《いじ》する訓練をしているのだが――。

「あ……」

場が歪み、クロノは小さく声を上げた。

「集中！」

「集中！」

スーが鋭く叫《さけ》び、クロノも叫ぶ。眉間《みけん》に皺《しわ》を寄せ、意識を集中する。だが、実際には集中できていなかったのだろう。場のあちこちに穴が空き、弾《はじ》けるようにして消えた。さらに刻印が不規則な明滅《めいめつ》を繰り返す。

「しゅ、集中！」

「無理」

刻印が消えないように意識を集中しようとするが、スーが小さく溜息を吐く。まるでそれが切っ掛《か》けだったかのように刻印が消える。

「消えちゃった。もう一か──」

「駄目《だめ》」

クロノが再チャレンジしようとすると、スーが力なく首を横に振った。

「あと一回くらいなら」

「呪《まじな》い、使いすぎ、よくない」

「……分かった」

スーが窘《たしな》めるように言い、クロノは渋々ながら受け入れた。

「強くなれると思ったのに」

「呪いの強さ、まやかし」

「辛辣《しんらつ》だな～」

クロノは天井を見上げてぼやいた。言いたいことは分かるが、まやかしでも強くなりたい。それが正直な気持ちだ。その時、トントンという音が響いた。扉を叩く音だ。

「どうぞ！」

「……失礼いたします」

クロノが声を張り上げると、扉が開いた。扉を開けたのはルシアだ。

「どうかしたの？」

「クロノ様に――」

「やあ、クロノ！」

問いかけるが、ルシアは最後まで言い切ることができなかった。リオが彼女を押し退《の》けて部屋に入ってきたからだ。ルシアがムッとしたような表情を浮かべる。

「ルシア、ありがとう。下がっていいよ」

「……承知いたしました」

ルシアは深呼吸をすると一礼して扉を閉めた。次の瞬間《しゅんかん》、スーが飛び上がり、リオと距離を取る。刻印を浮かび上がらせ、威嚇《いかく》するように唸《うな》り声《ごえ》を上げる。

「おや？　彼女が噂《うわさ》の蛮族《ばんぞく》かい？」

「もう噂になってるんだ」

「タウル殿の息子《むすこ》が蛮族を恭順《きょうじゅん》せしめたって程度の噂だけどね。多分、タウル殿があえて噂を広めたんじゃないかな。噂が広まっていたらひどい対応はできないからね」

「……タウル殿が」

呟きながら脳裏《のうり》を過《よぎ》ったのはガウルの姿だった。ガウルがルー族のために功績を吹聴《ふいちょう》してくれるように頼《たの》んだと考えた方がしっくりくる。

「それで……」

リオがスーに視線を向ける。ぞっとするほど冷たい瞳《ひとみ》だ。

「それで、この娘《こ》は何だい？」

「おれ、ルー族のスー、クロノの嫁《よめ》」

「クロノの嫁？」

「そう、嫁」

リオが訝しげな表情を浮かべるが、スーは誇《ほこ》らしげに言った。

「お前、何？」

「ああ、申《もう》し遅《おく》れたね。ボクはリオ・ケイロン、クロノの恋人《こいびと》さ」

「こいびと？」

「分からなければ嫁と思ってくれればいいよ」

スーはクロノに視線を向け、難しそうに眉根《まゆね》を寄せた。再びリオに視線を向ける。

「クロノ、甲斐性《かいしょう》ない」

「あははッ、随分《ずいぶん》とひどいことを言うんだね」

スーがぼそっと呟くと、リオは愉快《ゆかい》そうに笑った。ちょっと傷付く。

「クロノ、一人前、勇者。でも、そこまで甲斐性ない」

「なんだ、知らないのかい？　クロノは金持ちだよ。嫁の百人や二百人訳ないさ」

「……嘘《うそ》？」

リオの言葉を聞き、スーがこちらに視線を向ける。

「一人当たり月金貨二枚として…………。まあ、それくらいなら」

「お前、すごい！　おれ、鼻高いッ！」

クロノが暗算で必要な金額を試算して言うと、スーは嬉しそうに言った。どうやら甲斐性無しから甲斐性有りに昇格《しょうかく》したようだ。

「ところで、スー？」

「む？」

リオが優《やさ》しく呼びかける。すると、スーは彼女を見上げた。

「ボクは君と仲よくしたいと思ってるんだけど……」

「――ッ！」

リオは無造作に距離を詰《つ》め、スーの頭に手を置いた。手を払《はら》い除《の》けようとするが、よほど力の差があるのかできない。

「仲よくしてくれるかい？」

「ぐッ……」

「仲よくしてくれるよね？」

「……分かった。仲よくする」

リオが再び問いかけると、スーは間を置いて頷いた。逆らったら殺されると考えたのかも知れないが、刻印が消える。

「友達としてお願いがあるんだけど、クロノと二人きりにしてくれないかな？」

「ぐッ、分かった」

スーは口惜《くや》しげに呻いたものの、リオのお願いを聞き入れた。がっくりと肩を落として部屋から出て行く。ふぅ、とリオは溜息を吐き、ベッドに腰《こし》を下ろした。

「もう少し優しく接しても……」

「子どもは苦手なんだよ」

リオは拗《す》ねたように唇《くちびる》を尖《とが》らせた。

「今回も大変だったみたいだね」

「知ってるの？」

「第九近衛騎士団の仕事は城の警備だからね。自然と噂話《うわさばなし》に詳《くわ》しくなるんだよ」

クロノが問い返すと、リオはくすくすと笑った。人の口に戸は立てられぬとは言うものの、仮にも国の中枢《ちゅうすう》がそれでいいのかなと思わないでもない。

「あまり無茶《むちゃ》はしないでおくれよ」

「好きで無茶をしてる訳じゃないよ」

「そこは嘘でもいいから約束するって言うべきだよ」

「約束する」

「遅いよ」

リオは溜息交じりに言ってベッドに横たわった。クロノに寄り添《そ》い――。

「クロノに死なれたらどうしていいか分からないよ」

「約束するよ。もう無茶はしない」

「どうせ、また無茶なことをするくせに」

理不尽《りふじん》だと思ったが、口にはしない。

「そういえば、どうしてリオがここに？」

「論功行賞のスケジュールが決まったから伝えに来たのさ」

「第九近衛騎士団の団長が？」

「一秒でも早くクロノに会いたかったんだよ」

乙女心《おとめごころ》の成せる業《わざ》さ、とリオは笑った。それに、と続ける。

「団員が使いっ走りを嫌《いや》がってね」

「それもどうかと思う」

「ま、今頃《いまごろ》は素直《すなお》にお遣《つか》いに行っておけばと後悔《こうかい》してるんじゃないかな」

ふと脳裏を過ったのはリオの副官の姿だ。親征の時にリオ様を裏切ったら死ぬぞと穏《おだ》やかに恫喝《どうかつ》してきた。今思い出してもぞっとする。それを考えると後悔という言葉では足りないような気がする。口は禍《わざわ》いの門とはこのことか。

「それで、論功行賞はいつなの？」

「明後日さ」

「随分、早いね」

「神聖アルゴ王国に不穏《ふおん》な動きがあるみたいでね。蛮族の件はさっさと終わらせて、そっちに注力したいんじゃないかな」

「講和が成立してから七ヶ月しか経《た》ってないのに……」

クロノは首飾《くびかざ》りを握り締めた。講和が永遠に続くなんて思っていない。だが、レオ、ホルス、リザド――数多《あまた》の兵士を犠牲《ぎせい》にして得たものがそれでは納得できない。

「神殿《しんでん》勢力の暴走かな」

「どうして、そう思うんだい？」

「親征で神聖アルゴ王国もかなり損害を受けているはずなんだよ。無茶な徴兵《ちょうへい》もしてたみたいだし、この状況《じょうきょう》でまともな軍人が戦争をしたがるとは思えない。だったら神殿勢力が暴走してるのかなって」

リオに問いかけられ、クロノは自分の考えを口にする。何しろ、神祇官《しんぎかん》を指揮官に据《す》えるような連中だ。戦争で負けを取り戻《もど》そうとしても不思議ではない。となると——。

「アルコル宰相《さいしょう》は神殿勢力の暴走に乗じるつもりかな」

「やっぱり、クロノは頭がいいんだね」

そう言って、リオはクロノの胸に頭を乗せた。小さく息を吐く。

「その分なら大丈夫《だいじょうぶ》そうだね」

「大丈夫って何が？」

「クロノはアルコル宰相やアルフォート殿下《でんか》を憎《にく》んでるみたいだからね。論功行賞の場で二人を殺そうとするんじゃないかと心配だったのさ」

「そんなことしないよ」

「そうかい？　でも、殺したいと思ったらいつでも言っておくれよ。クロノが望むのなら喜んで二人の首を捧《ささ》げるから」

「……そんなことしなくていいよ」

クロノは間を置いて言った。即答《そくとう》できなかったのは迷ったからだ。恋人を暗殺者に仕立てようなど唾棄《だき》すべき考えだ。ましてや迷うだなんて反吐《へど》が出る。

「そんなことしなくていいんだ」

「不安なのさ」

クロノが言い含《ふく》めるように言うと、リオはぽつりと呟《つぶや》いた。そして、体を起こす。

「さてと、用事は済んだし、そろそろお暇《いとま》しようかな」

「――ッ！」

リオが立ち上がり、クロノは咄嗟《とっさ》に彼女の手首を掴《つか》んだ。

「どうしたんだい？」

「夕食、一緒にどう？」

「そうだね。ご相伴《しょうばん》に与《あずか》ろうかな」

リオはくすりと笑った。

※

夜——。

「クロノ様、お加減はよろしいのですか？」

クロノがリオと一緒に食堂に入ると、オルトが声を掛けてきた。壁《かべ》の陰に姿を隠《かく》していたので思わずびくっとしてしまう。

「お加減は？」

「ああ、うん、こうして歩く分にはもう大丈夫だよ」

「それはよろしゅうございました」

拳を握《にぎ》ったり、開いたりしながら答えると、オルトは口《くち》の端《は》を歪めて頷《うなず》いた。よろしゅうございましたという顔ではない。

「皆様《みなさま》、席に着いてお待ちです」

うん、と頷いてテーブルを見る。オルトの言葉通り、フェイ、スノウ、スーの三人が席に着いて待っていた。リオと一緒に三人の対面の席に座《すわ》る。

「女将とレイラは？」

「食事を作っている所であります」

クロノの質問に答えたのはフェイだった。ビキニメイド服を着てから露骨《ろこつ》に避《さ》けられていたので少しだけ安心する。いや、安心するのはまだ早い。よくよく見るとわずかに視線を逸《そ》らしている。それに気付いたのだろう。リオが口を開く。

「目を逸らしてるけど、何かあったのかい？」

「な、なな、何もないでありますよ」

リオの問いかけにフェイは上擦《うわず》った声で答えた。みるみる内に頬《ほお》が朱《しゅ》に染まり、耳まで真っ赤になる。リオが本当にと言うように身を乗り出すと、フェイは顔を背《そむ》けた。

「フェイは僕に愛と忠誠を誓《ちか》ってくれたんだよ」

「ぎゃーーッ！」

助け船を出したつもりだったのだが、フェイは絶叫《ぜっきょう》した。

「な、なな、なんで、そういうことを言うのでありますか!?」

「なんでって、もう気付かれてるよ」

「そういう問題じゃないであります！」

フェイは両手で顔を覆《おお》い、床《ゆか》を踏《ふ》み鳴らした。よほど恥《は》ずかしいのだろう。耳が赤を通り越《こ》して赤黒くなっている。

「フェイ、大丈夫？」

「ううッ、恥ずかしさのあまり死んでしまいそうであります」

スノウが気遣《きづか》わしげに声を掛けると、フェイは呻くように言った。スノウが責めるような視線を向けてくる。いや、責めると評するには可愛《かわい》らしいか。

「スノウ、僕《ぼく》はフェイを辱《はずかし》めようとした訳じゃないんだ」

「じゃあ、なんであんなことを言ったの？」

「楽にしてあげようと思って」

「全然、楽になってないであります！」

スノウの問いかけに答えると、フェイはバンッとテーブルを叩《たた》いた。

「いや、でも、よく考えて欲しい。リオは分かってた。分かってやったんだ。ここで誤魔《ごま》化《か》しても苦しみが長引くだけだ。だから、ここは事実関係を明らかにした方がいい。そう判断してやったんだ」

「ぐッ、それは……」

クロノの言葉にフェイは口籠《くちご》もった。よし、何とか凌《しの》げそうだ。テーブルの下で拳を握《に》り締めたその時、スノウが口を開いた。

「でも、フェイのことを考えたら誤魔化してあげた方がよかったと思う」

「――ッ！　そう！　そうであります！　私のことを考えたら誤魔化してくれた方がよかったであります！　私は心に傷を負ったであります！　愛と忠誠に対する報酬《ほうしゅう》として、謝罪の証《あかし》としてムリファイン家再興の協力を要請《ようせい》するであります！」

フェイはハッとしたようにスノウを見つめ、一気に捲《まく》し立てた。

「……ムリファイン家再興か」

「く、クロノ様、協力してくれるのでありますよね？」

クロノがぽつりと呟くと、フェイはおずおずと言った。

「協力はしようと思うんだけど、どうすれば再興したことになるかなって」

「どうすれば……」

フェイは鸚鵡返《おうむがえ》しに呟き、そのまま黙《だま》り込《こ》んだ。しばらくしてリオに視線を向ける。

「どうすれば再興したことになるのでありますか？」

「どうして、ボクに聞くんだい？」

「リオ殿は帝国《ていこく》の名門貴族であります」

「名門貴族ね」

リオは溜息交じりに呟いた。

「帝国の要職に就《つ》けば再興したことになるんだろうけど……。無理っぽそうだね」

「どうして、そんなことを言うのでありますか？」

「組織人って柄《がら》じゃないからさ」

「ぐッ……」

フェイは呻いたが、自覚はあるのだろう。反論はしなかった。

「まあ、クロノの下で機会を窺《うかが》った方がいいんじゃないかな」

「下剋上《げこくじょう》の機会をでありますか？」

「下剋上なんて一言も言ってないから！」

フェイがごくりと喉《のど》を鳴らし、クロノは堪《たま》らず突《つ》っ込んだ。

「獅子《しし》は子どもらを千尋《せんじん》の谷に突き落とすと――」

「子どもらって何？　子どもらってッ？」

「もちろん、足の引っ張り合い推奨《すいしょう》であります。人生はサバイバルでありますね」

「そんな難易度の高い人生嫌だよ！」

「異母兄弟で殺し合うなんて心が痛むであります」

「じゃあ、止めようよ！　そんな蠱毒《こどく》みたいな真似ッ！」

「蠱毒？」

「東方に伝わる呪術《じゅじゅつ》で、百匹《びき》の毒虫を壺《つぼ》に入れて殺し合わせるんだよ」

「私の子にそんな真似をするつもりでありますか⁉」

「僕が言ったんじゃないよ！」

フェイが下腹部を押《お》さえて叫び、クロノは叫び返した。

「そうならないためにクロノ様はどう報《むく》いてくれるつもりでありますか？」

「フェイを第二夫人に迎《むか》え、子どもに適切な教育を施《ほどこ》します」

「それだけでありますか？」

「いい所に就職できるように手配します」

「え～、それだけでありますか～」

フェイが不満そうに声を上げる。

「これ以上、何が？」

「領地でありますよ、領地」

フェイはニヤリと笑った。ごほんという音が響《ひび》く。オルトが咳払《せきばら》いしているのだ。軽はずみに返事をするなということだろうか。

「その辺はおいおいね、おいおい」

「え～、今決めて欲しいであります」

「今決めてもいいけど、ビキニメイド服なんて目じゃないことを要求するよ」

「ビキニメイド服なんて目じゃない要求でありますか」

「そう、たとえば……」

クロノは女将《おかみ》やマイラにしたのと同じ要求を口にしようとして思《おも》い止《とど》まった。ここにはスノウとスーがいる。二人の教育に悪い。

「ここでは言えない」

「ど、どど、どんな要求をするつもりでありますか？」

「まず、フェイが想像できる最大に破廉恥《はれんち》なことを思い浮かべて下さい」

「了解《りようかい》であります」

「そんなものは……天国だッ！」

「鬼《おに》！　ここに鬼がいるでありますッ！」

「鬼じゃなくてご主人様だよ」

ふふふ、とクロノは不敵に笑った。その時――。

「はいはい、馬鹿話《ばかばなし》はその辺にして。飯の時間だよ」

女将がトレイを持って厨房《ちゆうぼう》から出てきた。やや遅れてレイラが出てくる。残念ながらメイド服ではない。エプロンを身に着けただけだが、何故《なぜ》だかほっこりしてしまう。女将が料理をテーブルの上に載《の》せていく。レイラはちょっと手際《てぎわ》が悪い。ちなみに今日の夕食はパン、スープ、サラダ、鶏肉《とりにく》の香草焼きというメニューだ。

「三人ともちゃんと手を洗ったかい？」

「もちろんであります」

「うん、洗ったよ」

「洗った」

女将が問いかけると、フェイ、スノウ、スーの三人はこくこくと頷いた。

「鶏肉を食べる時はナイフとフォークを使うんだよ？　分かってるね？」

「大丈夫、おれ、帝国のルール、守る」

「いただきますであります！」

女将がスーに食べ方を教えるその傍《かたわ》らでフェイが鶏肉の香草焼きに手を伸ばす。ナイフとフォークは手にしていない。フェイは鶏肉の両端《りょうたん》を掴むと一気に頬張《ほおば》った。

「帝国のルール、守る、ない」

「……フェイ」

スーがフェイを横目で見ながら言うと、女将は深々と溜息を吐《つ》いた。フェイはぺろりと鶏肉を平らげ、女将に視線を向けた。

「何でありますか？」

「ちゃんとナイフとフォークを使っとくれよ。子ども達《たち》の教育に悪いだろ」

「騎士《きし》は食べ方に拘《こだわ》らないのであります」

「そうかい？」

「そうであります」

「いただきます」

フェイが自信満々で言った直後、リオの声が響いた。視線を向けると、リオがナイフとフォークを使い、鶏肉を切り分けていた。実に洗練された所作だ。リオは上品に鶏肉を口に運んだ。鶏肉を食べ、にっこりと微笑《ほほえ》む。

「うん、柔《やわ》らかくて味が染《し》みてるね。女将、腕《うで》を上げたね」

「ありがとさん」

リオが柔らかな笑《え》みを浮かべ、女将は礼を言った。

「ほら、デキる騎士様ってのは行儀《ぎょうぎ》作法を心得てるんだよ。武で仕えるなんて言ったって貴族ともなりゃ会食の機会はあるんだからちゃんとしな、ちゃんと」

「……分かったであります」

女将に説教され、フェイは渋々という感じでナイフとフォークに手を伸ばした。ぎこちない所作で付け合わせの野菜を切り分け始めた。

「ったく、世話が焼けるよ」

「クロノ様、失礼いたします」

女将が席に着き、やや遅れてレイラも席に着く。二人ともテーブルの側面——所謂《いわゆる》、お誕生日席だ。クロノはナイフとフォークを手に取り、鶏肉を切り分けて口に運んだ。リオが言った通り、柔らかく味が染みている。思わず口が綻んでしまう。

「どうだい？」

「美味《おい》し……」

女将の質問にクロノは素直な感想を口にしようとして口を噤《つぐ》んだ。レイラと女将は一緒に厨房から出てきた。ここで美味《うま》いと答えたら、どちらかが不機嫌《ふきげん》になるのではないだろうか。いけない。これは女将の罠《わな》だ。だが、黙っているのも不自然だ。どうすればと考えたその時、女将が口を開いた。

「なに、黙り込んでるんだい？」

「……うん、美味しいよ」

クロノはかなり迷った末に答えた。

「どうして、間が空いたんだい？」

「それ――」

「クロノは愛を試《ため》されていると思ったのさ」

女将の質問に答えようとするが、リオによって遮られた。もっとも、遮られなければ口籠もることになっていただろうが――。

「まったく、そんな馬鹿《ばか》なことする訳ないだろ」

「そうですか」

女将が呆《あき》れたように言い、クロノは付け合わせの野菜を切り分け、手を止めた。

「これはレイラが？」

「は、はい！　ですが……」

レイラが嬉《うれ》しそうに声を弾《はず》ませ、申し訳なさそうに耳を垂れさせた。野菜の形が歪《いびつ》だからだろう。兵士が本職なのだから仕方がない。クロノは切り分けた野菜を口に運んだ。

「どうでしょう？」

「美味しいよ」

「あ、ありがとうございます」

クロノが微笑むと、レイラは照れ臭《くさ》そうに言った。

「は～、初々《ういうい》しいね」

「新婚《しんこん》時代を思い出すかい？」

「ああ、パンは手で千切っていいんだよ」

女将はリオの質問に答えず、ナイフとフォークでパンを切り分けようとするスーを注意する。スーはびくっと体を震《ふる》わせ、ナイフとフォークを皿の上に置いた。きょろきょろと周囲を見回す。すると――。

「こうやって千切るんだよ」

「分かった」

スノウが手でパンを千切り、スーがそれに倣《なら》う。フェイは口一杯《いっぱい》にパンを頬張ってもきゅもきゅと口を動かしている。ごくん、と呑《の》み込む。

「パンは頬張った方が美味いでありますよ？」

「あのお姉ちゃんの真似をしちゃ駄目だよ」

「……」

女将が顔を顰《しか》めて言い、スーは無言で頷いた。

「反面教師でありますか、そうでありますか」

「新婚時代を思い出すっていうか、背筋がぞわぞわするんだよ」

拗ねたように唇を尖らせるフェイを無視して女将は言った。

「ん？　ああ、今のはボクの質問に対する答えだね」

「それ以外に何があるってんだい」

「すぐに答えてくれないから無視されたと思ったんだよ」

「そいつは悪かったね」

リオの言葉に女将は悪びれた素振《そぶ》りも見せずに言った。騒《さわ》がしいが、こんな夕食も悪くない。クロノは鶏肉を切り分けて口に運んだ。

※

夕食が終わり——。

「は〜、お腹一杯《なかいっぱい》であります」

「おれ、お腹、一杯」

「もう！　二人とも行儀が悪いよ」

フェイとスーがイスの背もたれに寄り掛かって言い、スノウが二人を窘める。

「フェイをスーちゃんに近づけるのは危険だね」

「手伝います」

女将がぼやくように言って立ち上がると、レイラも立ち上がった。ガチャガチャという音が響く。二人が皿を重ね始めたのだ。さてと、とリオが立ち上がる。

「そろそろ、お暇しようかな」

「送ってくよ」

「もう遅《おそ》いから泊《と》まっていきなよ、とは言ってくれないのかい？」

「泊まっていかないの？」

「ふふ、冗談《じょうだん》さ。これでも忙《いそが》しい身でね」

「帰ってしまうのでありますか、そうでありますか」

リオが肩《かた》を竦《すく》めると、フェイがぼそっと呟いた。思わず視線を向ける。すると、彼女《かのじょ》はバッと顔を背けた。そんなに夜伽《よとぎ》の順番が回ってくる確率を下げたいのだろうか。ちょっと傷付くが、これもスパイスだと思えば悪くない。

「玄関《げんかん》までお願いしようかな」

「分かった」

クロノがイスから立ち上がると、リオは歩き出した。オルトがいないことに首を傾《かし》げつつ食堂を出て、廊下《ろうか》を抜《ぬ》け、玄関の扉《とびら》を開ける。風が吹き込んでくる。生温《なまぬる》い風だ。クロフォード邸《てい》の外壁《がいへき》に沿って厩舎《きゅうしゃ》に向かう。突然《とつぜん》、巨大《きょだい》な影《かげ》が建物の陰《かげ》から姿を現す。思わずびくっとしてしまう。

「クロノ様、驚《おどろ》かせて申し訳ございません」

「なんだ、オルトか」

クロノはホッと息を吐いた。巨大な影は馬と手綱《たづな》を引いたオルトだったのだ。

「どうぞ、リオ様」

「ありがとう」

リオはオルトから手綱を受け取ると馬に跳《と》び乗った。映画のワンシーンになりそうなほどサマになっている。努力を続けても真似《まね》できそうにない。

「馬で来たんだ」

「何で来たと思ったんだい？」

「徒歩か、箱馬車で」

「徒歩って……」

リオは苦笑《くしょう》し、肩を落とした。

「クロノ様、まさか——」

「いや、乗れるよ。乗れますよ、馬くらい」

クロノはオルトの言葉を遮《さえぎ》って言った。そうですか、とオルトが胸を撫《な》で下ろす。もちろん、馬には乗れる。軍学校でたっぷり馬術の補習を受けたのだ。問題は馬に乗れるのと乗りこなすのとでは天と地ほども差がある点だろうか。

「安心いたしました」

そう言って、オルトは門を開けた。厩舎と道を隔《へだ》てる門だ。

「じゃ、また明後日」

「うん、またね」

リオは苦笑じみた笑みを浮《う》かべ、クロフォード邸《てい》の敷地《しきち》を出て行った。

※

「は〜、いい湯だった」

クロノは浴室から出て、ホッと息を吐いた。タオルで体を拭《ふ》き、痛みに呻《うめ》きながら服を着る。痛みはまだあるものの、一ヶ月前に比べると格段に楽になっている。エラキス侯爵《こうしやく》領に戻る頃《ころ》には完治していることだろう。

「あの時……。いや、止めよう」

クロノは力なく頭を振《ふ》った。後悔してもマイラと関係を持った——養父と兄弟になってしまったのは事実なのだ。起きてしまったことは仕方がない。犬に噛《か》まれたと思って諦《あきら》めよう。マイラとの情事を思い出さないようにして浴室から出る。階段を登って自分の部屋に行き、ベッドに歩み寄る。そっとベッドに膝《ひざ》を突き——。

「あいたたたッ！」

痛みに呻きながら横たわる。そして、欠伸《あくび》を一つ。女将が呆れるほど眠《ねむ》ったにもかかわらず眠くて仕方がない。今日も早く寝《ね》てしまおうと考えたその時、ガチャという音が響いた。扉の方を見ると、スーがトレイを持って入ってくる所だった。トレイの上にはポットとカップが載《の》っている。

「薬、持ってきた」

「ありがとう」

「おれ、嫁、当然」

むふ、とスーは鼻を鳴らし、机に歩み寄った。トレイを置き、ポットの中身をカップに注ぐ。ポットの中身はどす黒い液体——薬草を煎《せん》じたものだ。湯気が立ち上り、何とも言えぬ臭《にお》いが部屋に広がる。

「飲め」

「これ、不味《まず》いんだよね」

スーがカップを差し出し、クロノは体を起こして受け取った。カップを見下ろす。薬草を煎じてどうすればこんなどす黒い液体になるのだろう。疑問に思いながらカップを口に付け、一気に飲み干す。やや遅れて苦みとえぐみ、ほんのわずかに甘《あま》みを感じさせる複雑な味が舌を刺激《しげき》する。吐きそうになるが、何とか呑み込む。

「ごちそうさま」

「これ、薬、料理、違《ちが》う」

　クロノが空になったカップを差し出すと、スーはムッとしたような表情を浮かべながら受け取った。カップをトレイに置く。

「皆《みんな》と上手《うま》くやってる？」

「上手く？」

　意味が分からなかったのだろう。スーは不思議そうに小首を傾げた。

「仲よくしてる？」

「……それなり」

　クロノが言い直すと、スーはやや間を置いて答えた。

「何かあったら早めに言うんだよ？」

「大丈夫、おれ、大人」

「大人でもだよ」

「………早め、言う」

　スーは考《かんが》え込むような素振りを見せた後で言った。意地を張りそうで心配だが、気持ちは伝わったはずだ。あとはクロノが注意するしかない。

「おれ、寝る」

スーはトレイを手に取ると扉に向かった。立ち止まり、ドアノブに手を掛《か》ける。

「おやすみ」

「おやすみ」

スーは挨拶《あいさつ》を返すと部屋から出て行った。出て行った後で彼女が静かに扉を閉めたことに気付く。夕方に部屋を訪《おとず》れた時は大きな音を立てていたのに。

「ああ、そうか」

天井《てんじょう》を見上げて呟く。彼女は学んでいる最中なのだ。これなら新しい生活に適応できるのではないかという気がしてくる。きっと、アレオス山地に留《とど》まったルー族にも同じことが言えるはずだ。楽観的すぎるか、と苦笑したその時、トントンという音が響いた。扉を叩く音だ。スーではないだろう。だとすればレイラか、女将か。

「どうぞ！」

「失礼いたします」

クロノが声を張り上げると、扉が開いた。扉を開けて入って来たのはレイラだ。歴史資料集を持ち、何故かエプロンを身に着けている。

「どうして、エプロンを？」

「その、料理のお手伝いをしていまして……」

　エプロンを身に着けている理由を尋《たず》ねると、レイラは恥ずかしそうに言った。女将やルシア達に任せておけばいいのにと思ったが、待てよと思い直す。夕食の時、レイラは野菜が不揃《ふぞろ》いなことを恥ずかしがっていた。そうか、料理の腕を上げるために練習していたのだ。なんていじらしい。

「資料集を読んで頂けますか？」

「もちろんだよ」

「ありがとうございます」

　レイラはぺこりと頭を下げ、何故か机に向かった。資料集を机の上に置き、エプロンに手を掛ける。エプロンを机に置き、軍服を脱《ぬ》ぎ始める。下着もだ。生まれたままの姿になり、小さく息を吐く。陶然《とうぜん》とした息だ。期待しているのだろうか。いや、期待しているに決まっている。だから、わざわざ生まれたままの姿になったのだ。ならば——。

「……レイラ」

「何でしょう？」

「エプロンを着けて下さい」

　クロノが提案すると、レイラはきょとんとした顔をした。

「それは、素肌《すはだ》の上にということですか？」

「もちろん――、いや、待った」

クロノは机に視線を向けた。そこにはエプロン、軍服、下着――そして、ストッキングがある。その時、電流がクロノを貫《つらぬ》いた。悪魔的《あくまてき》な閃《ひらめ》きだ。だが、そんなことを口にして大丈夫だろうか。呼吸が乱れる。だが、だがしかし――。

「ストッキングとエプロンの組み合わせでお願いします」

「ストッキングとエプロンですか」

レイラはきょとんとしている。だが、考えても仕方がないと判断したのだろう。ストッキングを手に取り、穿《は》き始める。クロノはそっとベッドから下りた。わずかにレイラの動きが鈍《にぶ》る。鈍っただけだ。これからのことを期待してか耳が垂れている。

は～、は～、とクロノは息を乱しながら距離《きょり》を詰《つ》める。このまま背後から抱《だ》き締めてもいいのではないかという思いが湧《わ》き上がる。だが、まだだ。まだ早い。レイラがエプロンを手に取る。何処《どこ》にでもあるような普通《ふつう》のエプロンだ。レイラが背後を気にするような素振りを見せながらエプロンを身に着ける。

おお、と思わず声を漏《も》らす。裸《はだか》エプロンの完成だ。いや、ストッキングを身に着けているのだ。裸エプロンｗｉｔｈストッキングというべきか。いやいや、これはそんな生やさ

しいものではない。そう、これこそが裸エプロン・ストッキングフォームだッ!!

　クロノは背後からレイラを抱き締めた。

「く、クロノ様、あの、資料集を……」

「そんなこと考えてないのに悪い子だ」

「申し訳ありませ――あぅッ！」

　レイラは謝罪の言葉を口にしようとして呻いた。クロノが胸を愛撫《あいぶ》し、耳を舐《な》めたからだ。さらに愛撫を続ける。レイラの体から徐々《じょじょ》に力が抜けていく。

「あ、あの、クロノ様？」

「クロノ様？」

「――ッ！　も、申し訳ございません、旦那様《だんなさま》ッ!!」

　レイラは息を呑み、言い直した。えもいわれぬ感覚に襲《おそ》われる。満足感、いや、万能感《ばんのう》だろうか。自分が優《すぐ》れた人物になったかのようだ。もちろん、錯覚《さっかく》だ。裸エプロン・ストッキングフォームだなどと考えている自分は駄目《だめ》人間だ。しかし、冷静さは必要ない。むしろ、足枷《あしかせ》になる。この万能感に酔《よ》いしれて常識から離脱《りだつ》するのだ。

「ほら、準備をしないと」

「準備ですか？」

「旦那様を迎え入れる準備だよ」

は、はい、とレイラは恥ずかしそうに頷き、机の天板に手を突いた。

「よく見えるように足を広げて」

「は、はい、承知しました」

クロノの言葉に従ってレイラは足を広げた。クロノはいそいそとズボンを脱ぎ、距離を詰める。太股《ふともも》を撫でると、びくっと体を震わせた。

「お願いは？」

「旦那さ——ッ！」

レイラはお願いを口にすることができなかった。それよりも速くクロノが侵入《しんにゅう》したからだ。予想外だったのだろうか。足ががくがくと震えている。しばらくして震えが止まり、レイラがこちらに視線を向ける。

「旦那様、あんまりです」

「そうだね。誰《だれ》かに聞こえるかも知れないもんね」

「——ッ！」

レイラがハッと息を呑み、クロノは動き始めた。先程《さきほど》の言葉を気にしてか、レイラが手で口を押さえる。その姿に深い満足感を覚えつつ、クロノはレイラを攻め立《せ》てた。

※

朝──クロノが目を開けると、女将がベッドの傍らに立っていた。腰《こし》に手を当て、こちらを見下ろしている。何だか機嫌《きげん》が悪そうだ。

「朝だよ。とっとと起きとくれ」

「あと五分だけ」

突然、風が発生する。女将に布団《ふとん》を剝《は》ぎ取られたのだ。

「さっさと起きな！」

「怪我人《けがにん》に対してひどい扱《あつか》い」

「もう痛みは治まったんだろ？　だったら、次はリハビリだよ、リハビリ」

クロノが体を丸めて言うと、女将は不機嫌そのものの口調で言い返してきた。仕方なく体を起こす。内心首を傾げる。おかしい。あまりに機嫌が悪すぎる。もしや、昨夜の一件がバレたのだろうか。じっと女将を見る。

「何だい？」

「……何でもありません」

女将が不機嫌そうに言い、クロノは反論せずにベッドから下りた。その時、ぎゅ～とお腹が鳴った。思わず女将を見る。

「はいはい、そんな顔をしなくても朝食は残してあるよ」

「ありがとう」

「れ、礼はいいからとっとと食っちまいな」

クロノが礼を言うと、女将はそっぽを向いた。恥ずかしいのか耳が赤い。女将が部屋を出て行き、慌《あわ》てて後を追う。まだ体が痛むが、ちょっとキツめの筋肉痛くらいだ。もっとも、それでも女将に置いて行かれてしまったが――。

階段を下り、食堂に入る。だが、そこには誰もいなかった。もう食事を終えてしまったようだ。オルトとルシアの姿もない。道理で女将が呼びにくる訳だ。自業自得《じごうじとく》とはいえ少し寂《さび》しい気分で席に着く。しょんぼりと席に着いていると、美味しそうな匂《にお》いが漂《ただよ》ってきた。さらに時間が経過し、女将がトレイを持ってやって来た。やや乱暴にテーブルの上に料理を並べる。焦《こ》げ目《め》の付いたパン、具沢山《ぐだくさん》のスープ、サラダ、オムレツというメニューだ。女将は料理を並べると対面の席にどっかりと座った。

「いただきます」

「……召《め》し上がれ」

女将がやや間を置いて言う。クロノは居心地《いごこち》の悪さを感じながらスプーンでスープを掬《すく》った。そこにあるのは不揃いな野菜だ。それで、ピンときた。

「これは……」

「そうだよ。昨夜、レイラ嬢《じょう》ちゃんが切ってくれたんだよ。それなのに……」

「ごめんなさい」

クロノは謝罪の言葉を口にしてスプーンを口に運んだ。不揃いで、大きめだが、火が通っていないということはない。火が芯《しん》まで通っていて口の中で崩《くず》れる。

「美味しいよ」

「もっと早起きしてくれればね」

女将は溜息《ためいき》を吐き、頬杖《ほおづえ》を突いた。居心地は悪いが、それ以上に申し訳ない気分で一杯だ。レイラが野菜を切ってくれたのに寝坊《ねぼう》するなんて——。

「ところで、レイラは？」

「オルトさんと一緒《いっしょ》に本を買いに行ったよ」

「本を？」

「エラキス侯爵領は田舎《いなか》だからねぇ」

クロノが鸚鵡返しに尋ねると、女将はしみじみとした口調で言った。言いたいことは分かる。エラキス侯爵領は田舎だからいい本が手に入らないと言いたいのだろう。

「あと、レイラ嬢ちゃんは、その、ハーフエルフだから」

ああ、とクロノは声を上げた。新しい本は欲《ほ》しいが、何処がハーフエルフを差別しない店なのか分からない。それで、オルトが名乗りを上げたのだろう。

「残念だったね。レイラ嬢ちゃんとデートできなくて」

「いや、僕は帝都《ていと》に詳《くわ》しくないから――ッ！」

クロノは息を呑んだ。二年ほど暮らしたにもかかわらず、帝都の地理に詳しくない。それは事実だが、知り合いがいる。ピクス商会の商会長ドミニクだ。彼《かれ》ならば相手が誰であっても失礼な態度は取らないだろう。しまった。早く起きていれば頼《たよ》りになる所をアピールできたのに。後悔《こうかい》は苦い。

「どうかしたのかい？」

「何でもないよ」

クロノは小さく溜息を吐き、スプーンを置いた。パンを二つに割り、片方を頬張る。中はしっとりとして、外側はパリッとしている。

「もっと早く起きてくれりゃ焼きたてが食べられたのに」

「でも、美味しいよ」

「あたしが言いたいのはもっと早く起きればもっと美味しかったたってことだよ」

「……はい、ごめんなさい」

女将が不機嫌そうに言い、クロノは首を竦めた。そのままパンを頬張る。何故かパンが味気なく感じる。いや、理由は分かっている。女将が不機嫌だからだ。だが、それを責める訳にはいかない。悪いのはクロノなのだ。しかし、このままではいけない。何とかして機嫌を直してもらわなければ。

「……スーの様子はどう？」

「スーちゃんの？」

「うん、上手くやってるかなって」

「まあまあ上手くやってるんじゃないかね」

女将は腕を組み、首を傾げながら言った。今一つ自信がなさそうだが――。

「ちょっと安心した」

「は？　どうして、安心するんだい？」

「女将の言葉だから。ほら、エリルも女将に懐《なつ》いてるし」

「そりゃ、まあ、美味しい美味しいって料理を食べてくれるけど……」

「懐いてる証拠《しょうこ》だよ」

「そ、そうかい？　ま、まあ、子どものことは好きだからね」

女将は照れ臭そうに、それでいて満更《まんざら》でもなさそうに言った。よかった。どうやら少しだけ機嫌が直ったようだ。クロノはパンを頬張った。美味しい。先程は味気なく感じたパンだったが、今は甘みすら感じる。半分に割ったパンの一方を食べ終えて手を止める。すると、不審《ふしん》に思ったのだろう。女将がこちらに視線を向けてきた。

「どうしたんだい？」

「うん、女将の機嫌が直ってよかったなって」

「別に機嫌が悪かった訳じゃ……」

女将は口籠《くちご》もり――。

「ちょいと機嫌が悪かったかもね。折角《せっかく》、レイラ嬢ちゃんが料理を作るのを手伝ってくれたのにいつまで経《た》っても起きやしないから」

「ごめんね」

「もういいよ。あたしも大人げなかったと思うしね」

ふぅ、と女将は溜息を吐いた。クロノは内心胸を撫で下ろす。これで今回の件を水に流してくれたはずだ。あとは蒸《む》し返されないようにするだけだ。

「何かあっと言う間の里帰りだったね」

「そうかい？　あたしには随分《ずいぶん》と長く感じられたけどね」

「そう？」

「そうだよ。うちの自警団が駐屯軍《ちゆうとん》に喧嘩《けんか》を売ろうとするわ、クロノ様が蛮族に取っ捕《つか》まって死にかけるわ、どっと老《ふ》け込《こ》んだ気分だよ」

「大丈夫《だいじょうぶ》、女将はイケてるよ」

「そりゃどうも」

女将は顔を顰めて言った。あえて年齢《ねんれい》を感じさせる言葉を避《さ》けたのだが、お気《き》に召さなかったようだ。女心は難しい。

「クロノ様が一人で立ち上がれないくらいのを見て……」

「心配させてごめんね」

「これで危ないことをしなくて済むって思ったんだけどね」

「怖ッ！」

女将が小さく溜息を吐き、クロノは思わず叫《さけ》んだ。

「ああ、今はそんなこと思っちゃいないよ」

「そ、そうですか」

クロノはパンを置き、スプーンを手に取った。

「飯を食べたら風呂《ふろ》に入ってそこら辺を散歩してきな」

「はい、そうします」

クロノはスプーンでスープを掬い、口元に運んだ。気のせいか味気なく感じた。

※

「行ってきます」

「あんまり遅くならない内に帰るんだよ？」

「は～い」

クロノは女将《おかみ》に返事をして外に出た。空を見上げる。太陽は中天に差し掛かろうという位置にあった。突然、目眩《めまい》に襲われる。といっても軽い目眩だ。五秒ほどで治まる。部屋に籠《こ》もりきりだったせいだろう。散歩するように言われた時はひどいやと思ったが、こうしてみると的を射た意見だったのではないかなという気がしてくる。

ん？　とクロノは視線を横に向けた。視界の隅《すみ》で何かが動いたような気がしたのだ。最初は錯覚かとも思ったが、そうではなかった。フェイがこちらにお尻《しり》を向けてクロフォード邸の陰に隠《かく》れて厩舎のある方を見ていたというべきだろうか。このまま散歩に行ってもよかったが、好奇心《こうきしん》に負けて歩み寄る。フェイはクロノの接近に気付かない。普段《ふだん》の彼女ならばここまで接近を許したりしない。よほど集中しているのだろう。

「フェイ?」

「――ッ!」

クロノが声を掛けると、フェイは驚いた様子で振り返った。ここでクロノに気付いたのか。ホッと息を吐く。

「何をしてるの?」

「あれを見て欲しいであります」

そう言って、フェイはクロフォード邸に張り付いた。建物の陰から厩舎の方を見る。

「しゃがんで」

「了解《りょうかい》であります」

フェイがその場にしゃがみ、クロノは建物の陰から厩舎の方を見た。視線の先にはスノウとスーの姿があった。スノウが一方的に話《はな》し掛け、スーがこくこくと頷《うなず》いている。期待通りというべきだろうか。二人とも上手くやっているようだ。

「仲よさそうで結構じゃない」

「──ッ！」

突然、フェイが立ち上がり、クロノは跳び退《すさ》った。バランスを崩してよろめいてしまうが、頭突《ずつ》きを躱《かわ》すことには成功した。

「大問題であります！」

「何が？」

「……スノウ殿《どの》を盗《と》られてしまったであります」

フェイは両膝《りょうひざ》を突《つ》き──。

「スノウ殿を盗られてしまったでありますッ!!」

さらに両手を突いて叫んだ。おーんという音が何処からともなく聞こえた。

「いや、でもさ、年齢ってものが──」

「友情に年齢は関係ないであります！」

フェイは立ち上がり、クロノに詰め寄った。ちょっと涙目《なみだめ》だ。

「会話に参加してくれれば？」

「──ッ！」

フェイは息を呑み、後退《あとずさ》った。信じられないと言わんばかりの表情だ。

「それは、ちょっと……」

「なんで？」

「見ず知らずの人と話すのは……」

「見ず知らずの人って……」

ごにょごにょと呟《つぶや》くフェイをクロノは見つめた。スーがやって来て二週間あまりが経っている。にもかかわらず見ず知らずの人とは——。

「は～、サッブ殿達《どのたち》もいないし、寂しいであります」

「そんなに暇《ひま》なら女将に料理でも習えば？」

「女将は厳しいから嫌《いや》であります！　それに、私は武で仕える所存であります」

「そーですか」

クロノは脱力感《だつりょくかん》を覚えながら頷いた。

「これから散歩に行くんだけど、フェイも行く？」

「お供す——ッ！　お気遣《きづか》いは嬉しいでありますが、遠慮《えんりょ》するであります」

フェイは息を呑み、クロノの申し出を断った。多分、また何かされるのではないかと警《けい》戒《かい》しているのだろう。まずは警戒心を緩《ゆる》めることが肝要《かんよう》か。

「分かった。論功行賞が終わったらエラキス侯爵領に戻《もど》らなきゃいけないからこの機会に英気を養ってね」

「了解であります！」

フェイはクロノに敬礼するとまた元の位置――建物の陰に戻った。話し掛ければいいのにと思うが、人との付き合い方は人それぞれだ。それに、ここから人との付き合いを学べばいいのだ。そんなことを考えながらクロノはクロフォード邸を出た。ふと養父がワイズマン先生と出会ったという喫茶店《きっさてん》が気になった。

「ワイズマン先生と会ったってことは軍学校のある第二街区、いや、第三街区かな。でも、第二街区か、第三街区にある喫茶店って情報を頼りに探すのも……」

クロノはぶつぶつ言いながら歩き出した。行く先は第三街区だ。もちろん、あやふやな情報を頼りに喫茶店を見つけられるとは思っていない。だから、見つけられなくてもがっかりすることはないんだと自分に言い聞かせて歩く。第四街区と第三街区を隔てる大通りの前で足を止めたその時――。

「お！　クロノじゃないかッ！」

「――ッ！」

背後から声が響《ひび》いた。思わずびくっとしてしまう。振り返ると、目付きの悪い、団子っ鼻の男が近づいてくる所だった。軍学校の同期――サイモン・アーデンだ。

「久しぶり、サイモン」

「ああ、久しぶりだな」

クロノはサイモンを見つめた。彼は白い軍服を着ていた。白い軍服は近衛騎士《きし》の証《あかし》だ。つまり、彼は近衛騎士になる夢を叶《かな》えたのだ。

「その服は？」

「ああ、これか」

クロノが尋ねると、サイモンは軍服を指で摘《つ》まんだ。軽く目を見開く。白い軍服は夢を叶えた証でもあるはずだ。にもかかわらず摘まむなどぞんざいすぎる。

「おめでとう。近衛騎士になったんだね」

「……ありがとう」

サイモンは苦笑じみた表情を浮かべた。これも少し意外だ。もっと誇《ほこ》らしげな態度を取るかと思ったのだが、何かあったのだろうか。

「ところで、どうしてこんな所に？」

「お前が帝都に来てるって話を聞いてな。今日は暇だったし、もしかしたら会えるかもみたいな気持ちで第四街区をほっつき歩いてたんだ」

「家に来てくれればよかったのに」

「偶然《ぐうぜん》会いたかったんだよ」

サイモンが拗《す》ねたように言い、クロノは内心首を傾げた。

「第四街区をほっつき歩いてたんなら偶然じゃないよ」

「そうだが、偶然の範疇《はんちゅう》に含《ふく》めてもいいだろ？」

「まあ、そうかも」

今一つ理解できないが、偶然に頼りたい気分だったと思えば分からなくもない。

「もう体はいいのか？」

「大分、楽になったよ。でも、何処でそんな情報を？」

「同期や同僚《どうりょう》からに決まってるだろ」

「そんな情報まで出回ってるんだ」

クロノは溜息を吐《つ》いた。

「ところで、今日は暇か？」

「暇って言えば暇だけど、第二街区か、第三街区にある喫茶店を探してみようと思って」

「第二街区か、第三街区？」

「ちょろっと小耳に挟《はさ》んだだけだから」

そうか、とサイモンは思案するように腕《うで》を組んだ。

「第二街区に隣接《りんせつ》する喫茶店なら知ってるぜ」

「そこかな？」

「俺《おれ》が知る訳ないだろ。でも、それでよけりゃ案内するぞ？」

「いいの？」

「元々、お前と話したいと思ってたんだ。そのついでだ」

「じゃ、お願いしようかな」

「分かった。付いて来い」

サイモンが歩き出し、クロノはその後を追った。クロノ達《たち》は今いる第四街区と第三街区を隔てる大通りを越《こ》え、第三街区を進む。同じ帝都の旧市街とはいえ、二つの街区は印象が異なる。整然とした街並みという点は同じだが、第三街区の方が古い建物が多い。だが、どの建物もきちんと修繕《しゅうぜん》がされて荒廃《こうはい》した雰囲気《ふんいき》はない。

第三街区を歩いていると、引き籠もり同然の生活を送っていたせいか臑《すね》が痛んだ。サイモンはすたすたと進む。もっとゆっくり歩いて欲しいと言えるはずもなく、久しぶりの運動に疲労《ひろう》を訴《うった》える体をさらに酷使《こくし》して進む。程《ほど》なくして大通りに出る。第三街区と第二街区を隔てる大通りだ。

「あそこだ」

サイモンは立ち止まり、ある店を指差した。布製のひさしが大きく迫《せ》り出した店だ。その下にはイスとテーブルが並んでいる。人気のある店なのだろう。外のテーブル席は殆《ほとん》ど埋《う》まっている。

「どうする？　別の店にするか？」

「行くだけ行ってみようよ。空いてる席があるかも知れないし」

「それもそうだな」

再びサイモンが歩き出し、その後に続く。店が近づき、空いているテーブルがあることに気付く。クロノとサイモンがイスに手を掛けたその時、誰かがイスに手を掛けた。

「「あ……」」

声が重なる。顔を上げると、テーブルの向こうに見知った人物が立っていた。眼鏡を掛けた青年──軍学校の同期ヒューゴ・エドワースだ。ヒューゴは眼鏡を押《お》し上げ──。

「僕《ぼく》はこれで失礼します」

「失礼しなくていい。座《すわ》れ」

サイモンがどっかりとイスに腰を下ろすと、ヒューゴも渋々《しぶしぶ》という感じで座った。やや遅《おく》れてクロノも席に着く。すぐにウェイトレスがやって来た。

「いらっしゃいませ！　ご注文はお決まりですか？」

「ブレンドを三つ」

「ブレンドを三つですね！　ご注文を承《うけたまわ》りました！」

ウェイトレスは大袈裟《おおげさ》に頭を下げると店内——カウンターに向かった。

「改めて、おめでとう」

「あ、ああ、ありがとう」

背筋を伸《の》ばして祝福の言葉を口にするが、サイモンは浮かない顔だ。何かあったのだろうかと訝《いぶか》しんでいると、ヒューゴが口を開いた。

「サイモン君は入団試験で先輩《せんぱい》を叩《たた》きのめしてナーバスになってるんですよ」

「ヒューゴ、お前な」

サイモンが顔を顰《しか》めるが、ヒューゴは軽く肩《かた》を竦《すく》めただけだ。しばらく見ない内に多少は図太くなったようだ。できれば空気を読めるようになって欲しいが——。

「本当のことじゃないですか」

「先輩に勝ったのは事実だが、叩きのめした訳じゃない。辛勝《しんしょう》だ」

「同じだと思いますけどね」

「違——」

「お待たせしました！　ブレンドになりますッ！」

サイモンの言葉をウェイトレスが遮《さえぎ》り、テーブルの上にカップを置いた。

「ご注文はお揃《そろ》いですか？」

「はい、揃ってます」

「それでは、また何かありましたらお呼び下さい」

クロノが答えると、ウェイトレスは勢いよく頭を下げて別のテーブルに向かった。サイモンがカップを手に取り、ぐいっと呷《あお》る。

「サイモンが勝った先輩って？」

「デュラン先輩だよ、ランドエッジ男爵《だんしやく》家の。お前も知ってるだろ？」

「デュラン？」

クロノは首を傾《かし》げた。記憶《きおく》を漁《あさ》るが、思い出せない。

「おいおい、デュラン先輩だぞ？　本当に覚えてないのか？」

「クロノ君に言っても無駄《むだ》ですよ。クロノ君は一日を凌《しの》ぐので精一杯《せいいっぱい》だったんですから」

「うるせぇ、集配係」

「集配係？　いつのことを言ってるんですか？」

低い声で恫喝《どうかつ》するが、ヒューゴは鼻で笑った。指で眼鏡のフレームを摘まみ、ふんぞり返る。内容から察するに——。

「もしかして、出世したの？」

「もしかしては余計です」

ヒューゴがムッとしたように言い――。

「こいつ、左遷《させん》されたんだよ」

「違います！　人材交流の一環《いっかん》で第十二近衛騎士団《きしだん》に出向することになったんですッ！」

サイモンが親指で指し示して言うと、ヒューゴは声を荒《あら》らげた。

「第十二近衛騎士団を立て直すのにどうしても必要とお願いされて財務局から出向したんです！　仕方がなく、仕方がなくッ！」

「なんで、頭を下げて集配係如《ごと》きを迎《むか》え入れなきゃならないんだよ」

「集配課です！　集配課ッ！」

「どっちでもいいだろ。猫《ねこ》の手も借りたいって状況《じょうきょう》で借りてこられた猫の手なんだから」

ヒューゴは顔を真っ赤にして言うが、サイモンは取り合わない。

「それを言ったらサイモン君だってそうでしょ!?」

「俺はきちんと入団試験を受けたぞ！」

「まあまあ、二人とも落ち着いて」

二人が声を荒らげ、クロノは割って入った。フェイとセシリーの間に割って入ることに比べればまだ安心できる。二人がそっぽを向き、クロノはカップを手に取った。ブレンドを口に含むと、爽《さわ》やかな味わいが広がった。

「水出しの香茶か」

クロノはもう一口飲んでカップをテーブルに置いた。

「ところで、サイモンは何処に入団したの？」

「第十二近衛騎士団だよ」

「ああ、なるほど……」

サイモンが拗ねたような口調で言い、クロノは頷いた。同じ職場で働いているのなら互《たが》いの内情に詳しいのも道理だ。ヒューゴに視線を向ける。

「でも、財務局から第十二近衛騎士団って畑が違《ちが》いすぎない？」

「僕は優秀《ゆうしゅう》ですから違う畑でも大活躍《だいかつやく》ですよ、うははッ！」

「あちこち行って頭を下げまくってるだけじゃないか」

ヒューゴが笑い、サイモンが突っ込みを入れた。笑いが止《や》む。

「別に好きで頭を下げてるんじゃないですよ！　前任者が、前任者があまりにふざけた真《ま》似《ね》をしたせいで僕が頭を下げる羽目になってるんですよ！　くきぃぃぃッ！」

ヒューゴはテーブルに突っ伏《ぷ》して奇声《きせい》を上げた。前任者というとセシリーか。彼女《かのじょ》の行動がヒューゴに影響《えいきょう》を与《あた》えている。世間は狭《せま》いとつくづく思う。

「そういえば知ってるか？　ワイズマン先生が軍学校を辞《や》めたんだってよ」

「知ってるよ」

「へぇ、お前が知ってるなんて珍《めずら》しいこともあるもんだな」

サイモンが感心したように言う。

「そりゃ、うちで働いてもらってるからね」

「うち？　エラキス侯爵《こうしゃく》領でってことか？」

「そうだよ」

「そうか～、お前の所で働いてるのか」

サイモンは溜息を吐くように言った。いや、安堵《あんど》したかのようにだろうか。

「伝えたいことがあるんなら聞くけど？」

「いや、自分で書簡を送る。入団試験では世話になりましたって」

ふ～ん、とクロノは相槌《あいづち》を打った。どうやら、ワイズマン先生の助力でサイモンは第十二近衛騎士団に入団できたようだ。カップを口に運び、香茶を飲む。

「皆《みんな》、色々あるんだね」

「色々あってんならお前もだろ？」

「僕が？」

「聞いたぜ。何でも蛮族を恭順《きょうじゅん》させたそうじゃないか」

「蛮族じゃなくてルー族ね。それに、交渉《こうしょう》の糸口を作っただけで、実際に帝国《ていこく》とルー族の間に立って交渉したのはガウル殿だよ」

「それで、蛮族はどうだったんだ？　強かったか？」

「だから、ルー族だってば」

サイモンが身を乗り出して言い、クロノはうんざりした気分で訂正《ていせい》した。

「分かった。ルー族だな。それで、ルー族は強かったか？」

「まともに戦ったのは一回だけだけど、強かったよ」

クロノは尾根《おね》筋での戦いを思い出しながら答えた。スー、ララ、リリの三人が戦い慣れていたらやられていたのはこちらだった。続いてサイモンが身を乗り出す。

「ルー族というのはどんな人達でしたか？」

「どんなって……。まあ、普通の人達だったよ」

「「普通!?」」

サイモンとヒューゴの声が重なる。

「普通って蛮族だぞ？」

「そうですよ。三十一年前に帝国に攻め込んできた連中です。普通なんてありえません」

「そうは言うけど、普通《ふつう》の人達だったよ。族長も話が分かる人だったし」

サイモンとヒューゴはぽかんと口を開けている。

「話が分かるって……」

「クロノ君に掛《か》かったら誰でも普通になってしまいそうですね」

サイモンが呻《うめ》くように、ヒューゴが呆《あき》れたように言った。その時、風が吹《ふ》いた。箱馬車が道を通り過ぎたのだ。乱暴だな、と箱馬車を睨《にら》む。すると、箱馬車がスピードを落とした。心臓が早鐘《はやがね》を打つ。睨んだことに気付かれたのだろうか。

箱馬車が止まり、人が降りてくる。その人物を見て、クロノはホッと息を吐いた。降りてきたのがリオだったからだ。リオが御者席《ぎょしゃせき》に向かって指示を出すと、箱馬車が再び動き始めた。リオが近づいてくる。

「お、おい、あれはケイロン伯爵《はくしゃく》だろ？」

「な、何か失礼でもあったのでしょうか？」

サイモンとヒューゴが怯《おび》えているかのような口調で言った。ややあって喫茶店の利用客がざわめく。リオはクロノの前で立ち止まり――。

「やあ、クロノ」

「おは――」

「「ケイロン伯爵！　お疲《つか》れ様《さま》ですッ！」」

クロノが挨拶《あいさつ》を返すよりも速くサイモンとヒューゴが立ち上がって敬礼した。リオが不《ふ》愉快《ゆかい》そうに眉根《まゆね》を寄せる。だが、それも数秒のことだ。

「第十二近衛騎士団のサイモンとヒューゴだったかな？」

「「ケイロン伯爵に覚えて頂き、光栄ですッ！」」

サイモンとヒューゴが背筋を伸ばして言った。普段のヒューゴなら財務局からの出向ですと訂正しそうなものだが、リオが怖《こわ》いのだろうか。そんなことを考えていると、リオがこちらを見た。

「ところで、寝《ね》てなくていいのかい？」

「女将にリハビリしてこいって言われたんだよ」

「彼女らしくないね。もしかして、怒《おこ》らせたのかい？」

「……はい、怒らせました」

クロノが自身の非を認めると、リオは深々と溜息を吐いた。

「それで散歩をしてたんだけど、軍学校の同期に会って……」

「ここでお茶をしてたって訳だね」

「そういうこと」

クロノが頷くと、リオはサイモンとヒューゴに視線を向けた。

「邪魔《じゃま》してしまったかな？」

「い、いいえ、そんなことは……」

「用事も済みましたし、僕達《ぼくたち》はお暇《いとま》しましょう」

「ああ、そうだな」

そう言って、サイモンとヒューゴはそそくさとその場から立ち去った。ややあってガタガタという音が響く。他の客が席を立ったのだ。やれやれ、とリオは溜息を吐き、空いている席に腰を下ろした。

「リオって嫌《きら》われてるの？」

「近衛騎士団の団長に対する態度なんてあんなもんだよ」

そうかな？　と思ったが、口にはしない。その間もガタガタという音が響く。客が次々と席を立っているのだ。音が止み、視線を巡《めぐ》らせる。すると、クロノとリオ以外の客はいなくなっていた。営業妨害《ぼうがい》をしているようで罪悪感を覚える。

「リオ、場所を変えよう」

「分かったよ」

リオが小さく溜息を吐いて立ち上がり、クロノもやや遅れて立ち上がる。

「すみません！　お会計おねがいしますッ！」

「は～い！」

クロノが声を張り上げると、ウェイトレスが飛び出してきた。ウェイトレスはきょとんとした表情を浮《う》かべたが、すぐに営業スマイルを浮かべた。

「ブレンド三つで銅貨一枚と真鍮《しんちゅう》貨五枚になります」

「銅貨一枚と真鍮貨五枚と」

クロノは財布《さいふ》から貨幣《かへい》を取り出してウェイトレスに渡《わた》した。

「またのご来店をお待ちしております」

「ごちそうさまでした」

会計を済ませて歩き出す。すぐにリオが追いつき、腕を絡《から》めてきた。彼女に歩調を合わせて大通りを進む。

「何処《どこ》に行くんだい？」

「何処に行こう？」

「いや、それを聞いているんだけど……」

クロノがぽつりと呟くと、リオは困ったように眉根を寄せた。

「帝都の地理にあまり詳しくないんだよ」

「二年は帝都で過ごしたんだろう？」

「基本的に家と学校を往復していただけだから。リオはどう？」

「ボクも似たようなもんだよ。友達もいなかったしね」

「そうなんだ」

クロノは相槌を打ち、さらに大通りを進む。非リア充《じゆう》同士のデートは大変だ。どちらも遊ぶ場所なんて知らないのだから。元の世界であればインターネットで簡単に調べられるのだが、異世界は非リア充に厳しい。

視線を巡らせると、こちらを見ていた通行人が顔を背《そむ》けた。適当な店があればと思ったのだが、睨まれたと勘違《かんちが》いしたのだろう。いや、それだけではないか。リオは近衛騎士の証である白い軍服を着ている。サイモンも白い軍服を着ていたが、リオのそれは意匠《いしよう》が凝《こ》っている。上級貴族と考えて関《かか》わりを避けようとするのも無理からぬ話だ。デートを続けるには目立たないようにしなければならない。どうすればと自問した次の瞬間《しゆんかん》、アイディアが閃《ひらめ》いた。これならば何とかなりそうだ。

「リオ、聞きたいことがあるんだけど？」

「何だい？」

クロノは自分のアイディアを口にした。

※

昼――クロノは足を止め、建物を見上げた。漆喰《しっくい》の鮮《あざ》やかな三階建ての建物だ。元の世界にあった老舗《しにせ》デパートを想起させる。ピクス商会の帝都本店だ。

「いつまでボーッと突っ立ていればいいんだい？」

「ごめん、ちょっと圧倒《あっとう》されちゃって」

「これくらいで圧倒されてどうするのさ」

リオは呆れたように言ってクロノの腕を引っ張った。流石《さすが》、名家出身というべきか。これほどの建物を前によく圧倒されないものだ。リオに腕を引かれて扉《とびら》の前まで行くと、その傍《かたわ》らに待機していた二人の黒服が目配せをした。追い返されるのではないかと心配だったが、杞憂《きゆう》だった。黒服が扉を開けてくれたのだ。どうやら、ドレスコードは問題なかったようだ。いや、リオのお陰《かげ》か。

扉を潜《くぐ》り抜《ぬ》けると、そこはエントランスホールだった。階段の延長線上に十人ほどの男女が立っている。男が近づいてくる。初めて会う男だ。当然か。商会長であるドミニクが接客をする訳がない。

「ようこそお出《い》で下さりました。本日はどのようなご用件で？」

「クロノと申しますが、商会長のドミニクさんは？」

「ドミニクですか？　失礼ですが、アポは？」

「いえ、ご挨拶をと思いまして」

「左様でございますか」

男は黙《だま》り込み、パンパンと手を打ち鳴らした。すると、女がこちらに近づいてきた。こちらも初めて見る顔だ。

「クロノ様を十号室へ」

「承知しました」

女は小さく頷くとクロノ達の前に歩み出た。

「お初にお目に掛かります。私はベティと申します。本日の接客を務めさせて頂きます」

「よろしくお願いします」

「――ッ！　は、はい、こちらこそ、よろしくお願いいたします」

クロノの言葉に女――ベティはきょとんとした顔をし、慌《あわ》てふためいた様子で頭を垂れた。その様子が面白《おもしろ》かったのか。リオがくすくすと笑う。

「では、こちらに」

ベティが歩き出し、クロノ達はその後に続いた。エントランスホールと繋《つな》がっている通路の一つに入る。通路は一直線に伸び、等間隔《とうかんかく》に美術品が並んでいる。値札は付いていないが、売り物なのだろう。ベティが扉の前で立ち止まる。男は十号室へと言っていたが、部屋番号を示すプレートは存在しない。

「どうぞ、こちらでお待ち下さい」

「ありがとう」

「い、いえ」

ベティは困ったような表情を浮かべて扉を開けた。部屋にはソファーとテーブルが置かれていた。それ以外に家具はないが、殺風景な感じはしない。恐《おそ》らく絨毯《じゅうたん》やカーテン、壁《かべ》に掛けられた風景画の効果によるものだろう。リオに腕を引かれて部屋に入る。

「それでは、今しばらくお待ちを」

背後からベティの声が響き、扉が閉まる。リオはクロノから離《はな》れるとソファーに腰《こし》を下ろし、優雅《ゆうが》に脚《あし》を組む。実にサマになっている。

「座らないのかい？」

「座るよ」

クロノはリオの隣《となり》に座った。今更《いまさら》ながら来てよかったのかなと後悔《こうかい》にも似た思いが湧《わ》き上がってくる。本当に今更だが――。

「ピクス商会って、こういう店だったんだ」

「知ってて選んだんじゃないのかい？」

「エラキス侯爵領支店は知ってるけど、本店がここまで立派なら少しは悩《なや》んだと思う」

ふ～ん、とリオは相槌を打ち、肘《ひじ》掛けを支えに頬杖《ほおづえ》を突いた。

「お金、足りるかな」

「足りなければツケにすれば大丈夫さ」

「割《わ》り勘《かん》とは言ってくれないんだね」

「おや、いい絵だね」

リオはわざとらしく壁の絵に視線を向けた。小さく溜息《ためいき》を吐く。仕方がない。足りなかった時はツケにしてもらおう。取引があるから多少は融通《ゆうずう》を利《き》かせてくれるはずだ。悲壮《ひそう》な決意を固めたその時、ドミニクが扉を開けて入ってきた。クロノは立ち上がり――。

「ご無沙汰《ぶさた》しております」

「……ご無沙汰しております、クロノ様」

機先を制して頭を下げる。すると、ドミニクは軽く目を見開き、恭《うやうや》しく一礼した。

「座ってもよろしいでしょうか？」

「どうぞどうぞ」

「それでは」

ドミニクが対面の席に立つ。だが、すぐに座ろうとしない。内心首を傾げ、クロノが座るのを待っていると気付く。慌ててソファーに座ると、ドミニクもソファーに座った。

「本日はどのようなご用件でしょうか？」

「実は彼女とデートをしようと思ったんですが、その、目立つので……」

「なるほど、服をお求めということですね」

「その通りですが、その支払《しはら》いについてなんですが……」

「請求《せいきゅう》はエラキス侯爵領宛《あ》てでよろしいですか？」

「あ、よろしくお願いします」

「承りました」

ドミニクは慇懃《いんぎん》に頷いた。クロノは内心胸を撫《な》で下ろす。まさか、後払《あとばら》いというシステムが存在しているとは思わなかった。だが、普段は現金払《げんきんばら》いを心掛《こころが》けるべきだ。借金はそれが短期間のものであってもするべきではない。

「差し出がましいようですが、この後の予定は？」

「特に予定は……。強《し》いて言えば食事でもしたいかな～と」

「よろしければこちらで手配いたしますが？　もちろん、箱馬車の手配も含めて」

「箱馬車ですか？　あまり堅苦《かたくる》しい所は……」

「個室ですので、ご安心下さい。如何《いかが》でしょう？」

「……じゃ、お願いします」

クロノは少し悩んだ末に手配を頼《たの》むことにした。帝都《ていと》の地理には詳《くわ》しくない。当然、飛び込《こ》みで行って歓迎《かんげい》してくれそうな店も知らない。

「承りました」

ドミニクは頷き、パンパンと手を打ち鳴らした。静かに扉が開く。扉を開けたのはベティだ。部屋に入り、恭しく一礼する。

「お呼びでしょうか？」

「彼女にドレスを。それと、箱馬車と食事の手配を」

「承知いたしました」

ドミニクの指示にベティは小さく頷いた。

「じゃ、服を選んでくるよ」

リオは立ち上がり、扉に向かった。二人が部屋から出て、扉が閉まる。ドミニクは居住まいを正し、深々と頭を垂れた。

「改めまして、ご無沙汰しております」

「いえ、こちらこそ」

「前線基地で別れたきりですが、クロノ様のご活躍《かつやく》は耳にしております」

「ご活躍というほど活躍は――」

クロノは頭を掻《か》き、ドミニクとの会話に興じた。世間話ではない。彼《かれ》はクロノを通じて帝国の動向を探《さぐ》っているのだ。目的が分かっても不快には感じなかった。ドミニクは頭の回転が速く、感情の機微《きび》にも聡《さと》い。こちらが踏《ふ》み込んで欲《ほ》しくない所には踏み込んでこない。貴族というだけでこれほどの人物にひとかどの人物として扱《あつか》ってもらえる。そのことが申し訳なくもあり、ありがたくもあった。リオが戻って来るまでクロノはドミニクとの会話を楽しんだ。

※

箱馬車が止まり、御者が扉を開けた。クロノは馬車から降りて視線を巡らせる。そこは四方を石壁に囲まれた庭園だった。まだ昼だというのに薄暗《うすぐら》い。

「クロノ、手を貸してくれないかな?」

呼ばれて振《ふ》り返ると、ワンピースタイプのドレスに身を包んだリオが立っていた。クロノは手を差し出す。

「どうぞ」

「ありがとう」

リオがクロノの手を取って地面に降りる。その時、ぎぃぃという音が響いた。音のした方を見ると、木製の扉が開く所だった。その向こうに立っていたのは燕尾服《えんびふく》に身を包んだ初老の男性だった。

「あの方に付いて行って下さい。帰りの馬車はこちらの店で出してくれますので」

「ありがとうございます」

「いえいえ、このたびはピクス商会をご利用頂き、ありがとうございます」

御者が大仰《おおぎょう》に一礼し、クロノとリオは扉へと向かった。初老の男性が頭を垂れる。

「本日はようこそお出で下さりました。どうぞ、こちらへ」

初老の男性が踵《きびす》を返して歩き出し、クロノ達はその後を追う。扉を潜《くぐ》った先にあったのはエントランスホールだった。いや、エントランスというべきだろうか。吹き抜けにこそなっているが、かなり狭く感じる。扉を開けたら階段だったみたいな感じだ。

初老の男性が階段を登り、その後に続く。建物は静寂《せいじゃく》に包まれていた。人の気配らしきものは感じるが、利用客はおろか、従業員とも擦《す》れ違わない。ホラー映画のワンシーンみたいだ。階段を登り、廊下を通り、階段を下り——自分のいる場所が分からなくなってきた頃《ころ》、初老の男性が立ち止まった。

「どうぞ、こちらになります」

「どうも」

初老の男性が扉を開け、クロノはリオと共に部屋に入った。軽く目を見開く。意外にもというべきか部屋は普通だった。中央にイスとテーブルがあり、品のよい調度品が並んでいる。ホラー映画のワンシーンみたいだと思っていたので少しだけ安心する。

「食事を希望される際はこちらの……」

初老の男性は言葉を句切り、手の平で扉の近くにあるサイドテーブルを指し示した。その上には卓上《たくじょう》ベルが置かれている。

「ベルを鳴らして下さい。それでは、ごゆるりとお楽しみ下さい」

初老の男性は深々と一礼すると扉を閉めた。

「クロノ、いつまで突《つ》っ立ってるんだい？」

「ああ、そうだね。座ろうか」

クロノは相槌を打ち、テーブルに向かった。テーブルの上にはメニューがある。イスに座り、メニューを開く。驚《おどろ》くべき点は何もない。普通のメニューだ。リオが対面の席に座り、顔を上げる。そこであることに気付く。壁に線が入っていたのだ。立ち上がって歩み寄ると、それが隙間《すきま》であると分かった。

壁を押すと、ぎぃぃという音と共に開いた。いや、壁ではない。扉だ。壁の装飾《そうしょく》を利用して扉を巧妙《こうみょう》に隠《かく》していたのだ。目を見開く。扉の向こうにあったのは寝室《しんしつ》だった。思わず溜息が漏《も》れる。

「こういうサービスはいらなかったんだけど」

「おや、そうなのかい？」

いつの間に近づいていたのか。背後からリオの声が響《ひび》く。慌てて振り返るが、リオの姿はない。正面に向き直ると、リオがいた。ベッドに歩み寄って腰を下ろす。そこで、クロノが振り返るタイミングに合わせて移動した可能性に思い当たる。存在を気付かせずに脇《わき》を擦り抜けるとは、流石は近衛騎士団長だ。

「こっちに来てくれないのかい？」

「……行くよ」

クロノは小さく溜息を吐き、寝室に入った。扉を閉め、リオに歩み寄る。

「座ったらどうだい？」

「……うん」

促《うなが》されてベッドに腰を下ろすと、リオがしな垂れ掛かってきた。リオの匂《にお》いと重みを感じながらきょろきょろと視線を巡らせる。

「どうかしたのかい？」

「ここは何の店なんだろうと思って」

「やんごとなき方々が逢《あ》い引きに使う店じゃないかな？　よく分からないけど……」

リオがちょっと困ったように言う。

「やんごとなき方々か」

「どうかしたのかい？」

「金貨百枚とか請求されたらどうしようと思って」

「なんだ、そんなことか」

「そんなことじゃないよ」

クロノは溜息を吐いた。名家出身のリオは庶民《しょみん》のクロノと金銭感覚が違うらしい。

「金貨百枚請求された時は請求された時だよ。先のことより今を楽しむべきさ」

「そうかな？」

「そうさ。それに、久しぶりの逢瀬《おうせ》なんだからボクだけを見ておくれよ」

「………そうだね」

　クロノはかなり間を置いて頷《うなず》いた。確かにリオを見るべきだと思う。だが——。

「まだ何か気になることがあるのかい？」

「気になることっていうか。こんなことになるなら……」

「こんなことになるなら？」

「リオに軍服を着てもらえばよかったかなって」

「どうしてだい？」

「コスプレを楽しんでみたかったんだよ。ああ、コスプレっていうのは——」

「どうかと思うよ」

　クロノがコスプレについて説明すると、リオは渋《しぶ》い顔をした。乗ってきてくれると思った訳ではないが、渋い顔をされると少し傷付く。

「駄目《だめ》かな？」

「やってくれと言うのならやるけど……」

「え？　やってくれるの⁉」

「う、うん、まあ、クロノが望むのなら」

　クロノが身を乗り出して言うと、リオは体を引いて言った。

「軍服だけじゃなく、セーラー服とか、女教師とか、チャイナドレスもありですか⁉」

「セーラー服？　チャイナドレス？」

「ありですよね？」

「セーラー服とチャイナドレスが何か分からないけど、クロノの好きにすればいいさ」

でも、とリオは続けた。

「今日は普通に愛しておくれよ？」

「もちろんです、リオの気持ちを尊重します」

「ふふ、分かってもらえて嬉《うれ》しいよ」

「では、僕の足下《あしもと》に跪《ひざまず》いて下さい」

「え⁉」

「え？」

リオが声を上げ、クロノも思わず声を上げた。ごほん、とリオは咳払《せきばら》いし――。

「普通にしてくれるんだろう？」

「普通に手や口でしてもらおうと思って」

「普通かい、それ？」

「普通だよ」

むぅ、とリオは難しそうに眉根を寄せた。しばらくして仕方がないと言わんばかりに溜息を吐《つ》き、床に跪いた。クロノが立ち上がると、リオはびくっとした。

「どうかしたの？」

「いきなり立ち上がるから驚いたのさ。どうして、立ち上がったんだい？」

「いや、ズボンを脱《ぬ》がないといけないから」

ああ、とリオは合点《がてん》がいったとばかりに声を上げた。

「でも、折角《せっかく》だからズボンを下ろす所からリオにやってもらおうかな？」

「ズボンを……」

ごくり、とリオが喉《のど》を鳴らす。積極的なのに初心《うぶ》で可愛《かわい》いなと思う。

「念のために聞くけど――」

「普通普通《ふつうふつう》」

「分かったよ」

クロノが言葉を遮って言うと、リオは拗《す》ねたように唇《くちびる》を尖《とが》らせた。しばらくそうしていたが、覚悟《かくご》を決めたのだろう。おずおずとベルトに手を伸ばす。カチャカチャと音が鳴るが、なかなか外れない。さらに時間が経《た》ち、ようやくベルトが外れる。だが、リオは再び動きを止めてしまった。

「リオ？」

「分かってるよ。そう、急《せ》かさないでくれないかな」

やはり拗ねたように唇を尖らせる。たっぷり五分ほど経過し、ズボンに手を伸《の》ばす。ズボンを下ろそうとするが、それだけのことができない。当然だ。リオは恥《は》ずかしそうに顔を背けているのだから。そんな彼女を見ていると、深い満足感を覚える。さらに時間が経過して冷たい感触《かんしょく》が下半身を包む。リオがようやくクロノのズボンを下ろしたのだ。

「リオさん、まだパンツが残ってますよ」

「分かってるよ」

リオはそっぽを向いてクロノのパンツを下ろそうとする。

「正面を見ながらお願いします」

「わ、分かってるさ」

リオは恥ずかしそうに頬《ほお》を朱《しゅ》に染め、クロノに向き直った。ごくり、と喉を鳴らし、おっかなびっくりという感じでパンツを下ろしていく。パンツを下ろし終え、リオは動きを止める。いや、食い入るようにクロノを見つめているというべきか。

「ご奉仕《ほうし》をお願いします」

「う、うん……」

リオはクロノに触《ふ》れ――。

「きゃッ！」

可愛らしい悲鳴を上げた。初々《ういうい》しい反応に笑《え》みがこぼれる。女将《おかみ》の経験者を装った初々しさも素晴《すば》らしいが、リオのストレートな初々しさも素晴らしい。

「さあ、勇気を出して」

「……」

クロノが声を掛けるが、リオは無言だ。おずおずとクロノに触れ、そっと動かす。

「こういうことはご存じなんですね？」

「一言、多いよ」

「何ならご自身のものを慰《なぐさ》めつつでもＯＫですよ」

「………すぐに達してしまいそうだからやめておくよ」

リオはかなり間を置いて答えた。髪《かみ》を掻き上げ、舌先でチロリとクロノに触れる。もう少し大胆《だいたん》にと思ったが、黙っておく。すると、リオは少しずつ大胆に手を動かしたり、舐《な》めたりするようになっていった。視線を落とし、リオの興奮具合を確かめる。うん、クロノ以上に興奮しているようだ。

「リオ、そろそろいいよ」

「もういいのかい？」

「リオもそろそろ限界みたいだしね。はい、ベッドに上がって下さい」

「分かったよ」

リオは立ち上がり、ドレスに手を掛けるが——。

「いえ、ドレスはそのままで」

「汚《よご》れてしまうよ？」

「大丈夫《だいじょうぶ》だよ」

多分、と心の中で付け加える。これだけ大きな店を構え、帰りは箱馬車を用意してくれるのだ。替《か》えのドレスくらい用意してくれるはずだ。

「分かったよ」

リオは渋々《しぶしぶ》という感じでベッドに上がった。クロノもベッドに上がる。

「四《よ》つん這《ば》いになって、こう、お尻《しり》を高く突き出すような感じで」

「クロノはリクエストが多いね」

リオは呆れたような口調で言いつつクロノに従う。

「リオも準備はよさそうだね？」

「そんなことは言わなくていいんだよ」

クロノが股間《こかん》を見ながら言うと、リオは拗ねたように唇を尖らせた。そんな態度を取っているが、体は正直だ。クロノはショーツに手を伸ばす。紐《ひも》を引くとすっかり準備の整ったリオが露《あら》わになる。

「いいよね？」

「でも、優《やさ》しくしておくれよ？　ボクはそんなに慣れていないんだから」

「分かった。約束するよ」

「あ――ッ！」

クロノが触れると、リオは艶《つや》っぽい声を漏らした。ゆっくりと入れる。リオは布団《ふとん》を掴《つか》んで耐《た》えている。クロノが収まり、リオが力を抜く。彼女《かのじょ》を引き寄せて腰を動かす。すると、リオは大きく体を強《こわ》ばらせた。しばらくして力が抜ける。今まで我慢《がまん》してきた分を放出して脱力《だつりょく》状態だ。

「優しくしてあげるからね？」

「待っ――ッ！」

待ってという言葉をリオは発することができなかった。クロノが動き出したからだ。

※

夜――箱馬車がクロフォード邸《てい》の前で止まり、クロノは席から立ち上がった。

「リオ、また明日」

「……」

声を掛けるが、リオはボーッとしている。元々、感じやすいタイプだし、久しぶりの逢瀬で消耗《しょうもう》しているのだろう。

「リオ、またね」

「――ッ！　あ、うん、よかったよ」

再び声を掛ける。すると、リオはハッとしたような顔で頓珍漢《とんちんかん》なことを言った。我に返ったものの、状況《じょうきょう》を把握《はあく》し切れていないようだ。

じゃ、と手を振って外に出る。秋が近いからだろうか。涼風《りょうふう》が吹いている。扉を閉めると、箱馬車が動き出した。箱馬車が見えなくなるまで手を振り続け、玄関《げんかん》に向かう。門を潜り、前庭を通り、玄関の扉を開けると、女将が立っていた。しかも、仁王立《におうだ》ちで。

「随分《ずいぶん》、お早いお帰りだね」

「い、いや、軍学校時代の同期と話《はな》し込んでて……」

「本当かい？」

「……嘘《うそ》です。リオとデートしてました」

クロノは女将の圧力に屈《くっ》して事実を口にした。

「どうして、嘘を吐くんだい？」

「怒られると思って」

「怒りゃしないよ。大体、クロノは――」

女将はぶつくさと文句を言った。嘘吐きと思ったが、もちろん口にはしない。ここは黙って小言を聞くべき。忍《にん》の一文字だ。五分ほど経ち――。

「シェーラ様、お小言はその辺りに……」

「分かったよ」

いつの間にかやって来たオルトが口添《くちぞ》えし、女将は渋々という感じで従った。

「もういいからさっさと風呂《ふろ》に入って寝ちまいな」

「あの、夕飯は……。いえ、何でもないです」

女将に睨まれて口を噤《つぐ》む。昼食を食べなかったので空腹なのだが、それを言っても仕方がない。クロノは小さく溜息を吐き、浴室に向かった。

※

朝──クロノは空腹で目を覚ました。結局、昨夜は何も食べられなかった。唯一《ゆいいつ》、口に入れたのがスーの作った薬というのがひどい。だが、遅《おそ》くならない内に帰るという約束を破ったのは自分なのだ。それに、どうやってこの仕返しをしてやろうかと考えると今回の件は受け入れてもいいんじゃないかという気になる。

ぎゅ～という音が響く。お腹《なか》の鳴る音だ。女将の機嫌《きげん》が直ってるといいな、とクロノは体を起こした。ベッドから下りて机に歩み寄る。そこには丁寧《ていねい》に折り畳《たた》まれた軍服が置かれていた。軍服に着替《きが》えて部屋を出ると、パンの匂いが鼻腔《びこう》を刺激《しげき》した。顎《あご》が痺《しび》れ、唾液《だえき》が溢《あふ》れる。階段を下りて食堂に入ると──。

「クロノ様、おはようございます」

「おはよう、オルト」

壁際《かべぎわ》に立っていたオルトに声を掛《か》けられる。今回はびくっとしなかった。挨拶を返してテーブルを見る。テーブルにはフェイ、スノウ、スーの三人が座《すわ》っている。レイラと女将の姿はない。厨房《ちゆうぼう》からジャ、ジャッという音が聞こえるので、朝食を作っている最中なのだろう。女将の機嫌が直っていますように、と神に祈《いの》る。

「おはよう」

「おはようございますであります」

「クロノ様、おはよー」

「おはよー」

クロノが挨拶《あいさつ》をすると、フェイ、スノウ、スーの三人が挨拶を返してきた。スーはスノウの真似《まね》をしているのだろうか。仲がよさそうで結構なことだ。そんな感想を抱《いだ》きながら席に着く。不意に厨房から響いていた音が止《や》んだ。料理ができたのだろう。

「飯ができたよ！」

女将とレイラがトレイを持ってやってきた。テーブルの傍らに立ち、料理を並べる。朝食はパン、スープ、サラダ、ベーコンエッグにソーセージを添《そ》えたものだった。さらに豆の煮物《にもの》が入った小皿が置かれる。恐る恐る視線を向けるが、目を合わせてくれない。まだ怒《おこ》っているのだろう。約束を破ったのは自分だが、冷たい態度を取られるのは辛《つら》い。打ち拉《ひし》がれているとレイラと女将が席に着いた。

「いただきます」

「いただくであります！」

クロノが手を合わせて言うと、フェイがパンに手を伸ばした。二つに割る。すると、芳《こう》ばしい匂いと共に湯気が立ち上った。再び唾液が溢れる。フェイはパンを頬張《ほおば》ろうとして動きを止めた。視線を横に向ける。視線の先にいるのは女将だ。女将もフェイに視線を向けている。フェイは二つに割ったパンの一方を皿に戻《もど》し、残った方を小さく千切って口に運んだ。女将が満足そうに頷く。

クロノはスプーンを手に取り、豆の煮物を掬《すく》った。パクリと食べる。柔《やわ》らかく、味が染《し》みている。さらに程《ほど》よい甘《あま》みもある。

「……どうでしょうか？」

「美味《おい》しいよ」

レイラがおずおずと切り出し、クロノは微笑《ほほえ》みを浮かべて答えた。すると、レイラははにかむような笑みを浮かべた。多分、豆の煮物はレイラが作ったのだろう。

「しっかりと味が染みてて、甘みもあるし、美味しいよ」

「ありがとうございます」

よほど嬉しかったのだろう。レイラの耳が垂れる。今度はスープを口に運ぶ。具《ぐ》沢山《だくさん》で味が染みてて美味《うま》い。口の中で崩《くず》れる煮込《にこ》み具合も絶妙《ぜつみょう》だ。

「どうだい？」

「美味しいよ。特に煮込み具合が素晴らしいと思う」

「そうだろそうだろ」

クロノが答えると、女将は満足そうに頷いた。けど、と続ける。

「美味しいのは皆《みんな》で食べてるからだよ。皆で一緒《いっしょ》に、楽しく食事をする。愛情も大事だけど、こういうのも大事なんだよ。分かるね？」

「はい、分かります」

女将が諭《さと》すように言い、クロノは頷いた。反論する余地がない。

「分かればいいんだよ、分かれば。さあ、パンも食べとくれ。そっちもレイラ嬢《じょう》ちゃんに手伝ってもらったからね」

「……はい」

クロノが素直《すなお》に頷いたからだろう。女将は満足そうに言った。パンに手を伸ばし、二つに割る。湯気と共に芳ばしい匂いが立ち上る。空腹のせいもあって齧《かじ》りつきたい衝動《しょうどう》に駆《か》られたが、フェイのこともある。ぐっと堪《こら》えて片方を皿に置き、手で小さく千切って口に運ぶ。しっとりとして美味い。この感動を元の世界で読んだ漫画《まんが》に登場するソムリエのように表現できればいいのだが――。

「うん、美味い。美味い、美味い――」

クロノには美味いを繰《く》り返すことしかできなかった。

※

食事が終わり――。

「ごちそうさまでした」

「はい、お粗末《そまつ》さん」

クロノが手を合わせて言うと、女将は穏《おだ》やかな笑みを浮《う》かべて言った。どうやら、機嫌は完全によくなったようだ。

「ボク、馬の世話をしてくる！　スーも行こう？」

「分かった」

スノウが立ち上がり、スーと一緒に食堂を出ていく。フェイはといえば無言で立ち上がり、二人の後を追った。また建物の陰から二人を見つめて歯軋《はぎし》りするのだろう。エラキス侯爵領《こうしゃくりょう》に戻ったらケインにフェイのことを相談してみよう。

さてと、と女将が立ち上がり、皿を重ね始める。

「手伝います」

「悪いね」

レイラが立ち上がり、皿を重ね始める。カチャカチャという音が響き、やがて止む。二人は皿を重ね終えると厨房に向かった。肩越《かたご》しに背後を見る。だが、そこにオルトの姿はない。いつの間に食堂を出て行ったのだろう。

「……論功行賞か」

クロノは呟《つぶや》き、イスの背もたれに寄り掛かった。論功行賞が間近に迫《せま》っていると考えると憂鬱《ゆううつ》な気分になってくる。サボる方法はないだろうかと考えていると、女将がトレイを持って厨房から出てきた。

「はい、食後の香茶だよ」

「ありがとう」

女将がテーブルにカップを置き、クロノは礼を言って手に取った。冷たい感触が手に伝わってくる。水出しの香茶だ。口に含《ふく》むと、爽《さわ》やかな味わいが広がった。朝食をがっつり食べたのでありがたい。

「何か悩み事《ごと》でもあるのかい？」

「ん？　いや、悩み事って訳じゃないんだけど、論功行賞をサボれないかなって」

「ああ、そういうことかい」

アリデッドとデネブから前回の論功行賞の話を聞いているのだろう。女将はそれっきり黙り込んだ。沈黙《ちんもく》が舞《ま》い降《お》りる。

「まあ、なんだ。論功行賞っていうか、功績はクロノ様がやりたいことをするのに必要なんだろ？　だったらやるしかないじゃないか」

「そうだね。今更、何を言ってるんだって感じだ」

「落ち込むようだったらまた慰めて——ッ！」

「本当に⁉」

女将がしまったという顔をするが、クロノはこの機を逃《のが》すまいと切り込んだ。

「今のはなしだよ！」

「そんな〜、折角やる気を出したのに」

「ぐッ、そんな顔をしても駄目だよ」

「……嘘を吐いたんだ」

クロノはしょんぼりと呟く。演技ではない。本心からの行動だ。ぐッ、と女将は自身の軽率《けいそつ》さを悔《く》やむように呻《うめ》き——。

「……エッチなのはなしだよ」

「わーい！　ビキニメイド服を持ってきてよかった！」

「だから、エッチなのはなしって言っただろ！」

「あれは目の保養であって、エッチじゃありませ〜ん」

「ぐッ……」

女将は口惜《くや》しげに呻いた。だが、何も言わない。ここで何かを言えば墓穴《ぼけつ》を掘《ほ》ることになると考えているのだろう。その通りだ。だが、何も言わないなら何も言わないでビキニメイド服を着ることになる。もちろん、それで終わらせるつもりはない。要するに迂闊《うかつ》な発言をした時点で運命は決まったのだ。

は～、と女将はこれ見よがしに溜息を吐き、厨房に向かった。その時——。

「クロノ様、迎《むか》えの馬車が参りました」

オルトが食堂に入ってきた。

「すぐに行く。マントと剣帯《けんたい》を——」

「差し出がましいようですが、用意させて頂きました」

オルトがクロノの言葉を遮《さえぎ》って言うと、ルシアが食堂に入ってきた。マントと剣帯、剣を手にしている。クロノはイスから立ち上がり、ルシアに歩み寄った。

「ありがとう」

「いえ、仕事ですから」

クロノは剣帯を締《し》め、剣を差《し》し込んだ。マントを受け取って羽織る。準備完了《かんりょう》だ。厨房からバタバタと音が響く。レイラと女将がエプロンで手を拭《ふ》きながらやって来た。

「では、僭越《せんえつ》ながら私が先導を……」

オルトが歩き出し、クロノはその後に続いた。オルトが扉《とびら》を開け、外に出る。前庭にはフェイ、スノウ、スーが立っていた。さらにその先——門を出た所にはリオがいた。背後には箱馬車が止まっている。

「やあ、クロノ。迎えに来たよ」

「ありがとう」

クロノが礼を言って箱馬車に乗り込むと、リオも箱馬車に乗った。前回の論功行賞では一人で箱馬車に乗ったのだが——。

「どうかしたのかい？」

「いや、何でもないよ」

クロノが席に着くと、リオは扉を閉めて隣《となり》に座った。それだけではない。腕《うで》を絡《から》め、しな垂れ掛かってくる。やはり、前回と違《ちが》う。だが、これがリオの目的だったのだろう。気まずい。窓の外を見ると、レイラ、女将、フェイ、スノウ、スー、オルトが見ていた。しかも、野次馬《やじうま》が集まりつつある。箱馬車が動き出し、クロノはホッと息を吐く。

「……昨日は楽しかったよ」

「僕《ぼく》もだよ」

リオがぽつりと呟き、クロノは頷いた。女将を怒らせてしまったことや夕食を抜《ぬ》かれたことは口にしない。世の中には言わなくていいことがあるのだ。

「こんな日がずっと続くといいな」

「……きっと、続くよ」

クロノは間を置いて呟いた。こんな日が続いて欲しい。心からそう思う。だが、クロノは——いや、自分達は軍人だ。望んでも叶《かな》わないことはある。

「ふふ、クロノは嘘吐きだな」

「……」

リオが腕に力を込めるが、クロノは何も言えなかった。

「予感がね、あるんだ。こんな楽しい日々は続かないって予感。だから、壊《こわ》れてしまう前に終わってくれないかなって思うことがあるんだ」

「考えすぎだよ」

「そうかな?」

「そうだよ」

「そうかもね」

ふふ、とリオは笑い、深く息を吸った。多分、彼女は『考えすぎかもね』とは考えていない。彼女にとって今の——自分が受け入れてもらっている状況は信じられないような出来事なのだ。いつまで続くか分からない。いつか終わってしまうのならいっそのこと自分で終わらせたい。だからこそ、暗殺も辞さないという発言が出てくる。

「ああ、そういえば体の調子はどうだい？」

「かなりよくなったよ」

リオが思い出したように言い、クロノはその話題に乗った。ずっとベッドに横たわっていたせいで昨日は大変だったとか、スーの薬が苦いとか、他愛《たあい》のない会話をする。話題が尽《つ》きることはなく、やがてアルフィルク城が見えてきた。

跳《は》ね橋《ばし》を越《こ》え、落とし格子《ごうし》を潜り、城門を抜ける。箱馬車のスピードが緩《ゆる》やかなものに変わり、庭園の一角で止まる。リオはクロノの腕を放すと箱馬車から降りた。クロノも箱馬車から降り、視線を巡《めぐ》らせる。

やはり、アルフィルク城の庭園は広く、手入れが行き届いている。侯爵邸《こうしゃくてい》の庭園も手入れをしようと考え、すぐに思い直す。ここまで手入れをするのは骨だし、予算も必要になる。侯爵邸には工房《こうぼう》もあるし、学校もある。それに新たな施策《しさく》を始めるとして真っ先に侯補地となるのは侯爵邸の庭園だ。それを考えると庭園にあまりお金を掛けたくない。

「クロノ、行くよ？」

「あ、うん……」

リオが歩き出し、クロノは後を追った。掃除《そうじ》の行き届いた城内を進み、謁見《えっけん》の間に続く廊下《ろうか》に出る。長い廊下には等間隔《とうかんかく》に台座が設置され、その上に美術品が置かれている。何処《どこ》かで見たような壺《つぼ》や彫刻《ちょうこく》があるが、気のせいだろう。当座の資金を得るために売り払《はら》ったエラキス侯爵のコレクションと再会なんてできすぎている。

長い廊下を抜け、扉の前に辿《たど》り着く。謁見の間の扉だ。扉の傍《かたわ》らには二人の騎士《きし》が控《ひか》え、やや離《はな》れた所にガウルが立っていた。クロノ達に気付いたのだろう。ガウルはこちらに視線を向け、顔を顰《しか》めた。

「……ようやく来たか」

ガウルが表情を取り繕《つくろ》って近づいてくるが、リオが行く手を遮る。

「やあ、久しぶりだね？」

「……リオ、ケイロン」

リオが声を掛けると、ガウルは呻くように言った。

「そういえば勝負を預かっていたね？」

「「「――ッ！」」」

クロノ、ガウル、二人の騎士は息を呑《の》んだ。まさか、謁見の間の前で過去の因縁《いんねん》をぶち込《こ》んでくるとは思わなかった。

「リオ、落ち着いて」

「恐《おそ》れながら、ここは謁見の間の前です」

「殿中《でんちゅう》で刃傷沙汰《にんじょうざた》は……」

クロノが声を掛けると、二人の騎士も続いた。

「因縁を吹《ふ》っ掛けてきたのも、勝負を預けると言ったのも彼《かれ》だよ」

「そうだけど、そうなんだけど……」

殿中でござる、とクロノは呟いた。でも、とリオが続ける。クロノは引いてくれることを期待してリオに視線を向けた。二人の騎士も同様だ。

「ガウル殿《どの》が頭を下げてくれるのなら水に流してもいいかな？」

「「――ッ！」」

クロノと二人の騎士は再び息を呑んだ。リオは水に流す気がないのだ。口の中に苦いものが広がる。確かに論功行賞をサボれないかなと思っていたが、こんな形で願いが叶うとは思わなかった。ギリッという音が響く。歯軋りの音だ。音のした方を見ると、ガウルが顔を真っ赤にしていた。ややこしくしないで、と泣きそうになる。

「どうだい？」

「ぐッ……」

ガウルは口惜しげに呻き──襲《おそ》い掛かると思いきや深々と頭を垂れた。おおッ、とクロノと二人の騎士は声を上げた。まさか、ここで頭を下げるとは。元はといえばガウルが自分で蒔《ま》いた種なのだが、彼の成長に胸が熱くなる。

「過日は無礼な真似をして申し訳ない」

「申し訳ない？」

「申し訳、ありません、でした」

ガウルは血を吐くように言葉を紡《つむ》いだ。おおッ、と再び声を上げる。立派、立派だ。まさか、前線基地で因縁を吹っ掛けてきた彼がこうも気高い開花を見せるとは夢にも思わなかった。タウルにこの姿を見せてやりたいくらいだ。

「分かればいいのさ、分かれば」

「──ッ！」

リオが手を伸ばし、クロノは慌《あわ》てて手首を掴んだ。危ない所だった。手を掴まなければリオはガウルの頭を撫《な》でていたに違いない。ホッという音が響く。クロノではなく、二人の騎士のものだ。その時、重々しい音を立てて扉が開き始めた。

「リオ、論功行賞、論功行賞だから」

「分かったよ」

クロノが手を放すと、リオは扉に向かって歩き出した。リオが扉を潜《くぐ》り抜け、クロノとガウルもその後に続く。分厚い真紅《しんく》の絨毯《じゅうたん》の上を歩いていると、手に何かが当たった。ガウルの手だ。思わず彼を見る。すると――。

「済まない。助かった」

ガウルがぼそっと呟いた。気にしないでと言おうと思ったが、その時には玉座の近くに来ていた。アルフォートは玉座に深く腰《こし》を下ろし、笑みを浮かべていた。ふてぶてしい笑みだ。その傍らにはアルコル宰相《さいしょう》、アルフォートの母親、軍務局長、財務局長、尚書《しょうしょ》局長、宮内局長が立っていた。さらに宮廷《きゅうてい》貴族が絨毯に沿って立っている。

「クロノ・エラキス、ガウル・エルナト両名をお連れしました」

「ご苦労だった」

「はッ！」

アルコル宰相の言葉にリオは声を張り上げ、その場に片膝《かたひざ》を突《つ》いた。やや遅《おく》れてガウルが片膝を突き、さらに遅れてクロノも片膝を突く。失笑《しっしょう》が漏《も》れる。恥ずかしさよりも怒《いか》りを覚えたが、ここは我慢だ。

「ガウル大隊長、報告を」

「はッ、宰相閣下！　我々は——」

アルコル宰相に促《うなが》され、ガウルが南辺境に派遣《はけん》されてからルー族を説得するまでの顛末《てんまつ》を語った。前回と同じくすでに打ち合わせ済みなのだろう。異論は出ない。手間が掛からなくていいのは嬉しいが、こんなに話を盛っていいのかなと思う。

「——以上にございます」

「ご苦労だった。だが……」

アルコル宰相は言葉を句切った。沈黙が舞い降りる。息が詰《つ》まるような沈黙だ。打ち合わせは済んでいるはずだ。にもかかわらず汗《あせ》が噴《ふ》き出す。

「何故《なぜ》、ルー族を討伐《とうばつ》しなかった？」

「それはルー族が帝国《ていこく》と共に生きる選択《せんたく》をしたためです」

「我々を騙《だま》すための嘘とは考えんかったのか⁉」

アルコル宰相が声を荒《あら》らげ、クロノは思わず首を竦《すく》めた。宮廷貴族がざわめく。詳細《しょうさい》は聞き取れないが、独断専行だの、功を焦《あせ》っただの、そんな言葉が聞こえた。本当に大丈夫なのだろうかと不安が湧《わ》き上がる。再び沈黙が舞い降りる。誰《だれ》も口を開こうとしない。呼吸の音だけが響《ひび》く。どれほど時間が経ったろうか。一分か、二分か、それとも、五分だろうか。突然《とつぜん》、アルコル宰相が肩越しに背後を見る。

「――ッ！　ま、待て、あ、アルコル」

アルフォートがハッとしたような表情を浮かべ、アルコル宰相を呼んだ。待てと言ったが、アルコル宰相は何もしていない。

「る、ルー族は、わ、我々と、と、とと、共に生きることを、の、望んでいる。であるならば望みを、う、受け入れるべきだ」

「しかしながら、殿下《でんか》……」

「よ、余は、る、ルー族にアレオス山地を領地として与《あた》え、じ、じじ、自治を認める！」

アルフォートの言葉にまたしても沈黙が舞い降りる。クロノは内心首を傾《かし》げた。随分と早く結論が出たなと思ったのだ。ごほん、とアルコル宰相は咳払いし――。

「ドラド王国が不穏《ふおん》な動きを見せている今、山地での戦闘《せんとう》に長《た》けたルー族を引き入れることは帝国の利に成り得るが、帝国がルー族と長く敵対関係にあった事実は無視できん」

「ならば私はアレオス山地に留《とど》まり、双方《そうほう》を監視《かんし》いたしましょう」

「う、うむ、た、頼《たの》んだぞ」

「御意《ぎょい》」

アルフォートの言葉にガウルは頭を垂れて応じた。誰かがホッと息を吐く。ここに至ってクロノは台本があったことに気付いた。そして、アルフォートが台詞《せりふ》を忘れて台本通りに進まなかったことにも。ごほん、とアルコル宰相が再び咳払《せきばら》いをする。

「ガウル・エルナト、ルー族に共に歩むという決断をさせた功績を称《たた》え、アレオス山地に築く砦《とりで》の砦将に任ずる。そして、クロノ・エラキス――」

「ま、待て！」

アルフォートが声を張り上げ、アルコル宰相の言葉を遮った。宮廷貴族がどよめく。

「アルフォート殿下、どうかなされましたかな？」

「え、エラキス侯爵に対するほ、報償《ほうしよう》は、余が決めてもよ、よいだろうか？」

アルコル宰相の片眉が跳ね上がる。予想外の展開ということだろうか。

「え、エラキス侯爵は、さ、先の戦いで多大な、せ、戦功を立て、今回も、余の威光《いこう》を示してくれた。よ、よって、だ、第十三近衛騎士団《きしだん》の、だ、団長に任命したい」

「アルフォート殿下がそうおっしゃるのならば異論はございません。では、エラキス侯爵が指揮官を務める大隊を第十三近衛騎士団としましょう」

おおッ、と宮廷貴族がどよめく。

「よ、余がじ、直々に任命する」

アルフォートは玉座から立ち上がると剣を抜いた。いや、刀身が反っている。刀だ。前に出ろと言うようにアルフォートが顎をしゃくった。ふとフェイを騎士に任じた時のこと

「それは私達が騎士になるということでしょうか?」

「そうなるね」

「大丈夫《だいじょうぶ》でしょうか?」

「根回しはするし、士爵位のない僕が騎士団長なんだから何とかなるんじゃないかな。むしろ、騎士団なのに騎士がいない方が問題だと思う」

レイラ達に士爵位が叙爵されればそれは前例となる。亜人《あじん》の地位を向上させることに繋《つな》がっていくはずだ。

「私達が騎士に……」

レイラがぽつりと呟き、クロノは首飾《くびかざ》りを握り締めた。謁見の間では怒りを覚えた。だが、近衛騎士団長にしてくれたのだ。利用しない手はない。

終　章　『次の予定は』

ファーナが執務室《しつむしつ》に入ると、アルコル宰相は机に向かっていた。羊皮紙を持ち、目で文字を追う。こちらには見向きもしない。

「今頃《いまごろ》、何をしているのかしらね？」

「……」

小さく呟くが、アルコル宰相は無言だ。しばらくして読み終わったのだろう。羊皮紙を机に置いた。小さく息を吐《つ》き、イスの背もたれに寄り掛かる。

「さて、何をしているのやら」

「あら、聞いてたのね？」

「報告書を優先させたくてな」

何の報告書とは聞かない。聞いても何もできないし、藪《やぶ》を突《つつ》いて蛇《へび》を出したくない。

「またうちの子は恨《うら》まれたわね」

「確かに、あれはな」

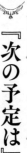

アルコル宰相は珍《めずら》しく口籠《くちご》もった。エラキス侯爵がアルフォートとアルコル宰相を恨んでいるのは分かっている。そんな人物に対して忠誠を誓うように強《し》いる。どうして、恨みを買うような真似ばかりするのか。

「そういえばドラド王国が不穏な動きを見せていると言ったけど、もしかして……」

「あれは方便だ。ドラド王国は不穏な動きなど見せておらん。不穏な動きを見せているのは神聖アルゴ王国だが、すぐには動けん」

「そう、よかった」

ファーナは胸を撫で下ろした。

「じゃあ、エラキス侯爵はしばらくのんびりできるのね？」

「やけに気にするな」

「息子《むすこ》があれだけひどいことをしているのよ？　気にするなって方が難しいわ」

「そうだな」

アルコル宰相は体を起こすと筒状《つつじょう》に丸められた羊皮紙を手に取った。

あとがき

このたびは「クロの戦記８」をご購入頂き、ありがとうございます。今まさに書店であとがきをご覧になっている方はそっとレジまでお持ち頂ければと思います。

はい、という訳で８巻です。そして、帯をご覧になった方はご存じかと思いますが、シリーズ累計35万部突破!!　シリーズ累計35万部突破でありますッ!!　ありがたやー！　ありがたやーッ!!　大事なことなので二度ずつ言いました。これは応援して下さる方々はもちろんのこと、いつも的確なアドバイスを下さる担当S様、エロ可愛いイラストで本作を彩って下さるむつみ先生、漫画版「クロの戦記」の作画を担当されている白瀬先生と担当編集様――本シリーズに関わる皆様のお陰です。

最後に宣伝になりますが、少年エースＰｌｕｓ様で白瀬先生が連載されている漫画版「クロの戦記」第３巻は２月発売予定となっております。第３巻ではクロノと女将のストロベリーなトークがご覧になれますぞ。あとティリアがぶっ掛けられます。漫画版「クロの戦記」もよろしくお願いいたします。

HJ文庫 https://firecross.jp/
976

クロの戦記8
異世界転移した僕が最強なのはベッドの上だけのようです

2022年1月1日　初版発行

著者――サイトウアユム

発行者―松下大介
発行所―株式会社ホビージャパン

〒151-0053
東京都渋谷区代々木2-15-8
電話　03(5304)7604（編集）
　　　03(5304)9112（営業）

印刷所――大日本印刷株式会社

装丁――木村デザイン・ラボ／株式会社エストール

ISBN978-4-7986-2702-1　C0193